KB153197

어느 봄날,
그가 내게로 왔다

어느 봄날, 그가 내게로 왔다

초판 1쇄 인쇄일 2022년 2월 05일
초판 1쇄 발행일 2022년 2월 14일

지은이 한서은
펴낸이 양옥매
디자인 송다희 표지혜 김영주

펴낸곳 도서출판 책과나무
출판등록 제2012-000376
주소 서울특별시 마포구 방울내로 79 이노빌딩 302호
대표전화 02.372.1537 **팩스** 02.372.1538
이메일 booknamu2007@naver.com
홈페이지 www.booknamu.com
ISBN 979-11-6752-124-8 (03810)

어느 봄날,
그가 내게로 왔다

한서은 소설

책과나무

한 소녀의 슬프지만 아름다운 사랑 이야기. 읽으면서 오랫동 안 마음 한편에 고이 넣어 두었던 풋내 가득한 첫사랑이 떠올 랐다. 첫사랑이어서 서투르고, 그래서 더 순수했던 사랑 이야 기를 한서은 작가님의 순수하고 따뜻한 문체로 차분하게 표현 해서 시간 가는 줄 모르고 읽었다. 작가님, 덕분에 설레던 첫 사랑 시절로의 시간 여행 잘 다녀왔습니다.

– 안시은 / 브런치 작가

❀

이 책은 '핑크빛 가득한 벚꽃라떼' 맛이다. 경험해 본 듯한 느 낌을 주는 글은 라떼의 익숙한 커피 맛과 우유의 부드러움과 같다. 그 익숙함 속에서 느껴지는 핑크빛깔의 맛과 코끝을 자극하는 벚꽃 향은, 진한 향수를 불러일으키는 글의 서사와 같다. "아, 뭐야~ 부럽다.", "내 이야기 같아." 하면서 콧소리 내며 빙긋 웃음 짓고, 속이 타는 이야기. 그래서 결국 끝까지 읽고 나서야 내려놓게 되는 이야기. 그 이야기가 여기 있다.

- 우강훈 / 에세이 《저 우울증입니다》 저자

이 책은 절대 빨리 읽지 않았으면 한다. 한 문장, 한 문장이 모두 당신의 추억이기 때문이다. 마치 내 머릿속에서 그대로 그려지는 것 같은 풍경과 내용도 좋지만, 무엇보다 장면마다 나의 추억인 것만 같아서 더 좋다.

- 이정훈 / 《나를 지키는 대화 커뮤라제이션》 저자

많이 아팠던 여인이 있었다. 어느 날은 지속되는 통증으로 고통의 눈물을 흘려야만 했고 어느 날은 왜 이렇게 아파야 하는지 이유를 알지 못해 울었다. 그러던 어느 날, 모든 고통과 아픔을 숙명으로 받아들이고 담대하게 마주하자 놀랍게도 죽

어느 봄날, 그가 내게로 왔다

을 만큼의 고통 속에 아픔을 사랑으로 살아 내는 이야기를 집필하게 된다. 바로 청춘의 아픔과 성장, 사랑을 그린 소설 《어느 봄날 그가 내게로 왔다》이다. 침대 위에서 병마를 이겨 내며 굳은 의지로 써낸 소설, 시리고 아프지만 아름다운 이야기, 차갑고 냉정한 세상을 살아가는 우리에게 전하는 한서은 작가의 따뜻한 메시지를 만나 보자.

– 설강화 / 시집 《바람은 그저 자리를 내어줄 뿐입니다》 저자

첫사랑은 저마다의 이야기가 있다. 그런데 누군가의 첫사랑 이야기를 들으면 나의 첫사랑도 생각나곤 한다. 그건 첫사랑이 주는 감정에서 오는 게 아닐까 싶다. 구름까지 뛰어오르고 싶은 기분, 콩닥콩닥하는 느낌, 때로는 저릿함을 느끼다 상실의 고통을 겪기도 한다. 《어느 봄날 그가 내게로 왔다》는 그 모든 감정들이 담겨 있는 책이다. 첫사랑의 서투름까지도. 한 편의 드라마를 보는 듯한 몰입도에 긴장되었다 설렜다가 행복한 시간이었다.

– 이하은 / 에세이 《사랑한다면 뽀뽀》 저자

Contents

모태솔로

>>

햇살이 따사롭게 비추는 봄날의 수요일 아침, 여느 때와 다름없이 일찍이 눈을 뜬 나는 혼자 아침을 차려 먹는다. '암~ 밥은 거르지 말아야지.' 혼자 먹는 밥이라 외롭긴 하지만 익숙하다.

밥을 먹고 잠시 명상 아닌 명상에 잠긴다. 카세트의 플레이 버튼을 누르니 김경호의 〈나를 슬프게 하는 사람들〉의 후렴 부분이 슬프지만 힘차게 흘러나오며 아침부터 록 스피릿에 잠시 젖어든다.

'언젠가 그가 너를 맘 아프게 해 너 혼자 울고 있는 걸 봤어. 달려가 그에게 나 이 말 해 줬으면….'

흥얼거리며 깨끗이 씻으러 욕실에 들어가서 칫솔질을 하는데 잘못해서 칫솔이 잇몸에 부딪혔다. '아… 습~ 아프다.' 눈물도 '빼꼼' 내게 인사하러 나왔다. 피도 나고 상처도 나서 짜증이 확 밀려온다.

마음을 가다듬고 머리를 감은 후 깨끗이 세수를 했건만…. 욕실에서 나와 방으로 걸어가다가 식탁 다리에 엄지발가락을 찧고 말았다. '악!' 소리도 나오지 않을 만큼 아프다.

'하… 오늘 아침부터 왜 이러냐! 오늘은 집에 꼼짝없이 있어야겠다.'

머리를 말리는데 쓸데없이 긴 머리… 오래도 걸린다. 한숨이 저절로 나온다.

우여곡절 끝에 책상 앞에 앉았다. 나는 공무원이 되고자 매일 책상 앞에 앉는다. 학원을 다닐까도 생각해 봤지만 돈이 많이 드니 우리 집 형편에 가당치도 않다. 아버지는 자동차 수리 일을 하시는데, 직종은 여러 번 바뀌었다. 이 일도 언제까지 하시려나?

게다가 아버지는 아버지 사촌동생 빚보증을 잘못 서서 연대 보증을 이유로 그 동생의 빚을 갚아야 한다. 그 동생은 한두 명에게 사기를 친 게 아닌지 현재 사기죄로 감옥에 수감 중이다. 아버지는 집에선 무뚝뚝하지만 밖에 나가면 세상 사람이 좋은지, 여러 사람이 아버지에게 온갖 불쌍한 짓을 해 가며 동정심을 유발해 돈을 빌린다. 나는 그것도 참 못마땅하다.

수많은 멍에가 날 짓누르지만, 돈을 빨리 벌어야 하는 가장 아닌 가장으로서의 멍에가 가장 무겁다. 언니는 예술 한답시고 돈이 수천 들어가지, 동생들은 줄줄이 연년생으로 둘이나 있고 아들 좀 낳아 보겠다고 딸만 주르르 넷이나 낳으셨다.

난 그중 둘째 딸이고 태어날 때부터 부모님의 버팀목이다. 나의 선택은 전혀 없고 내 마음대로 할 수 있는 것도 하나도 없다. 나는 부모님의 선택에 의해 태어났고 그들의 선택대로 살며 사춘기 같은 건 개나 줘야 했다. 책상 앞에 앉으니 별의별 생각이 나의 머릿속을 뒤죽박죽 흐트러뜨린다.

도저히 이대로는 공부에 집중하기 힘들어 동생들 방에 가 보았다. 둘은 '쿨쿨' 뒤엉켜 자고 있었고 막내는 혼자 중얼중얼 혼잣말을 한다. 어차피 말 걸어서 동생이 대답을 한들 기억도 못 할 테니 그냥 내버려 둔다. 셋째는 꿈에서 무슨 맛있는 걸 먹고 있는지 냠냠 쩝쩝 오물오물. 귀여운 것들….

언니는 다른 지역에 유학을 가 있어서 나 혼자 방을 쓴다. 유학? 말이 유학이지 매일 자유를 만끽하면서 부모님께 돈 뜯어낼 생각뿐인 언니 같지 않은 사람이다. 엄마 아빠는 겨울이 지나서인지 일이 없다며 중고트럭이라도 사서 과일 장사를 해 볼까 하시고 경매장에 가셨다. 부모의 어깨가 이리도 무거웠던가.

그 생각도 잠시, 나도 철없는 자식인가 보다. '오늘 날씨는 왜 이렇게 좋은 걸까?' 그리고 가만 생각해 보니 오늘 다른 대학 상대 애들이랑 무슨 조인 페스티벌을 한다고 했던 것 같은데…. 하지만 난 관심도 없고 또 관심을 가져서도 안 된다. 나는 이 집의 가장이기에 빨리 공무원 합격해서 돈을 벌어야 한다. 날은 이리 좋은데 스물한 살밖에 되지 않은 나는 돈 벌어야 하는 걱정이나 하고 앉아 있노라니…. 한숨이 절로 나온다.

밖에서 빛나는 햇볕은 오늘따라 유난히 날 유혹이나 하는 듯 더 밝게 빛난다. 아직 4월, 아침이라 춥다면 추운데 창문으로 그 빛이 새어 들어와 씻고 나온 나를 따뜻하게 감싸 주는 듯하다. 지금이 바로 처녀가 바람나기 딱 좋은(?) 순간이다.

'친구들이 며칠 전부터 오늘 꼭 같이 가자고 했는데….'

갈등에 사로잡힌 머릿속을 털어내려 잠시 명상을 한 뒤, 심란한 머릿속을 비워 내고 책을 펼쳐 집중하려 그때! 휴대폰 벨소리가 울린다.

'귀신같이 이 타이밍에 으~ 누구냐 넌! 그런데 휴대폰… 이 녀석은 또 어디 있는 거야?'

애꿎은 책들만 내 손에 두들겨 맞는다. 한참을 찾았는데 이런… 베개 밑에 있다. 확인을 해 보니 페스티벌을 주선한 친구여서 순간 망설였지만, 받지 않고 이내 다시 베개 밑에 넣고 책상 앞에 앉으며 생각한다.

'주여! 이 악마의 손길을 거두어 주시옵소서!'

마음을 다잡고 다시 집중하려는데 '띠링띠링' 문자 한 통!

"지수야! 내가 이번 페스티벌 주선했는데 얼굴마담이 필요해. 회비 2만 원도 안 받을게. 응? 지수 네가 꼭 왔으면 좋겠어. 꼭 오는 거지?"

'얼굴마담? 오호! 듣기 싫은 소리는 아니지만 낯선 남자들과 그런 모임이라니! 이건 아니지….'

이렇게 합리화시키며 다시 한 번 고개를 내저어 본다.

모태솔로인 나, 별명은 드라이아이스다. 초등학교 다닐 때부터 같은 반, 다른 반 남자애들한테 사랑한다는 편지도 몇 번 받아 보고 인기 좀 있었다. 덕분에 여자애들에게 질투도 많이 받았었다. 또 왜 만나 주지 않느냐고 집 앞에서 나올 때까지 기다린다며 진짜 기다리는 애들도 있었지. 기다리다가 지들끼리 싸우고, 시끄럽다며 동네 주민한테 혼나고…. 그러다 새벽 기도 가시는 아버지께 혼나고….

하지만 난 관심이 하나도 없다. 남자애들 사이에서 난 드라이아이스다.

거울 한 번 쳐다보고 찡긋 웃는다.

'내가 말이야 남자한테 관심이 없어서 그렇지, 이런 여자야~ 왜 이래!'

순간, 오늘은 진짜 다 내려놓고 놀고 싶다는 생각이 들어 베개 밑에서 대기하던 휴대폰을 집어 들었다.

"네가 정 그렇다는데 내가 어떻게 거절하겠냐? 시간 장소 적어서 답장해!"

마지못한 척 나간다고 답장을 보내고 바빠졌다. 화장은 어차피 안 하니 머리만 잘 말려야지 생각하고 드라이기로 말리고 대충 머리를 빗는다. 베이지색 바지에 흰 반팔 티와 하늘색 카디건… 늘 입던 대로 망설임 없이 입고 집을 나서는데, 아~ 발걸음이 이렇게 가벼울 줄이야!

기분 좋게 버스정류장에 도착해서 버스를 탔지만, 아뿔싸! 순간 착각해서 학교에 가는 버스를 타고 말았고 바로 버스에서 내려 반대편 버스정류장으로 갔다. 아침부터 재수가 없더니…. 오늘 뭔가 안 좋은 일이 일어날 것 같은 이 불길한 예감.

'아… 나 괜히 나왔어!'

그러나 이미 때는 늦었다.

한참을 기다려 다시 버스에 오르긴 했는데, 버스로 가 본 적이 없는 곳이라 어디서 내릴지 몰라 그냥 대동대학교 앞에서 내렸다. 역시나 한 정거장 앞에서 내린 듯하다. '에휴~' 한숨을 쉬고 눈을 이리저리 굴리며 약속 장소를 찾는데 아무리 찾아도 이놈의 나이트클럽은 코빼기도 보이지 않는다. 한참을 두리번거리며 걷다가 커다란 건물 위에 '우연히'라고 크게 쓰여 있는 간판을 보고 그 앞에 멈춰 섰는데 앞에는 아무도 없고 아무런 표시도 없다.

'그래도 잘 찾아왔겠지?'

망설임 없이 계단을 올라가고 있긴 한데, 여전히 아무도 보이지 않고 아무런 소리도 들리지 않는다. '잘못 왔나? 나는 누구고 여긴 어딘가!' 하던 찰나, 형 옷을 입은 듯한 어떤 어린아이가 내게로 다가와서 인사를 건넨다.

"거국대학에서 오셨나요?"

중학생같이 생긴 애가 어디서 왔냐고 물어보니 뭐라고 대답해야 할지 몰라 멀뚱히 서 있었더니, 그 아이도 난감해하며 그냥 말없이 서 있다.

"윤~~"

때마침 뒤에서 누군가가 내 이름을 반갑게 부른다. 같은 과 친구들의 목소리여서 다행이다 생각하며 뒤를 돌아 친구들의 얼굴을 보는데… 애들 얼굴이? 난감 그 자체다. 여기 뭐 볼 것이 있다고 얼굴에 얼룩덜룩 뭘 잔뜩 묻혀 왔다. 머리는 미용실에 다녀왔는지 하늘 높이 솟아 있고, 꼬불꼬불 머리카락이 화가 많이 나 있었다. 야시시한 빨간색 립스틱을 칠한 녀석도 있고, 아직 날도 쌀쌀한데 옷을 반밖에 안 입은 녀석도 있다. 이해가 되지 않는 상황! 그러나 곧 나는 주눅이 들었고 바로 현실

자각 타임.

'나만 아무것도 안 하고 왔네? 아니지~ 뭐 어때? 무슨 목적이 있는 것도 아니고, 그냥 얼굴마담 정도만 하러 왔잖아? 이게 정상이지!'라며 애써 나를 위로해 본다.

친구들과 클럽 안으로 들어가서 살펴본 후, 맨 구석 화장실 쪽 소파에 앉아 친구들은 저기 멀리 보내 버렸다. 만사가 귀찮고 그냥 마카로니나 실컷 먹다 가야겠다고 생각했다.

어느덧 클럽 안은 많은 젊은이들로 꽉 채워졌고, 사회자가 나와서 마이크를 잡았는데 딱 보아 하니 예비역이다. 멋을 낸다고 냈지만 나이는 속일 수 없나 보다.

"아! 아! 마이크테스트 아! 아! 마이크테스트. 오늘 이렇게 자리를 함께해 주신 거국대학 경영학과 여러분 진심으로 감사드립니다. 오늘 진행을 맡은 96학번 조경훈이라고 합니다!"라고 하니 남자애들이 군대에서 걸그룹이라도 본 것처럼 소리소리 지르며 박수를 친다.

'뭐가 그리 좋으냐. 쯧쯧! 큰돈 들여 대학 보내 놨더니 이렇게 놀고 있는 모습이라니…. 부모님이 알면 참~ 좋으시겠다!' 이렇게 속으로 혼자 저들을 조롱하고 있지만…. '그런데 이런 나는 뭐 다른가?'라는 생각에 화가 난 나는 애꿎은 새우X을 마구 집어 먹는다. 따로따로 앉아 있던 애들은 벌써 자연스럽게 짝을 짓거나 무리 지어 섞어 앉아 술을 마시기 시작한다.

'어떻게 처음 보는 남자들과 아무렇지도 않게 저럴 수 있지?'

이상하게 여기던 나는 혼자 멍하니 세법 127페이지를 떠올리며 과세표준을 한참 외우다가 뭔가 이상해서 정신을 차려 보니 아까 그 중학생 아이가 내 앞에 앉아 있다.

'앗, 깜짝이야!'

나는 깜짝 놀라 놓고 태연한 척한다.

"무슨 일이세요?"

그 아이는 내 반응에 멋쩍고 당황해하며 말을 더듬는다.

"저기, 저… 술 안 드시죠? 사… 사이다라도 갖다 드릴까요?"

안 그래도 새카만 그 아이 얼굴이 검붉은 말린 고추같이 변했다.

"근데 형 따라온 거야? 몇 살이니?"

더더욱 빨개진 그 아이 얼굴.

"저 스무 살이고 대동대학교 경영학과 00학번입니다!"

'뭐? 네가 스무 살이라고?' 나는 웃음을 참지 못하고 뿜는다.

"풉~ 에이, 거짓말하면 못 써!"

"야! 박준호! 거기서 뭐해? 이것 좀 날라!"

그때 저 멀리서 자신을 부르는 목소리가 들려오자 깜짝 놀란 그 아이는 내게 간단한 목례만 하고 자리를 떠난다.

'짜식, 뭐야! 진짜 스무 살이야?'

얼마 지나지 않아 그 아이는 사이다 한 병과 병따개만 남기고 사라진다.

'마카로니랑 새우X만 먹으려니 목 메었는데 잘됐다.'

홀짝홀짝 마시다 보니 어느새 한 병을 다 마셔 버렸다.

갑자기 사회자가 마이크를 든다.

"지금부터 게임을 시작하겠습니다. 지금 바로 맘에 드는 짝과 무대로 나와 주세요!"

그런데 또 그 아이가 사이다 한 병을 가지고 내 앞에 앉더니 나를 물끄러미 바라보는데, 멋쩍은 나는 시큰둥한 표정을 짓는다.

"고마운데 신경 쓰지 말고 학생 할 일이나 하세요!"

"아니, 저…."

놀란 나는 아무 말 없이 그를 바라보았고, 그는 덜덜 떨리는 목소리로 말한다.

"저랑 같이 앞에 나가실래요?"

그의 말에 놀란 나는 정색을 한다.

"아니요! 난 여기 그냥 앉아 있다가 일찍 갈 거예요."

내가 단칼에 거절하니 이 아이, 그냥 그 자리에 망부석이 되어 그대로 앉아 있다. 순간, 무대에 나간 사람들과 자리에 앉아 있는 사람들이 모두 나를 바라본다.

'왜? 왜 다 나를 쳐다보는데?'

사회자가 직접 내 앞으로 다가와 "저~기 구석에 예쁜 언니! 같이 게임하자~ 응?"이라고 말했고 나는 가슴이 두근두근…. 이런 식으로 주목받는 것을 딱 싫어하는 나로선 이 상황이 정말 싫다.

한숨을 쉬며 그 아이를 바라보는데, 나에게 보내는 그 간절하고 애처로운 눈빛에 나는 어쩔 수 없이 무대 위로 끌려 나간다. 사회자가 빼빼로를 꺼내더니 팀당 한 개씩 나눠 준 후 여자들에게 손잡이 부분을 물라고 한다.

'아… 이거 뭔지 알 것 같다.'

내가 다시 내려가려고 하니 사회자가 협박을 한다.

"그냥 내려가면 노래 한 곡 불러야 합니다!"

어쩔 수 없이 다시 발걸음을 돌려 그 아이 앞에 서서 눈을 질끈 감으며 빼빼로를 입에 물었다. 그러자 음악 소리가 들려오고 여기저기서 환호성이 들려온다.

"반대쪽을 짝꿍이 베어 먹어서 가장 빨리, 그리고 가장 조금 남긴 팀에게 선물을 드립니다!"

더 큰 환호성과 박수 소리가 터지며 시작한 게임. 그 아이가 초콜릿 부분을 끊어 먹기 시작하는 느낌이 들자 슬며시 눈을 떠서 보았는데, 그 아이의 입술이 점점 다가올수록 내 눈도 점

어느 봄날, 그가 내게로 왔다

점 모이기 시작한다.

'윽~ 처음 보는 남자와 이게 뭐 하는 짓이지? 이건 아니지!'

그때 마침 다른 팀이 키스를 했고, 그들을 보느라 아무도 신경 안 쓰는 틈을 타서 손잡이 부분을 깨물어 버리고 서둘러 무대에서 내려왔다.

집에나 가야겠다는 생각에 화장실로 직행해서 마음을 가다듬고 살짝 문을 열고 나와 입구 쪽으로 발걸음을 돌리는 순간! 그 아이가 내 앞을 가로막고 나를 바라보고 서 있는데, 그 아이의 걱정스러운 눈빛이 나를 당황하게 만든다.

"괜찮으세요? 기분 나쁘셨죠? 죄송해요."

"아니요. 속이 안 좋아서 집에 가 보려고요."

"많이 안 좋으세요? 제가 약 사다 드릴까요?"

내 테이블 바로 옆에 앉았던 미영이가 다가와서 나를 붙잡는다.

"왜 집에 가게? 그냥 같이 놀자. 응?"

친구들이 다 다가와 붙잡는데 민폐인 것 같아 어쩔 수 없이 다시 자리에 앉았지만, 불편한 마음은 여전히 가라앉지 않는다. 구석에 앉은 나는 애꿎은 마카로니에게 화를 내고 있고, 그 아이는 내 눈치를 '슥~' 보고는 선배들의 부름에 달려간다.

'짜식, 되게 불편하게 하네!'

10분쯤 혼자 앉아 있는데, 키가 큰 남자 한 명이 내 앞에 앉았다.

'뭐야! 이 늙은이는?'

"안녕하세요? 반가워요. 왜 계속 혼자 있어요? 제가 같이 앉아도 될까요?"

"아뇨. 저 같이 있는 사람 있어요."

"누구요? 쭈욱 혼자 계시던데….."

'얜 어디 간 거야?'

두리번거리며 아무리 찾아도 그 아이는 어디를 간 건지 코빼기도 보이지 않는다.

'이럴 땐 또 왜 없는 거야?'

그때, 저기 멀리 나를 바라보는 그 아이가 보인다. 내가 손을 번쩍 들어 손짓했더니 빛의 속도로 달려온다.

"저 이 친구랑 같이 있어요. 죄송해요."

그러자 그 남자는 그 아이를 한번 흘겨본 후, 그 아이에게 눈빛으로 따라오라는 신호를 보낸다.

'아… 뭔가 잘못됐다!'

그 아이는 잔뜩 쫄아서 그 남자를 뒤따라갔고, 나는 그 애가 신경 쓰여 그쪽을 계속 바라보았다. 그새 또 다른 어린 남자애가 내 앞도 아니고 내 옆에 앉는다.

'이건 또 뭔가요?'

같이 합석해도 되냐고 묻는데, 이것저것 신경 쓰기 싫어 포기한 채 아무 말 없이 사이다만 홀짝거렸다.

미소 속에 비친
그대

한 10분쯤 지났나? 그 늙은 선배가 다시 돌아와 내 앞에 앉았는데 내 옆에 앉아 있던 젊은 남자애도 다른 곳으로 도망치듯 가 버린다. 모두 다 보내 버리는 무시무시하게 나이 많은 선배인가 보다.

"99학번인가요? 이름이 뭐예요?"

대꾸하기도 싫어 아무 말 없이 친구들 춤추는 것만 멍하니 바라보았다.

"저는 경제학과 96학번 임형석이에요."

"…."

내가 대답이 없자, 자기 연락처를 메모지에 적어서 준다.

"나 그쪽 맘에 들거든요. 연락 꼭 해 주면 좋겠어요."

그렇게 그 늙은 선배는 자리를 떴고 이후 두 명의 남자가 더 말을 걸어왔지만, 나는 여전히 무관심한 태도로 일관했다.

12시에 시작한 행사는 점점 무르익어 갔다.

'잘들 논다. 에너지가 넘치는구나. 술 마시고 춤추고, 또 술 마시고 춤추고….'

그런데 갑자기 어디선가 조용한 발라드 반주가? 신승훈의 〈미소 속에 비친 그대〉! 내가 너무 좋아하는 노래가 들려와 기분 좋게 무대를 바라보았는데, 그 아이가 마이크를 들고 있다.

"너는 장미보다 아름답진 않지만 그보다 더 진한 향기가… 너는 별빛보다 환하진 않지만 그보다 더 따사로워."

'올~ 노래 좀 하는데?'

그 아이는 제법 진지하게 한 소절 한 소절 부르면서 살짝 미소 띤 얼굴로 날 바라본다. 그런데 이상하게도 그 아이의 눈빛이 나를 따뜻하게 감싸는 듯한 느낌이다. 노래를 마치고 무대에서 내려온 그 아이는 다시 음식을 나르거나 잔심부름을 하며 내 주위에서 맴돌았다가 한 번씩 날 바라보기만 하고는 그냥 지나친다.

어느덧 오후 5시, 종일 밥도 못 먹고 과자와 마카로니만 먹었더니 매콤한 국물에 쌀밥이 먹고 싶다. 하나도 재미없는 나와 달리, 애들은 뭐가 그리도 좋은지 함박웃음이다. 정신없이 춤을 추고 처음 보는 남자들 앞에서 술 마시며 웃고 떠들고….

사회자가 또 마이크를 들었다. "오늘 즐거우셨나요?" 하면서 한 손을 귀에 대자, "네!"라는 합창과 함께 박수가 터져 나왔다.

'젠장…. 덕분에 난 평생 먹을 마카로니 오늘 다 먹었네. 윽~ 느끼해. 개운한 게 필요해!'

다 같이 일어나서 밖으로 나갔는데 신선한 공기를 마시니 기분이 좋아진다.

'이렇게 좋은 날씨에 깜깜한 곳에 갇혀서 뭔 짓인지.'

학교 앞 식당에서 2차로 저녁 식사를 한다며 친구들이 같이 가자고 하는데 그냥 간다며 친구들에게 인사를 하자 다들 밥만 먹고 가라고 난리다. 진짜 집에 가고 싶은데 이리 붙잡으니 그냥 갈 수도 없고…. 참으로 난감하다.

영주가 내 손을 잡고 나를 이끌자 나는 못 이긴 척 그들의 뒤를 따른다.

식당으로 가는 길, 길가엔 하얀 벚꽃이 흐드러지게 피어 있다. 꽃을 보며 친구들과 걷는데, 그 아이는 나보다 앞서 가다가 나를 흘끗 바라보고 또 몇 걸음 가다가 뒤를 돌아본다.

'뭐야…. 왜 나를 계속 보는 건데?'

그 아이의 눈빛에 나는 쑥스러운 건지 불편한 건지 알 수 없는 감정에 그를 본체만체하며 꽃을 바라보는 척한다. 아까 버스 타고 올 때도 봤던 꽃인데 왜 이렇게 아까와 다르게 보이는지…. 하얀 꽃이 살살 부는 봄바람에 조금씩 흔들린다. 길가에 쭉 늘어선 벚꽃 사이로 그 아이 얼굴이 보이는데, 순간 이상하게 친구들의 시끄러운 대화 소리도, 지나가는 차 소음도 들리지 않는다.

친구들에 끌려가듯 식당에 도착해 영주와 구석 테이블에 자리를 잡고 앉아 시원한 물을 들이켰다. 물 컵 사이로 나를 바라보는 그 아이의 초롱초롱한 눈빛이 보이자, 물을 뿜을 뻔한 나는 그의 시선을 피해 밥을 먹는다.

너무나 피곤해 빛의 속도로 밥을 먹고 일어나 친구들과 인사하고 신발을 신는데, 아까 그 늙은 선배가 나를 따라 신발을 신는다.

'설마… 불안하다! 얼른 튀어야겠다!'

서둘러 식당에서 나와 빠르게 걸어가는데, 내 예상대로 그 늙은 선배는 내 뒤를 따라오며 나를 부른다.

"저기!"

'나는 저 소리가 들리지 않는다. 들리지 않아! 그냥 가자. 제발….'

못 들은 척하며 발걸음을 재촉하는데 그는 더 크게 나를 부른다.

"저기요!!"

뒤돌아보기 싫지만 버스까지 따라 탈 것 같은 불길함에 가던 길을 멈추고 돌아선다.

"저… 혹시 이름이랑 연락처 알려 줄 수 있나요?"

'와~ 집요하네….'

"저 연락처는 없어요. 공부하느라. 바쁜 일이 있어서 그럼 이만."

급히 인사를 하고 돌아서서 재빠르게 걷는데, 또 뒤에서 누군가 나를 향해 빠르게 뛰어오는 소리가 들리자 분노의 눈빛을 장착했다.

'왜? 또! 뭐!'

"저기요! 누나!"

'헉! 그 아이의 목소리다!'

그 아이의 목소리에 분노의 눈빛을 가라앉히고 뒤돌아섰다.

"저… 누나! 혹시 연락처랑 이름 좀 알려 주시면 안 될까요?"

'연락처? 왜? 너 나 좋아하니? 나 어떡하지? 뭘 고민해? 그냥 스치는 인연일 뿐이야.'

"내 이름은 윤지수. 핸드폰 번호는, 음…."

이 아이 거절당할 것 같았는지 급하게 선수를 친다.

"연락 자주 안 할게요. 알려 주실 거죠?"

어느 봄날, 그가 내게로 왔다

귀여운 녀석은 발그레한 얼굴로 나를 사랑스럽게 바라본다. 무언가에 이끌린 듯 연락처를 알려 주고 뒤돌아서 버스정류장을 향해 걷는데, 그 아이가 큰 소리로 말한다.

"누나! 제 이름은 박준호예요!"

'나도 알아. 오늘 네 이름 많이들 부르더라.'

나는 웃음을 참아 내고 대답 없이 뒤돌아 또 걷는다. 버스를 타고 집에 가는데 자꾸 그 말린 뻘건 고추 같은 그 아이의 얼굴이 생각난다.

'픕~ 웃겨!'

깨끗이 씻고 방에 들어와 침대에 앉았는데 엄지발가락 쪽에 이상한 느낌이 들어 곰곰이 생각해 본다.

'아… 맞다! 발가락!'

발을 들여다보니 발톱에 멍이 들어 까맣게 부어 있었고 이제야 아파 오기 시작한다.

'아~ 아프다!'

입을 열어 거울로 잇몸을 보니 잇몸도 뻘겋게 부어올랐다.

'구내염으로 번지겠네. 어떻게 이런 입으로 그 매운 김치찌개를 먹었단 말인가.'

정말로 피곤한 하루다. 털썩 책상 앞에 앉았는데 공부가 될턱이 있나? 낮에 듣던 시끄러운 음악 소리가 지금도 귀에서 윙

윙~ 그 뻘건 말린 고추도 떠나질 않고….

'아이고, 두야!'

목요일 아침, 또 학교에 가야 하는 나는 천근만근인 몸을 이끌고 밖으로 나와 터덜터덜 걷고 또 걷는다. 버스정류장은 오늘따라 유난히 먼 것 같다. 목련이 잠깐 하얗게 불태우고 진다. 개나리도 노란 자태를 뽐내다가 지고, 벚꽃은 꽃망울을 터뜨리며 하얗게 눈꽃을 피운다. 참 예쁘다. 처녀 마음을 싱숭생숭하게 만드는 자연의 생동감!

갑자기 벚꽃을 보니 나를 바라보던 그 아이의 눈빛이 떠오른다. 왠지 모를 미소가 지어지는 이유는 뭘까? 그렇게 놀이터를 가로질러 가며 보니 그 아이가 강퍅한 내 몸을 녹이듯 봄이 바짝 웅크린 세상을 녹이고 있었고, 쌀쌀하지만 따뜻함도 느껴진다.

꽃 내음도 잠시, 버스가 만원이다. 앉아서 가고 싶은데 도통 자리가 나지 않아 서서 손잡이를 붙잡고 있으니 이상하게 또 갑자기 그 애가 생각이 난다. 근데 박준호… 연락처 알려 달라더니 연락이 없다.

'쳇! 그래, 알겠다! 메롱이다!'

학교에 도착해 강의실에 들어갔는데 강의실 안이 시끌벅적하다.

'뭔 일이 난 거야?'

애들 얼굴은 퀭했고 강의실 안은 술 냄새로 가득하다. 언제나 그랬듯 앞에서 두 번째 자리에 앉았는데, 애들이 나를 중심으로 삥 둘러앉는다.

"윤지수! 미안…. 예비역 오빠가 네 연락처 알고 싶대서 알려 줬어."

나는 배신감에 화가 난다.

'이건 또 뭔가요? 지가 사정사정해서 나갔더니 은혜를 원수로 갚다니!'

근데 옆에 있던 선영이가 더 웃기는 이야기를 시작한다.

"지수야! 어제 네 앞에서 알짱대던 그 중학생같이 생긴 애 있지? 걔 진짜 웃기더라!"

그 말을 듣고 흠칫 놀랐지만 관심 없는 척하며 묻는다.

"뭐가?"

"어제 우리 4차까지 갔잖아. 말도 잘하고 귀여워서 술김에 나랑 사귀자고 했거든?"

나는 그 순간 머리가 띵했고 가슴이 뛰기 시작한다.

'뭐… 뭐가 어쨌다고? 궁금하다. 그 아이의 대답! 어서 말해봐! 어서!'

"자기 여자 친구 있다더라. 웃겨서…. 푸하하하!"

그러자 영주가 이상하다는 듯 내게 물었다.

"근데 걔 너한테 관심 있는 것 같던데? 아닌가?"

나는 애써 침착하며 대답한다.

"관심은 무슨⋯. 화장도 안 한 노인네 혼자 불쌍하게 앉아 있으니 신입이 챙긴 거지!"

'정녕 그랬단 말인가. 여친 있는 새파랗게 어린 갓대학생이 노땅 여인네 불쌍해서 챙겨 준 것인가? 박준호! 오랜만에 설렘⋯ 잠깐이지만 고마웠다!'

씁쓸해하고 있던 찰나 문자 한 통이 진동을 타고 왔는데, 역시 그 늙은 아저씨였고 자기 전화번호라며 이따 전화한다고 한다.

'종일 그 아이 때문에 심란한데 보탠다, 보태!'

집에 와서 저녁 먹는데 결국 전화가 왔고 전화를 받아서 한마디 했다.

"저 진짜 남친 있어요. 죄송해요. 앞으로 연락하지 마세요!"

"아! 네⋯. 미안합니다."

밥 먹고 양치하는데 자꾸 아파서 자세히 보니 구내염. 역시 내 예상은 빗나간 적이 없다.

다음 날 오전 수업이 다 휴강이라 점심에 학교에 갔는데, 친구들이 시끌시끌하기에 가서 들어 보니 친구 하나가 페스티벌에서 만난 1살 연하랑 사귀기로 했다며 자랑하고 있었다.

'쳇~ 난 또 뭐라고⋯.'

어느 봄날, 그가 내게로 왔다

그런데 심란한 마음은 가라앉지 않아 고개를 도리도리 흔들며 잡생각을 없애 본다.

그렇게 시간이 흘러 3주가 지나가고…. 모든 게 잊힐 즈음, 학교에서 수업을 받는데 문자가 진동을 일으킨다. 몇 분 있다가 또 진동이 울렸고, 수업 받느라 잊고 있었는데 수업이 끝나자 영주가 묻는다.

"아까 문자 온 거 아냐?"

'그러게. 아까 문자 왔었지?'

전화기를 열어 보니, 앗! 준호네? 이건 또 무슨 상황?

"누나! 잘 지내시죠? 저는 잘 지내고 있어요! 지금 제가 있는 곳은 시골인데, 학교 선배가 지방선거 출마해서 거기 유세한다고 도와주러 왔어요. 또 연락할게요!"

'나쁜 놈! 여자 친구도 있는 놈이….'

화가 난 나는 전화기를 닫고 답장을 하지 않는다. 어느새 냄새를 맡고 달려든 하이에나들은 전화해 보라고, 왜 연락했냐고 물어보라며 난리다.

'철없는 것들. 때가 어느 때인데…. 정신 차려 이것들아!'

그런데 한편으론 '연락 한번 해 볼까?' 그 생각도 잠시, 머리를 흔들며… '아니지. 그래, 정신 차리자! 윤지수!' 이렇게 마음을 추스른다.

그렇게 사흘이 흘러 금요일 밤 11시, 문자가 온 줄도 모르고 공부하고 있는데 휴대폰을 보니 9시 15분에 준호에게서 문자가 와 있었다.

"누나 바쁘세요? 누나 귀찮을까 봐 3주 지나서 연락했던 건데 답장이 없어서요."

한참 동안 핸드폰을 만지작거리다 답장을 하지 못한 채 잠이 들고 말았다.

다음 날 토요일 아침, 아무 생각 없이 누워 있는데 문자가 울린다.

"지수 누나! 전화해도 돼요?"

몇 분 후 갑자기 전화벨이 울렸고 놀란 나는 전화를 받고 만다.

"여보세요? 지수 누나?"

아주 밝고 들떠 있는 준호의 목소리가 들려오자 나는 새침한 듯 묻는다.

"네. 그런데 무슨 일이에요?"

"저기… 저… 혹시 오늘 만날 수 있어요?"

"왜요? 왜 만나야 해요? 여자 친구도 있으면서 왜 이러는 건데요?"

"네? 저 여자 친구 없는데요?"

'거짓말….'

"친구가 그러는데 여친 있다고 하던데?"

나는 왜 이런 말을 묻고 있는지 알 수가 없다. 내 말에 그 애는 헛웃음을 웃는다.

"풉! 아~ 그건 여자 분들이 계속 치근대서 거짓말한 거예요!"

살짝 기분이 나아지지만, 나는 마음에도 없는 소리를 한다.

"음… 저는 이유 없이 만나는 것도 싫고, 설사 여자 친구가 없대도 그건 나와 상관은 없는 것 같네요."

'너무 앞서가는 건가 싶지만 딱히 뭐라고 할 말도 없고….'

"누나! 꼭 이유가 있어야 해요? 그냥 가볍게 점심 식사 한 번도 안 되는 거예요?"

'뭐니, 이건 또? 어떻게 하지?'

나는 아무런 말을 하지 못한다.

"지금 저 학교거든요. 제가 거기 누나 있는 곳으로 갈까요?"

"아니요. 그럼 제가 그리로 갈게요."

'어머, 나… 미쳤나 봐!'

나의 말에 깜짝 놀란 그 아이가 재빨리 대답한다.

"정말요? 그럼 도착하시면 연락 주세요. 기다릴게요."

이미 나는 옷을 갈아입고 있다.

'윤지수, 너… 어쩌려고 그래!'

미소 속에 비친 그대

아… 아무래도
첫사랑인 것 같다

20분 후, 학교 앞에 도착해서 그 아이에게 전화를 건다.

"저 학교 정문 앞에 도착했는데 어디예요?"

"저도 지금 정문 앞인데? 아! 보여요!"

주위를 둘러보니 준호가 저만치서 환하게 웃으며 손을 흔들면서 뛰어온다.

'어? 이상하다. 왜 이렇게 가슴이 콩닥콩닥 뛰는 거지?'

5미터, 3미터, 1미터…. 어리디어리게 생긴 그 아이는 이미 내 눈앞에 와 있었고, 멋쩍게 웃고는 인사하며 전화를 끊는다. 둘은 멍하니 서서 어색한 웃음만 오고 가다가 침묵을 깨고 준호가 먼저 말을 건넨다.

"더 예뻐지셨어요."

이 아이, 이렇게 말하고는 또 얼굴이 발그레해지며 수줍게

웃는다. 그의 수줍은 미소는 내 마음속 깊은 곳까지 파고 들어
와 나를 흔들어 댄다.

'나 왜 이러지? 이러면 안 되는데… 나, 어떡하면 좋을까?'

나는 정신을 가다듬고 말한다.

"벌써 1시가 다 돼 가네요. 점심 먹어야죠? 뭐 먹을래요? 뭐
좋아해요?"

"저는 아무거나 다 좋아해요. 누나 좋아하는 걸로 먹어요."

"그럼 우리 파스타 먹을래요?"

준호가 환하게 웃으며 고개를 끄덕인다.

근처 솔레미오라는 파스타 가게로 준호를 데리고 안으로 들
어가 적당한 창가에 자리를 잡고 앉았는데, 여전히 어색함은
흐르고…. 먼 산을 바라보는 나를 보던 준호가 적막함을 깨고
내게 묻는다.

"뭐 드실래요? 주문할까요?"

"아! 네… 그래야죠. 저는 김치볶음밥 먹을게요."

"여기요! 까르보나라 파스타 하나랑 김치볶음밥 하나 주세요."

주문을 하고 애꿎은 물만 들이킨다. 몇 분간 정적이 흐르고,
그 애가 어렵게 말을 꺼낸다.

"저… 혹시 남자 친구 있으세요?"

내 심장은 또 두근두근! 나는 일단 모른 척한다.

아… 아무래도 첫사랑인 것 같다

"없긴 없는데 난 그런 거 안 만들어요. 공부해야 해요."

내 대답을 들은 그 애는 아무런 말을 하지 않고 나를 바라본다.

그렇게 한참 적막이 흐른 뒤,

"저… 진짜 누나 귀찮게 안 할게요. 연락도 자주 안 하고 만나 달라고 조르지도 않을게요."

준호의 눈을 바라보았다. 그 애의 따뜻한 눈빛은 진짜였다.

'아… 나 진짜 어떡하지? 내 사전에 연애란 없는데….'

하지만 자꾸만 흔들리는 내 마음과 요동치는 심장!

"음… 제가 남자 친구 안 사귀는 이유는 내가 마음의 여유가 없어요. 내 성격도 준호 씨가 감당하기 힘들 거고…. 아마 나 만나는 내내 아플 거예요."

"상관없어요. 제가 다 맞출게요. 누나 힘들지 않게 다 감당할 수 있어요. 저 지금까지 여자 친구 사귄 적도 없고, 이렇게 가슴 뛰게 누구를 기다려 본 것도 처음이에요!"

지금껏 내게 수많은 남자들도 이렇게 말했었다. 나는 가슴이 답답해 왔다. 그냥 아무 말 없이 창밖을 바라보다가 준호 얼굴 한 번 바라보고는 적막이 계속 흐른다.

'아… 어떻게 해야 하나. 미치겠네. 이와 같은 순간이 여러 번 있었지만 이렇게 고민하기는 처음이야!'

어느 봄날, 그가 내게로 왔다

그때 때마침 식사가 나왔다. 밥이 나왔으니 먹긴 먹어야겠는데 소화도 안 될 것 같았고, 눈치만 보던 준호도 밥을 제대로 먹지 못하고 있다.

'아! 어쩜 좋냐. 이 분위기….'

반도 못 먹고 숟가락을 내려놓았다. 나는 곁눈질로 준호의 눈치만 살폈고 포크를 내려놓은 준호는 한숨을 쉰다.

"누나가 저 정 싫으시다면 연락 안 할게요."

준호가 이렇게 말하며 슬쩍 내 눈치를 보자, 당황한 나는 무슨 말을 해야 할지 몰라 아무런 대꾸도 하지 않는다. 나는 이러지도 저러지도 못하겠어서 가방을 든다.

"우선 오늘은 여기까지 해요. 우리 나가요."

밖으로 나오니 공기도 좋고 따뜻하다.

"버스정류장까지 바래다 드릴게요."

"아니에요. 제가 그냥 갈게요. 미안해요. 먼저 갈게요."

돌아서서 버스정류장으로 향하지만 발걸음이 무겁다. 그때 갑자기 뒤에서 뛰어오는 소리가 들렸고, 그 발자국 소리에 또 내 심장은 뛰기 시작했다.

"지수 누나! 제가 바래다주고 싶어서 그래요. 버스정류장까지만이라도 안 돼요?"

이 아이의 간절한 말에 잠시 고민하다가 고개를 끄덕이고 더 이상 아무런 말을 하지 않고 걷는다. 오늘따라 내 걸음이 왜 이렇게 느린 건지…. 걷다가 갑자기 그 애와 손이 스쳤다.

둘 다 깜짝 놀라 쳐다보지도 못한 채 어색하게 그냥 걷는다. 뭐라고 할 말이 많은 얼굴을 한 준호는 내 눈치를 보며 아무 말 하지 못하고 한숨만 쉬다가 버스정류장에 도착했다.

"저 여기서 버스 타요. 고마워요."

"저… 저… 아, 네. 그럼 조심히 들어가세요."

준호가 실망한 얼굴로 나를 바라보자 나도 잠시 망설였지만 인사를 건넸다.

"네… 준호 씨도 잘 지내요."

애꿎은 버스는 일찍도 온다.

'타야겠지? 그래, 타야지!'

아쉬운 마음을 뒤로한 채 버스에 올라타서 자리에 앉았는데, 준호는 창밖에서 애처로운 눈으로 날 바라보고 있다. 나를 바라보는 그 슬픈 눈빛에 나까지 슬퍼지려 한다.

집에 도착해서 씻고 휴대폰을 보니 준호에게 문자 한 통 와 있다.

"잘 들어가셨어요? 아까 식사도 제대로 못하셨는데 저녁이라도 든든히 드세요."

어느 봄날, 그가 내게로 왔다

'하~ 답장은 안 하고 싶다. 이러다 계속 연락하고 싶을 것 같아서….'

씻고 누워 있다가 저녁을 먹고 책을 펼쳤지만 글씨가 눈에 들어 올 리 없다. 이 심란한 마음을 어찌해야 좋을지…. 밥을 먹을 때도 잠을 자려고 누워도 자꾸만 생각이 난다.

'지수야! 이 환상에서 깨야 해! 이렇게 시간을 보낼 여유가 없어!'

눈이 내린 것처럼 온 세상을 뒤덮었던 하얀 벚꽃이 지고, 태양처럼 빨갛고 여자의 붉은 볼처럼 화사한 분홍색, 다홍색 철쭉이 피기 시작한다. 그 꽃들은 온 세상에 봄이 절정이라고 광고라도 하듯 활짝 피어 물들었다. 그런데 그 꽃들을 보니 한숨만 나온다.

'봄은 왔는데 나한테 봄이 어디 있나….'

그렇게 2주가 지나갔고, 준호에게서는 그 뒤로 연락이 없었다.

'그래도 시간은 가는구나. 에휴~'

덩달아 내 한숨도 늘어만 갔고, 며칠을 고생해서 중간고사가 끝이 났다.

낮엔 제법 더워 사람들은 생과일주스, 아이스커피 한 개씩 들고 다닌다. 모두들 만물이 생동하는 봄의 끝자락을 배웅하며 뜨겁고 열정적인 여름을 맞이하고 있다.

아… 아무래도 첫사랑인 것 같다

누워서 쉬고 있는데 전화벨이 울렸고 전화기를 열어 보니, 준호다! 또 내 심장은 말썽을 부린다. '아이고 심장아! 왜 이러니? 나대지 좀 마!' 받을까 말까 고민하다가 실수로 받아 버렸다. 아니, 실수가 아닐지도 모르겠다.

"여보세요?"

"누나! 저예요. 저 기억하시죠?"

'당연히 기억하지! 그걸 말이라고….'

"아… 예. 또 무슨 일이에요?"

"시험도 끝나고 해서 생각이 나서요. 잘 지내시나 궁금해서 연락했어요. 그게… 저… 솔직히 제 친구가 여자 친구랑 헤어져서 누나 안부를 물을 곳이 없더라고요. 그래서 답답했어요."

'아… 그랬구나!'

왠지 내 마음 한구석이 이상해지는 느낌이 들어 어렵게 말을 꺼내 본다.

"우리 잠깐 볼래요?"

이렇게 말을 해 놓고 탄식이 나온다.

'아~ 너 지금 뭐 하냐! 윤지수! 너 어쩌려고….'

깜짝 놀란 준호가 말을 더듬는다.

"저… 정말요? 어… 어디서 볼까요? 제가 누나 계신 곳으로 갈게요."

"아녜요. 내가 준호 씨 학교 앞으로 갈게요."

"네. 알겠어요. 오시면 전화 주세요."

완전 들뜬 그 애의 목소리를 들으니 이상하게 가슴이 답답해진다.

'미치겠다. 왜 유독 이 아이에게만 마음이 약해지는 걸까?'

달리는 버스 안, 갑자기 창밖 모든 풍경이 새삼 아름답게 보인다. 암울했던 내 인생에 처음으로 세상이 아름답게 보이기 시작한 것이다. 벚꽃이 진 나뭇가지에는 여름에 우리에게 그늘을 선물해 줄 나뭇잎이 조금씩 손짓하고 있었고, 그 손짓은 나를 향하는 것 같아 기분이 더 좋아진다.

그새 도착한 준호네 학교 앞, 그때 만났던 곳에 가니 준호가 나를 기다리고 있었다. 준호를 본 순간부터 그에게 다가가기까지 계속 뛰던 내 심장은 그에게 가까이 다가갈수록 더 크게 펌프질한다.

'이러다 내 심장 터지겠다. 지금 내 눈앞에 서 있는 이 아이… 이 아이를 어떡하면 좋을까?'

떨리는 마음을 가다듬고 말을 꺼낸다.

"우리 날씨 좋으니까 학교 안에서 좀 걸을까요?"

"좋아요!"

이 아이한테선 항상 좋은 냄새가 난다. 처음에도, 두 번째도, 지금도….

"혹시 향수 뿌려요?"

쿵쿵 자기 옷 냄새를 맡아 보는 준호는 부끄러운 듯 말한다.

"아~ 이 냄새요? 섬유유연제 냄새예요. 저희 집에 아들만 둘인데 홀아비 냄새 난다고 엄마가 좀 많이 넣으세요."

이렇게 말을 하며 쑥스러웠는지 얼굴이 또 빨갛게 말린 고추색으로 변했다.

벌겋게 달아오른 준호의 얼굴을 보고 있자니 또 '쿵쿵' 심장이 나댄다.

나는 편의점에서 바나나 우유 두 개 사서 한 개를 준호에게 건넸고, 빨대를 꼽고 마시며 함께 걸었다. 이 순간만큼은 아무 생각도 안 하고 싶다. 학교 곳곳을 돌아다니며 한참을 걷다 보니 다리가 아팠는데 마침 벤치가 보인다.

"우리 저기 좀 앉을래요?"

"좋아요!"

준호는 벤치로 먼저 달려가 자기 노트를 꺼내 옆에 놓는다.

"누나! 여기 앉으세요."

'넌 매너까지 좋구나! 아… 큰일이다. 나 왜 이러니.'

앉아서 하늘을 바라보니 파란 물감을 풀어놓은 듯 구름 한 점 없이 온통 새파랬다. 함께 하늘을 보던 준호가 머뭇거리다 말을 꺼낸다.

"그냥 우리 아는 누나 동생은 어때요?"

'오! 좋은 생각이다. 내가 보고 싶을 때 연락해서 보면 되고 부담도 없고.'

"좋아요!"

내가 활짝 웃으며 대답하자, 이 아이는 진짜 어린아이처럼 기뻐서 벌떡 일어나 팔짝팔짝 뛴다.

"예스! 진짜죠? 정말이죠? 그리고 누나… 말씀 편하게 하세요."

"그럼 편하게 놓을게요."

"에이~ 말 놓으시라니까요!"

준호의 갑작스러운 애교 공격에 이성을 잃었는지 나는 어느덧 실없이 웃고만 있다.

'안 돼! 윤지수….'

해가 지려고 하니 쌀쌀해져 나는 벤치에서 일어나며

"조금 피곤하네요. 오늘은 이만 갈게요."

말은 이렇게 하면서도 속으로는 함께 더 있고 싶은 내 자신이 너무나 낯설다.

"시험 보시느라 힘드셨죠? 가요!"

우리는 버스정류장을 향해 천천히 걸었다. 하지만 애석하게도 벌써 버스정류장에 도착했고, 나는 일부러 한 대 보낸다.

'여우 같네. 내게 이런 모습이?'

살짝 곁눈질로 준호의 얼굴을 봤는데, 이 아이의 얼굴은 마

아… 아무래도 첫사랑인 것 같다

치 세상을 다 가진 듯한 얼굴이다. 버스는 눈치도 없이 빨리 온다.

"저기 버스 오네. 나 이제 갈게. 잘 들어가~"

"네, 누나. 또 연락할게요. 조심히 들어가세요."

준호는 이렇게 말하며 천진난만한 얼굴로 방긋 웃는다.

'하~ 넌 왜 이렇게 웃는 게 예쁘니?'

버스에 올라 맨 뒷자리에 앉아 밖에서 손을 흔드는 그 아이를 바라보는데, 쿵쿵 마음이 설렌다.

집에 도착해서 양치를 하는데 괜히 웃음이 났다. 씻고 방에 들어와서 휴대폰을 봤는데, 문자 한 통이 왔다.

"누나, 집에 도착하셨어요? 저는 집에 가는 버스 안이에요. 오늘 만나 주셔서 감사해요. 그리고 누나 동생 사이라도 허락해 줘서 또 고맙고요. 좋은 밤 되세요!"

"어, 들어왔지. 조심히 잘 들어가~"

'나 왜 이렇게 기분이 좋은 거야? 이래도 되는 거야? 에라이, 오늘 공부는 쉬자!'

벌렁 침대에 누웠는데 피식피식 괜히 웃음이 난다.

다음 날 아침, 오늘 전체 휴강이라고 과대에게서 문자가 왔다. 오늘은 도서관에 가서 정신 차리고 공부해야지 마음먹고 준비해서 도서관에 가는데…. 나도 모르게 준호네 학교 가는 버스를 탄다.

'나 진짜 사랑에 빠진 걸까? 안 돼, 안 돼!'

다시 내려 길을 건너 버스를 타고 동네 도서관으로 향한다. 평일이라 도서관이 한가하다. 의자에 앉아 책은 폈지만, 펼친 국사책을 보고 있노라니 반가사유상 얼굴에 준호 얼굴이 비친다. 다음 장을 넘겨도 또 그다음 장을 넘겨도… 온통 준호의 웃는 얼굴뿐이다. 이런 불상사가 일어 날 줄 알았다. 공부는 해야겠는데 준호도 만나고 싶고…. 애써 준호구름을 뿡뿡 터뜨리고 다시 열중해 보지만….

'아니, 얘는 아무리 연락 자주 안 한다고 했어도 이렇게 연락을 안 할 수가 있어?'

생각해 보니 이제 겨우 이틀째다.

'어휴~ 작년에 떨어졌으니 이번엔 꼭 붙으면 좋겠다.'

공부 모드로 들어가려는 그 순간, 울리는 문자 소리.

"누나, 잘 잤어요? 자고 있는 거 깨운 건 아니죠? 혹시… 오늘 약속 있어요?"

'당근 약속 없지. 있다 해도 깨야지!'

밖으로 나가 통화 버튼을 눌렀는데 한 번 울리고 바로 받는 귀여운 녀석!

"여보세요? 누나?"

나는 비음이 잔뜩 섞인 코맹맹이 소리를 낸다.

"어. 잘 지냈어? 오늘 왜에~?"

'어머! 나… 뭐니? 나 미친 거니?'

"오늘 혹시 시간 되세요? 공부에 방해되는 건 아니죠?"

"음… 나도 오늘 날도 너무 좋고 나가고 싶었어. 네 학교 앞
에서 보자. 한 11시 반쯤 보는 게 어때?"

"좋아요. 그럼 천천히 조심히 오세요!"

조금 더 공부를 하다가 서둘러서 짐을 싸 열람실을 빠져나왔
는데, 도서관 현관에 비친 내 모습은 동네 마실 나가는 아줌마
같았고 집에 들렀다 가면 너무 늦을 것 같아 망설여진다. 하지
만 준호는 이런 내 모습도 좋아해 줄 거라 생각하니 콧노래가
절로 나온다.

버스정류장 가는 길이 오늘따라 참 멀다. 버스에서 내려 늘
만나던 학교 정문 앞, 준호는 먼저 기다리고 있다가 나를 보자
마자 반갑게 손을 흔들며 내게로 달려왔다. 이런 느낌, 처음
이다.

"나… 지금 도서관에서 공부하다가 나온 거라 좀 추레해."

"네? 그게 무슨 말이에요? 예쁘기만 한 걸요? 그리고 누나는
부지런하구나."

이렇게 말한 준호의 얼굴이 또 말린 고추같이 변했고, 나는
순간 그 모습이 너무 사랑스러워 안아 주고 싶었다.

"오늘은 김밥 먹을래?"

준호는 환하게 웃으며 "좋아요!"라고 대답한다. 김밥 집에 들어가서 김밥 두 줄에 라면 한 개를 시켰다.

"누나! 제 첫인상 어땠어요?"

'헉! 첫인상이라… 이걸 사실대로 말해, 말아?'

내가 잠시 망설이자 준호는 시무룩한 표정으로 말한다.

"알아요. 동네 꼬마로 보셨죠?"

나는 깜짝 놀랐고 티 나게 고개를 저으며 말한다.

"아냐~"

"아니긴요. 저, 다 기억나요. 형 따라왔냐고 그러시고…."

"쫌 그랬긴 했지. 헤헤…. 그럼 난 어땠어?"

준호는 반짝반짝 빛나는 두 눈동자로 나를 바라보고는 환하게 웃으며 대답한다.

"누나요? 그날… 처음에 계단에 누군가 올라오는 소리가 들려 내려다보니, 어떤 여자 한 분이 올라오더라고요. 저는 인사하려고 계단 끝에 서 있었고 곧 제 앞으로 그 여자분이 올라왔는데…."

'그… 그런데? 화장기 없는 민낯에 노땅? 뭐야! 어서 대답해!'

"웬 천사가 제 눈앞에 있는 거예요. 태어나서 그렇게 예쁜 천사는 처음 봤어요. 정신을 못 차리겠더라고요."

내 몸은 배배 꼬이며 눈은 하트로 가득했고, 준호는 흥분한 듯 계속 말을 이어 간다.

"심장이 터질 것 같아서 말을 못하고 있다가 용기 내서 거국 대학교에서 오셨죠, 라고 말을 건넸는데 누나는 아무 말도 안 하시고 친구들과 들어가 버리셔서 당황했어요."

"미안. 그땐 진짜 중학생인 줄 알고 대답을 뭐라고 해야 하나 망설였어. 그때 마침 친구들이 온 거고."

"아~ 그러셨구나. 그리고 형 따라왔냐, 신경 쓰지 말라고 하셔서 그땐 정말⋯."

그러고는 멋쩍은 미소를 띤다. 마침 김밥과 라면이 나왔고, 맛있게 먹던 준호는 라면이 매운지 연신 물을 들이켠다.

다 먹고 나와서 소화도 시킬 겸 대학로 구경을 했고, 우린 이 런저런 이야기를 하며 걸었다.

"페스티벌 때 임 선배 말고도 다른 선배 4명도 누나 맘에 든 다고 난리였는데⋯."

나는 그냥 아무 말 없이 걷는다.

"누나! 우리 조용한 커피숍 가서 얼굴 보며 얘기해요."

"그래!"

'난 아무래도 좋아. 너와 함께라면⋯.'

커피숍에 들어가 창가에 자리를 잡고 마주 앉았는데 어색한 웃음만 오고 간다. 그러다 준호가 수줍은 듯 말을 꺼낸다.

어느 봄날, 그가 내게로 왔다

"누나! 누나는 왜 이렇게 천사 같아요? 그래서 제 핸드폰에 저장한 누나 이름이 지수 천사예요!"

준호가 이렇게 말하며 배시시 웃자 준호의 미소에 내 가슴이 또 뛴다.

'아… 아무래도 첫사랑인 것 같다!"

처음으로 찾아온
사랑

이렇게 마주 보고 앉으니 또 기분이 이상해진다. 준호는 아이스크림을, 난 레몬에이드를 주문하고 서로 얼굴을 바라보는데 이상하게 괜히 웃음이 난다.

"그날 누나, 다른 친구들이랑 어울리지도 않고 혼자만 술도 안 마시고 춤도 추지도 않고… 계속 혼자 앉아서 인상만 쓰고 계셔서 얼마나 신경이 쓰였는지 몰라요. 그런데 다가갈 수 없었어요. 빼빼로 일도 그렇고, 다른 선배들이 계속 말 걸고 있어서…. 빼빼로 일은 정말 죄송했어요."

"아니야. 죄송할 것까지는 없어."

"더구나 누나는 제 관심도 싫다고 하셔서 굉장히 속상했어요. 그리고 이름도, 연락처도 못 물어봤는데 2차 밥 먹으러 안 가시면 어쩌나 걱정했어요. 그런데 친구들과 같이 가는 모습을 보고 안도했었어요. 히~ 저 계속 누나 보며 걸었는데… 모르셨죠? 히~"

쑥스러운지 얼굴이 붉어진 준호가 나를 보며 계속 웃는데, 그의 웃는 얼굴은 너무나 사랑스럽다. 나는 무언가에 홀린 것처럼 넋을 놓고 준호를 바라본다.

"밥 먹고 3차도 같이 가나 했는데, 그냥 집에 가서 진짜 슬펐어요. 바로 따라 나갔는데 아까 그 선배와 얘기하고 계시는 거 보고…. 저… 그런데 혹시 그 선배랑 정말 아무 사이도 아니시죠?"

준호가 귀여운 아기 얼굴을 하며 묻자, 나는 웃음을 꾹꾹 참아 가며 힘들게 대답한다.

"어, 아무 사이도 아냐. 전화번호도 친구가 내 허락도 없이 그 선배에게 알려 줘서 전화가 오긴 했는데…."

순간, 준호의 얼굴이 떨리며 침을 꼴깍 삼키자 놀려 줄까 생각했지만 저러다 울지 싶다.

"남자 친구 있다고 거절했어!"

그새 준호 얼굴이 활짝 피었고 곧 주문한 음료가 왔다. 준호가 내게 스푼 한 개를 건네며 사랑스럽게 나를 바라본다.

"누나도 아이스크림 드세요."

준호는 시동이 걸렸는지 계속 말을 이어 간다.

"누나 그렇게 가고 재미는 없지만 저는 신입생이라 끝까지 있어야 해서 4차까지 있었어요. 너무 늦어 학교 근처에서 자취하는 친구네 집에 갔는데 새벽 2시더라고요. 그때 누나 생각이 어찌나 나던지…. 뽀얀 피부에 천사 같은 모습, 하늘색 카디건에 흰 티, 면바지가 그렇게 잘 어울리는 사람 처음 봤어요. 말은 툭툭 내뱉지만 마음은 아주 따뜻한 사람이라는 게 느껴졌고 그때 이게 사랑이라는 건가, 라는 생각이 들어 누나한테 술김에 연락하려고 했다니까요. 제가 그날 술을 처음 마신 날이어서 실수할 뻔했어요."

"그걸 다 기억해?"

"그럼요~ 누나에 관한 건 다 기억하고 싶어요!"

이렇게 말하고 배시시 웃는 준호를 바라보고 있으니 왼쪽 가슴이 뜨거워진다.

"누나한테 자주 연락하지 않는다고 해서 연락할 수도 없고…. 문자라도 보낼까 했지만 누나가 싫어하실 것 같아서 연락도 못 하겠더라고요. 그래서 괴로움을 떨쳐 보려고 봉사 활동 열심히 다니고 수업도 열심히 들었는데 3주가 3년 같았어요. 전화기를 수백 번 들었다 놨다 했는데 결국 못 참고…."

'그랬구나. 나도 네 연락 기다렸어!'

준호는 계속 지금껏 하지 못했던 이야기보따리를 푼다.

"누나 이름과 연락처를 아는 순간, 세상을 다 가진 것 같았어요. 윤지수, 이름도 예쁘구나. 온통 제 머릿속엔 윤지수! 이 사람만 가득했어요. 그런데⋯ 누나는 저 어땠어요?"

'아⋯ 이 공격은 또 뭔가요? 후위공격이네요!'

뭐라고 대답하기 힘든 질문을 하니 웃을 수밖에⋯.

수십 초간 정적이 흐른 뒤, 준호는 부끄러워 크게 웃는다.

"하하하! 대답 안 하셔도 돼요. 그냥 제가 그렇다는 거죠."

'에라, 모르겠다!'

"너? 귀엽고 착하고 배려심도 있고⋯."

내 말에 준호 얼굴이 또 말린 고추 색으로 변해 갔고 아무 말
못 하고 떨고 있는 준호의 심장 소리가 내 귀에까지 들려온다.
준호는 손을 덜덜 떨며 조금은 녹아내린 아이스크림을 뜬다.
한 40분쯤 지났나? 갑자기 소나기가 쏟아진다. 나는 오랜만에
오는 비여서 반가운 마음에 창밖을 바라보는데, 3분쯤 내린 비
는 어느새 그치고 해가 반짝 빛난다.

"우리, 나갈까?"

밖으로 나와 축축해진 땅을 밟으며 걷다가 학교 안으로 들어
가 산책을 시작한다.

"공기 좋다. 상쾌해. 난 비 온 직후가 좋더라!"

말없이 웃는 준호와 함께 맑게 갠 하늘을 바라본다.

'내게도 이런 모습이? 저 아이가 드라이아이스보다 차가운

내 마음을 녹인 걸까?'

나는 지금껏 경험해 보지 못한 것들을 준호 덕분에 경험했고, 나도 몰랐던 나의 모습도 발견하게 되었다. 말없이 걷기만 해도 좋고, 함께 있는 것만으로도 충분하다. 한참을 걷다가 나도 솔직하게 마음을 열어 보인다.

"처음엔 거기 가는 것도 싫고 귀찮아서 거절했었어. 친구한테서 계속 연락이 오기도 했고, 날씨도 좋고 스스로에게 휴식도 줄 겸 가게 됐지. 음… 널 처음 봤을 땐 그냥 형 따라온 중학생쯤으로 봤어. 클럽도 처음이고 낯선 풍경들, 낯선 조명에 시끄러운 음악 때문에 좀 힘들었거든. 밥 먹고 나와서 네가 날 불렀을 땐 자꾸 연락처와 이름 물어보고 내가 맘에 든다며 연락해 달라고 하는 그 선배 때문에 짜증난 상태였어. 겨우 벗어나고 있는데 또 뛰어오는 발걸음 소리가 들려서 그 선배인 줄 알고 화내려고 돌아섰는데… 너였어. 순진하고 착한 네가 미소 띤 모습으로 달려왔지. 음… 뭐랄까? 공격적이고 저돌적인 고백이 아니라, 쑥스러워하고 날 배려하려 망설이는 네 모습이 그냥 좋았어. 근데 있지, 난…."

나는 한참을 말을 잇지 못했고 갑자기 눈물이 나오는데, 이유를 모르겠다.

"나는 가난한 집에 태어났고 아버지의 빚보증으로 가장 아닌 가장으로 빨리 돈을 벌어야 해. 그래서 공무원 시험을 준비

　어느 봄날, 그가 내게로 왔다

해야 해서 항상 여유가 없어. 나도 너 맘에 들고 만나고 싶지만….”

더 이상 말을 잇지 못하고 울먹이는 나를, 준호는 아무 말 없이 바라보고만 있다. 말없이 서로를 바라보다가 저 멀리 바라보기를 몇 번 반복하다 준호가 어렵게 말을 꺼낸다.

“누나… 많이 힘들구나. 내가 뭘 어떻게 해야 할지 모르겠어요. 내가 해 줄 수 있는 게 있을까요?”

나는 아무 말 없이 준호를 바라보았고, 준호는 머뭇거리다 다시 말을 꺼낸다.

“누나! 내가 옆에서 누나 지켜 주고 싶어요. 그러면 안 될까요?”

‘아… 나, 더 이상 거절하는 거 싫다.’

나는 아무 말 없이 고개를 끄덕였고 준호는 이 세상 다 가진 표정을 짓는다. 눈물이 그친 후 난 그저 준호만 바라보았고, 준호도 사랑스러운 눈빛으로 나를 하염없이 바라본다. 비가 오니 찬바람이 불어와 내 머리카락을 흐트러뜨렸다가 멈추고 또 흐트러뜨려 내 얼굴을 간질인다. 준호가 내 머리카락을 정리해 주며 안쓰럽게 바라본다.

“누나! 집에 가요. 누나 감기 걸리겠어요. 내가 바래다줄게요.”

일어나서 함께 걷는데 갑자기 방금 전 세상과 지금 세상이 또 달라 보였다. 우리는 서로 한 번 바라보고 웃고 또 바라보고 웃는다. 그의 미소에 내 가슴이 또 뛴다.

'아… 이래서 사람들이 사랑을 하는구나.'

버스정류장에 도착했지만 아직 버스는 오지 않는다.

"오늘 즐거웠고 고마웠어. 잘 가고 연락할게. 조심히 가!"

준호는 아무 말 없이 미소 띤 얼굴로 그저 바라만 본다. 그때 버스가 저기 멀리서 다가와 내 앞에 멈춰 서서 나는 아쉬움을 뒤로한 채 버스에 올라탄다. 자리에 앉아 밖을 봤는데 준호가 없다. 고개를 기웃거리며 찾았지만 정말 준호는 없다. 서운한 마음이 든다.

'벌써 갔나?'

그러고 앞을 봤는데… 준호가 버스 안, 내 눈앞에 있다.

'아… 너란 아이, 어쩜 좋니?'

우리는 자리를 옮겨 맨 뒤에 나란히 앉았지만, 어떤 말을 해야 할지 몰라 어색함만 흘렀다.

그새 버스는 집 근처에 다다랐고, 나는 일어나 정차 벨을 누르고 내렸다. 날이 제법 어두워져 길 곳곳에 가로등이 하나씩 불이 들어오기 시작한다. 그 불빛은 이상한 감정을 일으켰고, 내 걸음은 더 느려진다.

"누나 사는 곳이 이런 곳이구나."

준호는 이곳저곳을 두리번거리며 바라보았고, 나는 그런 준호를 사랑스럽게 바라본다. 그러다 또 손이 스쳤다. 내 심장이 막 뛰려고 하는 그때! 준호가 갑자기 내 손을 살며시 잡았는데 내 심장이 터질 듯이 뛴다. 커다란 준호의 손에 내 손이 쏙 들어가서 안겼다. 조금 추웠는데, 따뜻한 준호의 손이 차가운 내 손을 따스하게 감싼다.

집 앞 놀이터에 도착해 3층을 가리키며 "저기가 우리 집이야!"라고 말하자 준호도 3층을 바라보며 "아~ 나도 여기로 이사 오면 좋겠다." 아쉬운 표정으로 귀엽게 말한다. 준호의 말에 나는 그냥 웃는다.

'보내기 싫다. 너란 남자….'

잠시 놀이터 벤치에 앉아 우리는 서로를 바라보다 웃고 또 웃는다.

"이제 가 봐. 늦었어. 큰길 나가는 방향은 알지?"

"그럼요. 누나! 나 받아 줘서 고마워요. 제가 진짜 잘할게요."

"나… 한 성격 하고 잔소리도 많이 할 텐데…."

"아무 걱정 하지 마요. 누나라면 뭐든 다 좋아요."

이렇게 말하고 피식 웃는 준호의 미소가 너무 사랑스러워서 안아 주고 싶지만, 나는 곧 정신을 차리고 일어난다.

"이제 나 들어갈게. 조심히 가!"

"누나 먼저 들어가는 거 보고 갈게요."

떨어지지 않는 발걸음을 돌려 2층에 올라와 그대로 서서 나를 바라보는 준호를 향해 말한다.

"늦었어. 그리고 추워. 얼른 가!"

이 녀석 그제야 손을 흔들며 뒷걸음질 친다.

집에 들어와 잠시 침대에 누웠는데 따뜻한 준호의 손이 벌써 그리워지며 아쉬운 마음이 들기 시작했다. 처음으로 찾아온 사랑이다. 공부에 조금 방해는 되겠지만 해내 보련다.

잠시 후, '띠링띠링' 문자 소리가 들려온다.

"누나, 버스 탔어요. 오늘 제가 태어나서 가장 행복한 날인 것 같아요. 내게 와 줘서 고마워요. 제가 진짜 잘할게요. 이따 통화해요♡"

문자를 보며 배시시 웃으니 막내가 문 앞에 서서 가자미눈을 하고는 한마디 한다.

"언니! 수상해. 남친 생겼고만? 생전 처음 보는 표정이야!"

"쪼그만 게 까분다!"

"엄마~~"

깜짝 놀란 나는 벌떡 일어나 막내의 입을 틀어막고 협박한다.

"입 뻥긋하면 죽는다!"

막내는 메롱을 하며 얄밉게 제 방으로 들어갔고, 나는 다시 휴대폰을 집어 들었다.

어느 봄날, 그가 내게로 왔다

"나도 노력할게. 공부도 열심히 하고 너한테도 잘하고…. 나도 오늘이 태어나서 가장 행복한 날이야. 잘 들어가!"

어느 봄날
그가 내게로 왔다

며칠 후, 우리는 다시 만났고 준호는 나를 보자마자 달려와 끌어안는다.

'어머머, 누가 또 보면 어쩌려고….'

나는 조용한 목소리로 속삭인다.

"진도가 너무 빠른 거 아냐?"

준호는 깜짝 놀라며 내게서 떨어진다.

"죄송해요. 누나 보니까 너무너무 좋아서 그만…."

겸연쩍은 듯 머리를 긁적이며 당황해하는 준호가 너무 귀여워서 내가 먼저 손을 잡았다. 갑작스런 내 행동에 놀랐는지 준호의 얼굴이 또 붉게 변한다. 나는 준호의 얼굴을 보다가 쑥스러워 딴소리를 한다.

"우리 걸을까? 날씨 너무 좋다!"

둘은 손을 꼭 잡고 걷는다. 어딜 가도 좋다. 한참 걷다가 벤치에 앉았는데 준호는 이전보다 더 가까이 내게로 다가와 앉는다. 이렇게 준호와 바짝 붙어 앉으니 내 기분은 봄에 꽃밭을 누비는 것처럼 설레고 좋다.

'너무 좋다! 지금….'

준호는 한참 동안 나를 뚫어지게 바라보더니 "누나! 왜 이렇게 사랑스러워요?"라고 말했고 내 얼굴도 화끈화끈! 심장은 두근두근!

"맨얼굴이 이렇게 예쁜 사람 처음 봐요. 게다가 마음이 더 예쁜 누나를 안 좋아할 사람이 어디 있어요?"

'왜 이렇게 비행기를 태우니~'

"너도 착하고 의젓하고 멋져!"

우리는 한참을 그렇게 앉아서 서로를 바라보았고, 손을 너무 오래 잡고 있어서인지 손에 땀이 가득 차 일어나며 준호에게 말한다.

"일어날까? 저녁 먹긴 좀 이르긴 하지만 맛있는 거 먹자."

학교를 빠져나와 준호가 날 데리고 간 곳은 김치찌개 전문점.

"여기 찌개 맵다던데…. 너 매운 거 못 먹잖아."

"어떻게 알았어요?"

"지난번에 라면 하나 먹으면서 물 한 통을 다 먹어 놓고….

내가 바보야? 그것도 모르게?"

내 말에 해맑고 환하게 웃는 준호를 보니 나도 웃음이 나온
다. 찌개가 나오자 웃던 준호도 긴장됐는지 웃음을 멈추고 팔
팔 끓고 있는 김치찌개를 멍하니 바라본다.

"너무 무리하지 마!"

나는 준호의 속도에 맞춰 천천히 먹고 있었지만, 얼마 안 먹
었는데 준호의 얼굴은 또 말린 고추가 돼 버려 물만 1리터는 넘
게 먹은 것 같다.

"스 하~~ 스 하~~"

준호의 입에서는 매워 죽겠다는 듯 이상한 소리가 계속 났고
얼굴에는 땀이 비 오듯 쏟아지고 있다.

"괜찮아?"

"네…."

"괜찮기는…. 으이그~"

이러다 죽겠다 싶어 준호를 살리기 위해 먹다가 중간에 나
왔다.

매운 거 억지로 먹느라 애쓴 준호를 위해 편의점에서 바나나
우유를 사서 둘이 한 개씩 빨대를 꽂아 입에 물고 다른 한 손은
깍지를 낀다. 우리는 서로를 바라보며 세상에서 가장 행복한
미소를 짓는다. 이런 행복…. 누구에겐 아무것도 아닐 수 있지

만 나에겐 너무나 소중하다.

서로의 손을 잡고 흔들며 가벼운 발걸음으로 버스정류장으로 향한다. 버스정류장에 거의 다 왔는데 갑자기 비가 쏟아졌고, 급하게 뛰어 버스 정류장 부스 안으로 들어갔다. 버스가 오긴 왔는데 비가 그치지 않자 준호는 내게 얼른 버스를 타고 가라고 말했다. 하지만 준호네 집까지 가는 버스를 타려면 또 한참을 걸어야 하는데, 내가 이대로 가면 비를 맞을 게 뻔하니 고민된다.

"비 그치면 갈게."

둘이 30분 넘게 서 있는 동안, 버스가 두 대나 지나갔고 말이 없던 준호가 입을 뗀다.

"누나! 우리 아버지 저 네 살 때 교통사고로 돌아가시고 엄마와 남동생 이렇게 셋이 살아요."

그의 말에 갑자기 심장이 아려 와 아무 말 못한 채 그냥 준호의 눈만 바라본다. 어느새 내 눈엔 눈물이 맺혔다가 또르르 떨어진다. 나의 눈물을 본 준호는 깜짝 놀라며 내 눈물을 닦아준다.

"누나, 왜 울어요…. 누나 울라고 말한 거 아닌데. 미안해요."

"미안하긴…. 어머니가 너 참 잘 키우셨네. 혼자서 둘 키우시느라 고생 많이 하셨겠다. 그런데 갑자기 왜 이런 얘길 해주는 거야?"

"아버지가 비 오는 날 교통사고로 돌아가셨다고 해요. 그래서 비가 오면 생각나요. 아빠에 대한 것은 모두 엄마한테 들은 얘기뿐이고 사진으로만 본 아빠 얼굴은 가물가물하지만, 가끔 비 올 땐 더 보고 싶어요."

나는 아무 말 하지 않고 잡은 손을 더 꼬옥 잡아 준다.

"넌 그냥 보기만 하면 되게 밝고 티 없이 맑아서 걱정 없이 자란 아이 같은데 이런 아픔이 있다는 게 믿기지 않아. 난 평범한 가정에서 태어났어도 이 모양인데…."

"누나가 왜요?"

준호가 나를 끌어안는다.

"내 눈엔 누난 천사 같아. 지금도 믿기지 않아. 누나가 내 사람인 것도, 누나가 날 받아 준 것도…. 지금 이렇게 내 옆에 있다는 것도 전부 다 믿기지 않아요."

이렇게 말하며 나의 머리를 쓰다듬었고 나도 준호의 머리를 쓰다듬는다.

"이렇게 멋지게 잘 자라 줘서 고마워! 그리고 나 많이 사랑해 주고 배려해 주고… 지금 내 옆에 이렇게 있어 줘서 고마워."

비가 조금씩 그치고 버스가 도착했다.

"누나 감기 걸리겠다. 얼른 버스 타요."

"그럼 너도 얼른 버스 타러 가! 나 갈게!"

고개를 끄덕이는 준호를 뒤로하고 버스에 올라 자리에 앉아 창문을 연다.

"고마워, 얘기해 줘서. 잘 들어가!"

준호는 머리 위로 하트를 그려 주었고 나는 아쉬운 표정을 하며 손을 흔들었다. 그의 슬픈 눈과 담백한 고백에 버스 타고 오는 내내 마음이 아려 온다.

버스에서 내리니 또 비가 억수같이 쏟아졌다. 우리 동네 버스정류장은 부스가 없어 내리자마자 집을 향해 막 뛰기 시작했다.

'왜 비는 또 내리니. 아까 준호의 슬픈 고백으로 너도 끝났어야지!'

버스정류장이 먼 관계로 비를 잔뜩 맞고 아파트 현관에 도착했다. 툴툴 머리에 빗물을 털며 계단을 올라가는데, 순간 준호의 지금 마음은 어떨지 궁금해 전화기를 꺼내서 문자를 보낸다.

"준호야! 잘 가고 있어? 기분은 어때?"

"지금 거의 다 와 가요. 저는 괜찮아요. 누나는요?"

"난 괜찮아. 그럼 잘 들어가!"

"누나! 잘 자요. 많이 보고 싶을 거예요."

비는 잔뜩 맞아서 옷도 머리도 가방도 신발도 다 젖었는데 나는 또 바보처럼 웃는다.

"나도♡"

'나, 이렇게 행복해도 되는 걸까?'

이렇게 어느 봄날, 그가 내게로 왔다.

5일간 치른 시험은 끝이 났고 방학 시작! 홀가분하다. 친구들과 아쉬운 이별을 고하고 버스정류장으로 향하는데 제법 더워서 밖에 나오니 땀이 나기 시작한다.

'아르바이트를 해야 2학기 등록금도 보태고 용돈도 쓰는데…. 준호네 학교가 집에서 더 가까우니까 알바도 구하고, 우리 준호 간식도 좀 사다 줘야겠다.'

준호네 학교 앞 편의점에서 몇 가지 사서 학교 안으로 들어간다. 준호 볼 생각에 발걸음이 새털처럼 가볍고 또 가볍다. 갈림길에서 상대 쪽으로 꺾어 걸어가는데….

그런데! 나는 보지 말아야 할 것을 보고 만다. 어떤 여자가 준호랑 다정하게 걸어가는 것을…. 낯선 그 여자는 준호의 어깨에 손을 올리고 걷는다. 나는 가슴이 두근두근하고 손에 땀이 맺혀 바닥에 간식을 떨어뜨린 채 그대로 뒤로 돌아서 곧장 뛰기 시작한다.

그러던 중, 페스티벌에서 내 옆에 앉아 말 걸던 남자애와 부딪힌다.

"미안합니다!"

그 아이를 모른 척하며 사과만 하고 바로 또 뛴다.

세상 참 나쁘다. 겨우 처음 시작한 사랑인데…. 이렇게 내 첫사랑은 산산조각 난다.

버스정류장에 도착해서 의자에 앉았는데 갑자기 눈물이 또 내 시야를 가로막는다.

'이게 뭐라고 눈물이 나냐. 그래… 꿈이었다 생각하자. 아 참, 알바!'

버스정류장 근처를 두리번거려 보니 피란체라는 레스토랑이 눈에 띄었고, 문 앞엔 '알바 구함' 팻말이 걸려 있다. 눈물을 닦아 내고 계단을 올라 피란체 안으로 들어가니 지배인인지 정장 차림의 남자가 인사를 한다.

"어서 오십시오! 원하시는 자리에 앉으시겠어요?"

"저… 아르바이트 구하신대서요."

"아! 네. 이리로 오세요."

구석 자리로 안내하고 마주 앉아 면접이라는 걸 본다.

"이런 레스토랑에서 일해 보신 적 있으세요?"

"아니요. 분식집과 갈빗집에서 일한 적은 있는데 레스토랑은 처음이에요."

"아, 네. 솔직해서 좋네요. 대부분 경험도 없으면서 있다고 거짓말하는데…. 우리 같이 일해 볼래요?"

"네! 저야 감사 하죠."

"일은 일반 음식점과 비슷하지만 손님이 오시면 '어서 오세요' 말고 '어서 오십시요' 하면 되고, 바빠도 서두르거나 뛰지 말고 손님이 부르면 낮은 목소리로 대답하면 돼요. 내일 10시 부터 출근하시면 되고 퇴근은 6시예요."

"네, 그럼 내일 뵐게요."

인사를 하고 나와 계단을 내려간다. 시급 3,000원. 매일 하루도 쉬지 않고 종일 일해도 한 달에 70만 원도 안 된다.

'에휴~ 그래도 이게 어디야.'

나는 피란체를 빠져나와 힘없이 걷는다.

'그래. 내가 무슨 연애냐. 다 잊고, 하던 대로 내 할 일 하는 거야!'

마음을 다잡고 버스를 타서 자리에 앉았는데 한 달 넘게 고민하고 괴로워한 자신이 너무 바보 같다는 생각에 화가 난 나는 휴대폰을 주머니에서 꺼내 준호의 연락처를 누른다.

"삭제하시겠습니까?"

두 정거장을 지날 때까지 망설이던 나는 결국 '아니오'가 아닌 '네'를 누르고 말았다. 이제 모든 게 끝났다. 또 눈에 뜨거운 눈물이 맺힌다. 내게 사춘기가 사치였던 것처럼 첫사랑도 사치인 게 분명하다.

집 앞에 도착해 버스에서 내려 걸으며 생각한다.

'나 참… 한심하다.'

길을 건너서 보니 엄마가 트럭 위에 앉아 있었고 엄마 앞으로 토마토, 참외, 자두, 수박 여러 개가 보인다. 힘없이 앉아 있는 엄마의 모습을 보니 내 다짐은 더 굳어진다. 오늘 있었던 일들은 다 털어 버리고 밝은 얼굴로 엄마 앞에 다가간다.

"엄마! 나 오늘 시험 끝났어. 방학이고 내일부터 알바 갈 거야."

"알바는 무슨~ 공부해야지!"

"알바하면서 공부하면 되고, 2학기 등록금 모아야지!"

엄마는 내 말에 깊은 한숨을 쉰다.

"피곤하겠네. 들어가서 쉬어."

그런데 이대로 집에 가면 안 될 것 같은 생각이 들었고….

"내가 같이 있을게. 나 장사 잘해!"

"아이고, 들어가! 들어가는 게 도와주는 거야."

이렇게 엄마는 힘없이 나를 밀어낸다.

그때 마침 손님이 온다.

"아줌마! 수박 한 덩이 얼마예요?"

"네, 9천 원이에요. 드릴까요?"

"좀 비싸네. 천 원만 깎아 줘요."

"그럼 8,500원에 드릴게요. 죄송해요."

"주세요!"

내가 수박을 들어 수박 비닐 망에 넣고 플라스틱 손잡이를 끼우고 밝게 웃으며 상냥한 목소리로 말한다.

"맛있게 드시고 또 오세요."

아주머니가 만 원을 내자, 엄마가 1,500원을 거슬러 준다.

"딸인가 봐요. 예쁘게 생긴 데다 말도 예쁘게 하네."

아주머니는 이 말을 남기고 잔돈도 받지 않은 채 그냥 갔다. 이어 앞에 떡집 아주머니가 가게에서 나온다.

"딸이에요? 아이고, 예쁘네. 미스코리아 나가도 되겠어!"

엄마는 수박을 한 덩이 앞에 더 놓으며 우쭐대신다.

"우리 딸 미스코리아는 못 나가도 공무원 돼서 효도할 거예요."

"예쁜데 공부까지 잘하나 보네요! 아주머니는 복 받으셨네."

엄마는 이렇게 내 자랑하는 재미에 사신다.

'그래. 다 내려놓고 하던 대로 하자!'

조금 더 도와드리다가 밥한다고 들어와 쌀을 씻어 압력밥솥에 밥을 안치고 쌀을 잠시 불린다. 5시 반, 준호에게서 문자가 온다.

"누나! 시험 끝났어요? 시험 중일까 봐 이제 연락해요."

문자를 확인하고 무음으로 바꾼 후 침대 위에 던져 놓고 거실로 나와서 소파에 앉는다. 수족관에 살고 있는 열대어들이 떼 지어 돌아다니는 모습을 멍하니 바라보고 있으니 가슴이 답답해 온다.

'마음먹었으니 미련 따윈 버리자!'

가스 불을 켜고 명상에 잠긴다.

십여 분 후, 칙칙 소리가 났고 불을 약 불로 줄여 시계를 본
다. 15분 후 꺼야 하는데 눈을 감으니 곧 머릿속이 하얘지며 명
상에 빠져 버렸고, 눈을 떠 보니 20분이나 지나 있었다. 서둘
러 가스 불을 껐는데 덕분에 구수한 누룽지 냄새가 가득했다.

나는 그새를 참지 못하고 방으로 들어가 휴대폰을 열어 본
다. 부재중 전화 5통과 문자 세 개가 와 있었지만, 문자를 읽
지도 않고 그냥 또 닫는다. 뜸을 마친 밥을 전기밥솥에 덜어
넣고 창문 너머 밖을 바라보았다. 6시가 넘었지만 아직도 밝은
것이 여름이긴 여름인가 보다.

카세트의 플레이 버튼을 누르자 조성모의 〈불멸의 사랑〉이
흘러나온다.

'왜 하필 이 타이밍에….'

나는 곧 슬픔의 시궁창 속으로 빠져든다.

"영원히 널 사랑해! 괜찮아, 내 모든 걸 준대도… 나 이 세상
을 살아도 너 없이는 힘이 들어. 남아 있는 내 삶도 널 위해 바
칠게. 넌 어려워 마! 그리고 행복하게 살아 줘."

'아… 진짜 슬프다!'

다시 휴대폰을 열어 보자, 준호에게서 전화가 오고 있었다.

당황한 나는 휴대폰을 그냥 닫아 버린다. 밤늦게까지 전화가 오는 바람에 밤새 잠을 제대로 이루지 못했다.

토요일 아침이지만 일을 하러 가야 해서 머리를 감고 말린 후, 대충 밥을 챙겨 먹는다. 옷을 단정하게 입고 집을 나서서 놀이터 쪽으로 걸어 나왔는데 준호가 기다리고 있다. 준호를 보고도 모르는 척 지나치니 준호가 나를 따라오며 묻는다.

"누나! 왜 연락이 안 돼요?"

준호의 물음에도 나는 말없이 그냥 걸었고, 버스정류장에 도착해서 버스를 기다린다. 준호도 말없이 옆에 서 있다가 버스를 타서 내가 의자에 앉으니 말없이 내 앞에 섰다.

그렇게 20여 분을 달려 레스토랑 앞에서 내린 나는 준호를 차갑게 바라본다.

"나 일해야 해. 따라오지 마!"

준호는 내 차가운 말투에 그대로 멈춰 섰고, 나는 뒤도 돌아보지 않은 채 피란체로 들어간다.

지배인이 먼저 와서 오픈 준비를 하고 있었다.

"안녕하세요? 저 왔어요."

"어서 와요. 뒷문 열고 오른쪽 보면 직원 방이 있어요. 거기에 소지품 놓고 옷 갈아입고 나와요. 내일부턴 난 11시에 나올 거니까 지수 씨는 10시에 먼저 와서 음악 켜고 테이블 닦고 청소 대충 해 주면 돼요."

옷을 갈아입고 행주를 물에 적셔 창가 쪽으로 가서 밖을 보았는데, 준호는 여전히 그 자리에 멍하니 서 있다. 준호의 해명이라도 듣고 싶지만 해명을 들으면 뭐 하겠나 싶어 포기한다.

한참 후, 다시 밖을 내다보는데 준호는 사라졌고 가슴이 요동치지만 이내 일에 집중해 본다. 첫날이라 걱정했는데 점심시간이 됐는데도 시험 기간이라 그런지 다행히 그렇게 손님이 많지는 않다. 문에 달린 종이 띠리리링 울리자 배운 대로 낮은 목소리로 손님을 맞는다.

"어서 오십시오."

6시 퇴근 시간, 지배인과 주방 삼촌에게 인사를 하고 레스토랑에서 나온다. 주위를 둘러봐도 준호의 모습은 보이지 않았고 혹시나 해서 휴대폰을 열어 보니 문자가 와 있다.

"누나, 내가 뭘 잘못했어요? 말해 주면 안 돼요? 아직 시험 남았는데 가슴이 너무 답답해서 아무것도 할 수가 없어요."

나는 그냥 휴대폰을 닫고 집에 가는 버스에 오른다.

주일 아침, 어제도 한숨도 못 잔 것 같다. 오랜만에 서서 일을 했더니 다리도 아프고 허리도 아프다. 부모님께 두 달간 교회에 못 간다고 말씀드리고 집을 나왔는데, 놀이터에 또 준호가 기다리고 있다. 얼굴이 하루 새 많이 상했지만 그래도 또 나는 모른 척하고 지나친다.

'여기서 흔들리지 말자!'

준호가 따라오며 말한다.

"내가 다 잘못했어요. 화 풀어요. 누나…."

하지만 나는 여전히 아무 말 없이 걸어 버스를 탔고, 나를 따라서 버스에 오른 준호는 또 아무 말 없이 내 앞에 섰다. 버스에서 내려 피란체 앞, 또 말없이 준호를 등지고 안으로 들어가서 오픈 준비를 다하고 창가에 앉았다. 밖을 내다봤는데 사라진 준호.

화도 나고 슬프기도 하고…. 만감이 날 힘들게 한다.

어느 봄날, 그가 내게로 왔다

선택권 없는
선택

월요일 아침, 똑같이 출근하러 나와 놀이터를 지나는데 오늘
은 준호가 그곳에 없다. 시험 보러 갔나 보다 생각하고 가게로
와서 일을 시작했다. 손님이 다 나가고 한가해서 전화기를 보
는데, 준호에게 전화가 오고 있었지만 받지 않았다.

얼마 후, 문 열리는 소리가 나서 일어나 "어서 오십…" 인사
를 하려고 하는데…. 들어온 사람은 다름 아닌 준호였다. 깜짝
놀란 나는 지배인에게 잠시 나갔다 온다고 말하며 준호를 데리
고 문밖으로 나온다.

"나 일하고 있잖아!"

준호가 갑자기 내 손을 붙잡고 계단을 내려가지만 나는 매몰
차게 그의 손을 뿌리친다.

"나 오래 시간 못 비워. 가 봐야 해!"

"누나, 왜 나한테 말 안 했어요? 금요일에 나 봤다고! 그 누나 우리 교회 목사님 딸이에요. 어릴 때부터 형제처럼 지내 온 교회 누나요."

"어떻게 알았어? 그날 내가 너 본 거?"

"승일이가 누나가 금요일에 나 주려고 간식 사서 나 만나러 학교 온 것 같다고 오늘 말해 줬어요. 누나가 내게 물어보기만 했더라면… 이렇게 힘들지 않아도 되잖아요! 아니… 아니에요! 다 내 잘못이에요. 내가 누나가 오해할 만한 행동을 했어요. 믿음을 주지 못 한 것도 내 잘못이고 다 내 탓이에요."

나는 망설이다 말한다.

"나… 너 만날 용기가 안 나. 이런 일이 또 반복될 텐데…. 그럴 때마다 난 내 형편 생각하고 또 자신 없어지고 또 후회할 것 같아서 더는 못하겠어. 우리 시간이 더 지나기 전에 이쯤에 서 끝내자!"

'미안해. 내가 이런 식으로 연애나 하고 시간 낭비할 여유가 없어. 그리고 이런 일로 상처받고 싶지 않아!'

"나 올라가 볼게. 남은 시험 내 생각하지 말고 잘 치러."

준호는 아무런 말도 하지 않고 나를 바라보고만 있다. 뒤돌 아보고 싶은 마음이 가득하지만, 나는 그런 준호를 뒤로한 채 계단을 올라간다. 9개의 계단이 내겐 히말라야보다 높게 느껴 졌고 내 발은 5톤 트럭처럼 무겁게 느껴진다. 갑자기 또 눈물이 난다.

'나 어떡하지? 다시 준호를 만날 용기도, 그렇다고 안 볼 용기도 내겐 없다.'

수요일 이른 아침, 준호는 이틀째 연락이 없다.

'단념했나 보다. 그럼 나도 정리하는 데 조금은 수월하겠지?'

그런데 가슴이 너무 답답하고 미치겠다. 그때 전화벨이 울렸고 모르는 번호여서 무시했지만 바로 또 벨이 울려 받는다. 전화기 너머로 낯선 남자의 음성이 들려온다.

"저… 윤지수 씨 휴대폰 맞죠?"

"네. 그런데 누구시죠?"

"저 준호 친구 승일이에요. 지난번 페스티벌에서 뵀었는데…."

"아. 네… 그런데 무슨 일로?"

"제가 낄 상황은 아니지만 이렇게 놔두다가는 준호 큰일 날 것 같아서 전화했어요. 오늘 시험 마지막 날인데 준호가 지금 저희 집에 누운 채 아파서 일어나지도 못하고 있어요. 지수 씨가 뭣 때문에 화나신 줄은 아는데 다 오해인 거 아시잖아요. 화 풀어 주시면 안 돼요? 그리고 준호… 중학교 때부터 지금까지 계속 봐 왔지만 진짜 착하고 순수하고 좋은 아이예요. 준호 좀 살려 주시면 안 돼요?"

승일의 말에 순간 가슴이 저리면서 정신이 하나도 없다.

"거기가 어딘가요? 주소 문자로 찍어 주세요."

나는 머리를 말리다 말고 급하게 집을 나서서 택시를 잡아 타고 승일이네 집으로 향한다. 가는 내내 초조해서 죽을 것 같았다.

도착해서 벨을 누르니, 승일이 바로 문을 열어 줘서 안으로 들어갔는데…. 바닥에 덩그러니 널브러져 있는 준호가 보인다. 그 모습을 본 순간 가슴이 '쿵!' 방바닥 밑으로, 아니 그보다 더 아래로 떨어져 버린다.

"지금까지 알던 준호의 모습이 아니에요. 준호가 지수 씨 많이 좋아하는 것 같아요. 저는 약국에 다녀올게요."

승일이 나가고 나는 준호 옆에 가서 조용히 앉는다. 끙끙 앓는 소리가 나서 얼굴을 만져 보니 열이 펄펄 끓는다.

"내가 뭐라고 이렇게 아픈 거니? 나 같은 게 뭐라고…."

내 눈에서도 뜨거운 눈물이 흘렀고, 준호가 내 목소리를 들었는지 갑자기 내 앞으로 돌아누워 살며시 눈을 뜬다.

밤새 얼마나 울었는지 눈은 퉁퉁 부어 있었고 준호는 부은 눈을 깜박거리며 입을 뗀다.

"어? 지수 누나다! 근데… 이거 또 꿈이겠지?"

준호는 이내 눈을 감고 다시 돌아누워 소리 내며 운다.

어느 봄날, 그가 내게로 왔다

'얼마나 마음고생을 했으면 이렇게 아프니….'

눈물이 쏟아진다.

'별것도 아닌 일에 난 무슨 피해의식으로 그렇게 매몰차게 밀어내고 혼자 북 치고 장구 치고 별의별 생각에 사로잡혀 힘들어하며 이 아이를 이렇게 만든 거니?'

나는 나의 선택이 아닌 그런 가난한 집에 태어났고, 형제도 셋이나 되지만 왜 나만 이렇게 살아야 하는지…. 왜 나만 이런 사랑도 마음대로 할 수 없는지…. 왜 이런 원망을 해야 하는지 나조차 알 수 없다. 지금 내가 너무 싫다. 나도 준호 등을 보며 옆에 누워 손을 준호의 등에 대고 토닥토닥 만져 주었다. 얼마 지나지 않아 준호가 돌아누워 나를 바라보다가 다시 눈을 감는다.

나는 준호를 바라보며 누워 준호의 눈물을 닦아 준다. 내 손길을 느꼈는지 준호가 눈을 살며시 뜨고 나를 본다. 그러다 눈을 다시 감았다 뜨더니, 눈을 비비며 놀란 듯 묻는다.

"어? 꿈이 아니네? 누나 맞지? 우리 지수 누나 맞지?"

"응, 나야. 얼마나 밥을 안 먹었으면 이렇게 살이 빠졌어."

"누나가 전화 안 받을 때부터 못 먹고 못 잤어."

준호는 이렇게 말하고 또 흐느끼기 시작한다. 나도 준호의 손을 잡고 수많은 감정에 빠져 울기 시작했다. 이렇게 우리는 한참을 울었다.

승일이 들어오는 소리를 듣고 일어나 준호를 일으켰다.

"밥 먹고 약 먹어야지. 나도 일 가야 해. 승일 씨! 밥 있어요?"

밥을 죽처럼 끓여 밑반찬을 몇 개 꺼내 밥을 차렸다.

"시험 봐야지. 유급당하면 안 만나 준다!"

이 말을 듣자마자 죽을 급하게 먹으려는 준호의 숟가락을 빼앗아 불어 주며 한 입 한 입 입에 넣어 주고는 눈물을 삼킨다.

"천천히 먹어야지… 체해."

남김없이 다 먹은 준호. 해열제를 먹이고 승일에게 말한다.

"승일 씨가 준호 오늘 시험 볼 수 있게 해 줘요. 부탁해요."

당부를 하고 준호를 바라본다.

"누나! 고마워. 내 걱정 말고 어서 가서 일해. 미안해. 괜히 나 때문에…."

'근데 오늘 은근슬쩍 말을 놓네? 아프니까 오늘은 봐준다!'

"나 간다. 이따 시험 끝나고 연락해!"

승일의 집에서 빠져나와 걷는데 마음이 이렇게 가벼울 수가 있나? 우리… 헤어지기는 틀린 것 같다.

6시가 되자마자 준호에게 전화가 와서 인사를 하고 나와 전화를 받는다.

"응, 나야. 저녁은?"

"엄마가 아직 퇴근 안 하셔서 7시쯤 먹어요."

"난 이제 끝나서 나왔어. 다음부터 그렇게 아파서 나 속상하게 하면 진짜 화낼 거야!"

"절대! 절대 안 그럴게요. 미안해요. 그리고 오늘 너무 고마워요. 그리고 사랑해요. 진심으로⋯."

준호의 느닷없는 사랑 고백에 내 가슴은 쿵쾅쿵쾅 뛰었고, 진심이 느껴지는 말이기에 더 뜨겁게 뛴다.

"그 말⋯ 책임이 뒤따르는 말이야. 아껴 둬!"

나는 좋으면서 딴소리를 한다. 그때 저만치에서 버스가 오고 있다.

"이따 연락할게. 버스가 와서."

전화를 끊고 의자에 앉았지만 가슴은 계속 콩닥콩닥 뛴다. 그렇게 힘들게 일했는데도 힘든지도 모르겠고 콧노래가 저절로 나온다.

다음 날 아침, 눈 뜨자마자 문자를 보낸다.

"잘 잤어? 아픈 건 괜찮고?"

"네, 며칠 못 잔 거 다 잤어요. 누나 덕분에 열도 내렸고요."

"다행이다. 이따 나갈 때 전화할게. 쉬어."

준비를 하고 밖으로 나갔는데 놀이터 앞에 준호가 서 있다.

달려가 안아 주고 싶지만 참아야 하느니라! 준호는 달려와 내 손을 꼬옥 잡았고 우리는 서로의 얼굴을 바라보며 웃는다.

"뭐 하러 이 아침에 여기까지 와?"

"누나 얼굴을 못 보면 죽을 것 같아서 왔지요."

"쳇! 어제 너 나한테 반말하더라?"

"네? 제가요? 에이~ 설마….."

"말 편하게 하고 싶으면 편하게 해도 돼."

우리는 잡은 손을 앞뒤로 흔들며 걷는다. 맑은 하늘처럼 내 기분도 맑음!

"오늘 동아리 모임 있어서 거기 있다가 누나 퇴근 시간에 맞춰서 올게요."

"아직 몸도 그런데 그 시간까지? 안 돼!"

입을 삐죽이는 준호를 보니 귀여워 안아 주고 싶다. 오늘은 버스를 타서 맨 뒤에 나란히 앉았는데 준호는 내 손을 놓지 않고 계속 만지작거린다. 이 느낌 너무 좋다.

밖을 보니 나무는 잎을 내서 부는 바람에 몸을 맡기고 흔들 거린다. 시원한 바람이 부는 6월도 중순을 지나고 있다. 나는 버스에서 내리며 말한다.

"나 갈게. 이따 너무 늦게까지 있지 말고 일찍 들어가!"

"네~ 알겠습니다! 마님!"

뒷걸음질 치며 두 손을 머리 위에 놓고 하트를 만드는 너무나 사랑스러운 준호를 보니 내 가슴이 뜨거워진다.

저녁 알바인 동훈이 5시면 출근을 해서 1시간이라도 함께 일을 하다 보니 친해졌다. 내가 급한 일이 있거나 아프면 내 알바 시간에 나와서 대신 일도 해 준다. 의리도 있고 침착해서 친구 삼으면 참 좋을 것 같다.

알바 시작한 지 한 달이 넘어서 오늘 하루 쉬기로 하고 준호와 만나기로 했다. 사진을 찍기로 해서 데이트 나가기 전 방학해 집에 온 언니의 화장품을 빌려 처음으로 화장을 했다. 그렇게 한껏 멋을 내고 나갔는데, 놀이터에서 기다리던 준호가 얼굴이 빨개지며 말한다.

"누난 민낯이 훨씬 더 예쁜데…. 그래도 너무 예쁘다. 우리 누나…."

둘은 약속한 대로 사진관에 가서 사진을 여러 컷 찍었고, 30분 만에 사진이 나온다고 해서 기다리기로 했다. 기다리는 동안 사진관 이곳저곳을 구경하다 가발도 써 보고 가면도 써 보며 서로를 보고 웃는다.

드디어 기다렸던 사진이 나와 받아서 나오며 한 장 한 장 보는데, 사진이 다 너무너무 맘에 든다. 우리는 반씩 나눠서 각자 지갑에 넣고 뿌듯한 듯 미소를 짓는다.

노래방도 가고 오락실도 가고 종일 놀다 보니 어느덧 저녁이 되었다. 저녁으로 우동이랑 김밥을 먹었는데, 신나게 놀고 난 후 먹어서 그런지 더 맛났고 준호와 함께여서 뭐든 좋다.

밥을 먹고 나와 근처에 공원에서 산책을 하는데 해가 지려는지 하늘이 붉게 물들기 시작한다. 걷던 우리는 벤치에 앉아 딱 붙어 손을 잡는다. 준호가 아무런 말없이 나를 물끄러미 바라본다.

"누나! 나 믿죠? 어떤 일이 있어도 내 말을 듣기 전엔 아무것도 상상하지 마요!"

나는 고개를 끄덕인다.

"나, 누나 처음 본 순간부터 누나가 내 마음에 들어왔고 처음으로 가슴이 뛰었어요. 그때 생각했죠. 이 사람 놓치기 싫다. 어렵사리 연락처는 알게 됐고 연락하고 싶은데 누나가 싫어할까 봐 참았어요. 정말 힘들게 참다가 너무 보고 싶어서 어렵게 고백했는데, 누나가 매몰차게 거절해서 너무 슬펐어요. 계속 매달리면 더 멀어질까 봐 그냥 누나 동생 하자고 맘에도 없는 소리를 했어요. 다행히 누나가 거절 안 하고 받아 줘서 얼마나 기뻤다고요. 태어나서 처음으로 다른 사람에게 아빠 얘기 했어요. 아무한테도 말 안 했었는데…. 근데 누나한테는 말하고 싶었어요."

나는 아무 말 없이 듣기만 했고, 준호는 얼마나 억울했는지 쉬지 않고 말을 한다.

"이게 사랑인가? 그런 생각이 들었는데, 갑자기 연락이 안 돼서 미칠 것 같았고 차갑게 돌아서는 누나 뒷모습에 너무너무 힘들었어요. 죽는 게 이것보다 낫겠다는 생각이 들 만큼…."

"내가 뭐라고 그렇게까지 생각해? 세상이 얼마나 살기 힘든데…. 힘내서 살아 내야지. 엄마 생각은 안 해?"

내 말에 준호가 배시시 웃는다.

"웃음이 나와? 한 대 맞아야겠어! 내가 그때 너 끙끙 앓고 돌아누워 소리 내서 울 때 얼마나 가슴이 아팠게! 나도 다시는 안 그럴 테니까 너도 절대 그러지 마!"

그때, 준호가 갑자기 나를 또 뚫어지게 바라본다. 석양이 지고 있어 하늘은 더 발갛고 붉게 물들며 준호의 얼굴을 붉게 만든다. 준호의 눈빛에 갑자기 뭔가 이상한 예감이 든 나는 '올 것이 왔구나!' 혼자 이상한 상상을 한다. 그러다 보니 내 얼굴도 지금 이 하늘처럼 점점 붉게 물들어 간다.

준호가 내게 천천히 다가오자 가슴이 쿵쿵 뛰면서 터질 것 같다. 눈을 뜨고 있으니 내 눈이 빼빼로 물고 있을 때처럼 점점 눈이 모인다. 그러다 내 입술과 준호의 입술이 닿고 말았다. 아주 천천히 준호의 입술이 나의 아랫입술을 감쌌고 나는 그대로 멈춰 버렸다. 나는 천천히 눈을 감는다. 그의 콧내음이 오롯이 나를 감싸며 나는 그에게 빠져들었다.

그 순간! 시간은 멈춘 듯했고 모든 것이 멈춘 채 준호의 심장 소리와 내 심장 소리만 가득하다. 그의 왼손은 나의 오른손을 더 꼬옥 잡았고, 그의 오른손은 나의 어깨를 끌어당겼다.

둘 다 처음이라 너무 서툴지만 우리의 첫 키스는 달콤하다. 얼마나 상상했던 일이었나? 지금 이 순간 나는 아무 생각도 하지 않고 마냥 행복하다. 준호는 나를 사랑스럽게 바라보고 내 머리카락을 쓰다듬으며 말한다.

"누나 옆에 평생 있고 싶어요. 사랑해요!"

나는 아무 말 없이 미소 지으며 준호를 바라본다.

그사이 해가 져서 어두워졌고, 우리는 일어나서 버스정류장으로 향한다.

"너무 늦었어. 여기서 헤어지자."

나는 마음에도 없는 거짓말을 한다.

"난 싫은데? 누나 집까지 가고 싶은데…."

내가 노려보자 준호는 몸까지 떨어 가며 말한다.

"그럼 버스정류장까지만…. 응? 아~ 누나~ 앙!"

녀석은 애교 섞인 말로 날 이긴다. 버스가 늦게 오면 좋겠지만 오늘따라 버스가 더 빨리 온다.

"누나, 오늘 너무너무 행복해요. 이 행복이 깨지지 않으면 좋겠어요."

"나도. 잘 들어가~"

차에 올라타서 자리에 앉으니 준호는 나를 향해 또 하트를 그린다.

'너도 내가 한참 힘들 때, 하나님이 내게 보내 주신 선물이 었어.'

처음으로 세상 모든 게 아름답다. 심지어 길거리에 쓰레기도, 시끄러운 차 경적 소리도.

내게도 진짜 첫사랑이 왔다.

어느 날 학교 교수한테 전화가 왔다.

"지수야! 너 혹시 회사 안 들어갈래? Turtle이라는 외국계 회사인데, 여기 들어가는 거 아무나 못한다. 영어에 능통하고 경영학 전공하는 학생이면 좋겠다며 추천해 달래서 4학년 애들도 생각했지만 네가 딱인 것 같아서 연락했다. 서류 심사해서 합격하면 면접 보면 되고. 너 돈 벌어야 한다며. 되든 안 되든 한번 도전해 보는 것도 좋을 것 같은데 네 생각은 어떠니?"

"근데 저 학점 이수도 해야 하고 아직 2학년이에요. 그리고 휴학은 안 해요."

'그리고 저 공무원 될 거예요!'

"괜찮아. 취업하면 수업 출석은 문제없고 시험은 날짜에 맞춰 나오면 돼."

"수업도 안 듣고 리포트는 어떻게 쓰고 공부도 안 하고 시험은 어찌 봐요?"

"리포트는 수업 과목 교수들에게 요점 정리해서 이메일로 보내면 되고, 시험은 회사에다 얘기하고 잠깐 와서 보면 되지!"

교수가 나 생각해서 이렇게 나오는데 이력서라도 내 봐야겠다. 나이 때문에라도 안 될 게 뻔하지만….

"네. 알겠어요. 그럼 서류 접수할게요."

서류를 접수하러 회사로 갔는데 건물은 으리으리했고 내겐 너무 낯선 모습이다. 성적증명서, 등본, 이력서와 자기소개서를 냈는데 얼마 후, 서류 통과했다고 연락이 와서 준호와 면접 볼 때 입을 옷을 사고 집에 가는 버스에 올랐다. 내 손을 꼭 잡고 놓지 않는 준호가 너무나 사랑스러워 미소 지으며 그의 볼을 살짝 꼬집으니 준호가 내 볼에 살짝 입을 맞춘다.

"누나! 혹시 회사 합격하면 입사할 거예요?"

"음… 돈 많이 주면? 근데 나같이 어린애를 뽑겠어?"

"누난 너무 예뻐서 될 것 같아. 그럼 앞으로 더 보기 힘들겠네."

시무룩해서 한숨 쉬는 준호에게 해 줄 말이 없어 살포시 준호의 어깨에 머리를 기댔고, 준호는 내 머리에 키스를 한다.

'나도 평범한 스물한 살처럼 학교 다니며 너랑 만나고 싶어!'

버스에서 내려 집으로 걸어간다.

"내가 만약 직장 다녀도 토요일, 일요일도 쉬고… 한 달에 한 번 휴가 낼 수 있을 거야."

집 앞 놀이터에 도착하니 갑자기 준호가 상기된 얼굴로 말한다.

"누나… 아까 원피스 입었을 때, 천사가 모습이 있다면 딱 이 모습이겠지? 생각했어요. 날개는 어디에 있나 한참 찾았다니까? 누난 왜 이렇게 천사 같아요? 처음이나 지금이나 너무 사랑스럽고…."

나는 멋쩍은 미소를 지으며 생각한다.

'내게 악마 같은 모습도 있어. 네 앞이니까 내숭 떠는 거야.'

"이 마음이 계속 쭈~~욱 변치 않길 바라요. 아저띠!"

나는 이렇게 말하며 크게 웃었고 준호는 자신 있다는 듯 고개를 끄덕인다.

"변하면 내가 박준호가 아니고 바보 준호지!"

둘이 양손을 잡고 한참을 바라보는데, 준호가 한 발짝 더 다가와 날 살포시 안아 주며 속삭인다.

"나 영원히 변하지 않을 거야. 끝까지 누나 지켜 줄 거고, 죽을 때까지 옆에 딱 붙어 있을 거야. 귀찮다고 떼어 내지나 마세요!"

나도 준호 몸을 감싸 안는다.

"나도 변하지 않을게. 걱정하지 마!"

이 순간이 영원하길 바라보지만 바로 현실 소환.

"가서 저녁 먹으려면 늦겠다. 얼른 들어가~"

"아… 진짜진짜 헤어지기 싫다!"

"얼른 안 가면 아까 약속 취소한다!"

준호가 토끼 눈을 하고 뒤로 줄행랑을 치며 소리친다.

"윤지수! 사랑해!"

'어머머… 쟤 봐~ 여기 집 앞인데 저렇게 큰 소리로?'

나는 얼굴이 화끈거려 도망치듯 입구로 들어가서 2층에 올라가 준호를 바라본다. 준호는 또 하트를 그리며 내게 사랑을 전해 준다.

동훈에게는 사실대로 말하며 1시에 오라고 부탁했고, 일찍 나온 동훈이 나의 모습을 보며 놀란 듯 말한다.

"오~~ 이렇게 입으니 새롭다! 잘하고 와! 요즘 취직하기 힘든데 좋은 기회잖아."

"고마워!"

지배인에게도 인사를 하고 나와 버스를 기다리는데 안 될 걸 알지만 그래도 긴장은 된다. 회사에 도착했는데 한 40여 명은 모인 듯했다.

'한 사람 뽑는데 뭐 이리 많이? 내 순서는 12번째, 다들 서울서 내로라하는 대학교 졸업반 언니들이겠지? 내가 되면 그야말로 기적이다. TV에서 보면 3명씩 들어가던데, 여긴 한 명씩

만 들어가네?'

3개의 사무실에 옮겨 다니며 세 번의 면접을 본다고 한다.

'뭐가 이리 복잡해? 면접관이 다 같이 모여 한 번만 보면 되지. 갖은 구색을 갖춘다!'

1차는 팀장, 2차는 회계팀 캡틴 면접을 보고 마지막 3차 대표이사 면접을 들어갔는데 그는 연봉에 대해 물어 왔다. 나는 망설임 없이 2천5백만 원 달라고 말했는데, 그가 통역하는 사람과 한번 쳐다보고 웃는다.

'듣기엔 지금 남자 4년제 졸업 초봉이 1천800만 원이라던데 어림도 없지. 아님 말고….'

모든 면접이 끝나고 준호에게 전화를 건다.

"면접 어땠어? 떨리진 않았고?"

"3차까지 면접 봤어. 첨엔 회사 면접은 처음이라 긴장했는데, 나중엔 편하게 하고 싶은 말 했어."

"오~ 대단한 우리 지수 누나!"

"근데 2차, 3차는 외국인이었다?"

"우와~~ 진짜? 대단하네! 멋지다! 나는 외국인만 봐도 멀미 나고 뇌가 마비되는데…."

집에 들어와 침대에 누웠는데 이런저런 생각이 들어 멍하니

천장을 바라보며 생각에 잠긴다. 엄마에게 교수한테서 좋은 기회가 있다고 전화가 와서 회사에 서류 냈는데 통과해서 면접 보러 간다고 했더니, 엄마가 내심 회사 합격하면 학교 그만 다니고 회사에 들어가기를 바라는 것 같아 마음이 심란하다.

'집안 형편을 생각하면 가야 하지만, 다른 사람들처럼 연애도 하고 친구들과 맘 편히 노는 그냥 평범한 스물한 살의 삶을 살고 싶어. 설마 합격하진 않겠지? 만일 합격하면 나는 어떤 선택을 해야 할까?'

어느 봄날, 그가 내게로 왔다

행복이 선물처럼
다가왔다

발표 날 아침, 보나마나 당연히 불합격이겠지 하며 포기했지만 이상하게 긴장이 돼서 전화기를 뚫어져라 바라본다. 곧 전화 한 통이 왔고, 모르는 번호지만 혹시 몰라 받았다.

"여보세요?"

"윤지수 씨인가요?"

"네, 맞는데 누구세요?"

"여기 Turtle입니다. 재무회계 팀 신입사원 채용에 합격하셔서 7월 24일부터 출근하시면 되고, 오실 때 건강검진 결과지 잊지 말고 가져오세요!"

"아, 네… 알겠습니다."

합격? 내게 고민할 시간도 주지 않고 거실에 있던 엄마가 갑자기 내 방에 들어온다.

"누군데?"

"어… 그게… 엄마! 나 회사 면접 봤는데 합격했대. 다음 주 월요일부터 출근하래. 그런데 나….."

갑자기 엄마가 우신다.

"미안하다. 지수야… 엄마가 못나서 벌써 너를 이렇게 고생시키는구나."

엄마의 말을 들으니 또 내 가슴은 답답해 온다.

'결국… 입사해서 돈 벌어 오라는 거네.'

"아냐, 엄마. 나 출근할까?"

엄마는 아무 말 없으셨고 나는 마음에도 없는 소리를 한다.

"요즘 같은 시기에 정규직으로 취업하기 쉬운 거 아니잖아. 까짓 거 출근하지 뭐! 40:1 경쟁률이었는데…. 나 잘나서 뽑힌 거야. 그리고 엄마 탓 아니야."

라고 말은 하지만 목이 메어 온다.

'내 눈물의 의미는 무엇일까? 결국 내 선택은 없고, 이렇게 또 가족을 위해 떠밀리듯이 가야 하는 것일까? 이게 맞는 길일까? 내 청춘은 이대로 끝이고 이 나이에 세상의 정글 속으로 끌려가는 걸까? 나도 다른 아이들처럼 평범하게 살고 싶은데…. 그런데 진짜 나는 그럴 수 없는 건가?'

엄마의 눈물을 보니 철없는 언니도 밉고 어린 동생들도 밉고

어느 봄날, 그가 내게로 왔다

빚더미에 앉은 아빠도 밉다. 엄마 아빠가 얼마나 고생하는지 알 리 없는 언니는 학교 다닐 때도 엄마한테 늘 거짓말하고 돈을 타 갔다. 지금 언니는 학교도 제대로 다니지 않고 매일 술 마시고 남자 친구랑 놀러 다닌다고 엄마한테 말하고 싶지만, 속상해하실 게 뻔하니 말할 수도 없고….

나는 우는 엄마를 다독인다.

"나 괜찮아. 울지 마!"

말은 어쩔 수 없이 이렇게 하고 있지만 회사에 나가기 싫어 한숨만 계속 나온다. 엄마가 눈물을 닦으며 갑자기 물어 온다.

"근데 너 남자 친구 생겼어? 몇 살이야?"

"응? 어… 한 살 어려."

'이놈의 지지배가 결국 말했나 보네.'

엄마가 아무 말 없이 안방으로 가고 답답해서 견딜 수 없어 밖에 나와 준호에게 전화를 건다.

"나 합격했어. 다음 주부터 출근하래."

"정말? 축하해, 누나! 누나는 진짜 능력자구나!"

"돈 많이 벌어서 너 맛있는 거 많이 사 줄게."

"나도 빨리 취직해서 청혼할게."

"넌 나 대신 공무원 되어야지. 무슨 소리야? 공부만 열심히 해. 그럼 결혼해 줄게."

"진짜? 진짜지? 나중에 딴 말하기 없기! 우리 축하 파티 해야지."

"나 피란체 가야 해. 그리고 20일까지는 일해 줘야 해."

피란체에 출근해서 지배인을 기다렸고, 11시쯤 출근한 지배인의 눈치를 보다가 얘기한다.

"저 지난주에 회사 면접 봤는데 24일부터 회사 나오래요. 모레까지만 출근할 수 있을 것 같은데…. 죄송해요."

지배인은 축하는 하지만 심란한 표정을 하며 말한다.

"죄송하긴, 잘됐네. 그럼 사람 구해야겠네."

오후에 동훈이가 일찍 나왔다.

"나 합격해서 24일부터 출근이야."

"대단하네. 축하해, 능력자! 인정, 인정! 근데 이제 좀 친해졌는데 많이 아쉽다."

오늘이 마지막이라 늦게까지 일을 도와주다 보니 8시가 넘어가고 있었다. 급히 준호에게 전화를 걸었는데, 준호는 전화기를 붙들고 있었는지 두 번 울리고 다급하게 받는다.

"누나!"

"미안해! 일하느라 연락 못 했어. 오늘 마지막 날이고 선물도 받아서 지금까지 일했어."

"난 또 뭔 일 난 줄 알았잖아!"

"일은 무슨 일이 있어."

준호는 거의 울려고 한다.

"다시는 그러지 마! 알겠지?"

"미안해. 응? 자기야~ 나 한 번만 봐줘라~"

말을 해 놓고 보니 이상한 느낌이…. 헉! 내가 애교를? 천지가 개벽할 일이다.

"응? 지… 지금 뭐라고 한 거야?"

"나 지금 택시 탔거든? 도착하면 연락할게!"

나는 서둘러 전화를 끊는다. 얼굴이 화끈화끈….

집에 와서 씻고 방에 누웠는데 힘들기도 하고 창피하기도 하다.

'어쩌면 좋단 말인가… 자기라니!'

갑자기 준호에게서 전화가 온다.

"집이야? 혹시 지금 나올 수 있어? 잠깐이면 돼!"

옷을 다시 갈아입고 놀이터로 뛰어나가니 놀이터 앞에 서 있던 준호가 내 앞으로 뛰어와 나를 와락 껴안는다.

"도저히 참을 수가 없어서 택시 타고 왔어."

나는 속으로는 좋으면서 떼어 내며 잔소리하고 화를 낸다.

"누가 택시를 타고 이 시간에 여기까지 오래?"

준호는 내 말에 아랑곳하지 않고 다시 껴안으며 말한다.

"아! 몰라~ 오늘까지만 봐줘! 아까 세 시간 마음 졸이고 자기라는 소리를 들었는데, 어떻게 가만히 집에 있어?"

"오늘까지만이야! 돈 아껴서 써! 알았지?"

라고 말하며 나도 준호를 꼬옥 안아 준다.

"누나! 우리 내일 뭐 할까? 어디 가고 싶거나 하고 싶은 거 있어?"

"막내가 엄마한테 남자 친구 있다고 얘기했는지 알고 계시더라."

"진짜? 뭐라고 하셔?"

"아무 말씀도 안 하셔. 자세히 말 안 했어."

"인사드려야 하는 거 아냐?"

"또, 또! 앞서간다. 얼른 가. 너무 늦었어."

"누나도 내일 뭐 할 건지 생각해 봐~"

약국 앞으로 가서 택시를 기다리는데 준호가 내 어깨에 팔을 올려 감쌌고, 나도 자연스럽게 준호의 허리를 감싸 안는다.

"아… 가기 싫다. 누나랑 얼른 결혼하고 싶어."

그때 택시가 와서 준호를 떼어 내며 "얼른 가시기나 하셔요."라고 말하고 택시를 잡는다. 준호는 택시에 올라타서 창문을 열고 작게 속삭이며 말한다.

"조심히 들어가. 사랑해~ 자기야!"

나도 손을 흔들며 배웅했고 택시가 사라질 때까지 서서 바라본다.

'나도 사랑해!'

다음 날 학교 정문 앞, 늘 그랬듯 준호는 먼저 나와 나를 기다리고 있다. 빠른 걸음으로 다가가는데 그에게 다가가면 다가갈수록 또 가슴이 뛴다.

준호의 팔짱을 끼며 볼에 뽀뽀를 했는데, 준호가 갑자기 내 팔을 뺀다. 깜짝 놀라 준호를 바라보니 준호는 양손으로 내 얼굴을 감싼 후 내 입술에 입을 맞춘다.

"으~ 뭐야~"

나는 준호의 어깨를 밀며 애교를 부렸고, 준호는 내가 사랑스러운지 이마에 입을 맞춘다. 손을 잡고 걸어서 도서관에 도착해 열람실로 향하는데… 이 녀석, 입을 툭 내밀고 말한다.

"도서관에는 왜? 누난 이제 공부 안 해도 되잖아!"

"책도 읽고 너 공부도 시키고. 큭! 얼른 가서 공부할 책 가져와~"

열람실에 들어가니 에어컨 덕분에 시원했고 둘은 의자에 나란히 앉았다. 나는 준호의 마음은 아랑곳하지 않고 책을 꺼내 읽기 시작했다. 준호는 나를 뚫어지게 바라보고는 투덜거리며 사물함에 가서 토플책을 가져와 보기 시작했는데, 10분도 채 되지 않아서 내게 쪽지를 건넨다.

"예쁜 아가씨! 우리 나가서 데이트나 할까요?"

답장을 보낸다.

"싫은데요!"

쪽지를 보며 입술을 삐죽이는 준호를 보니 귀여워서 준호에게 귓속말로 얘기한다.

"여기서 11시 50분에 나가자!"

준호가 놀란 토끼 눈을 하고 인상을 쓰며 싫다고 도리도리를 한다. 내가 모른 척하고 책을 읽자 바로 내 책을 덮은 준호는 서둘러 가방을 싸고 내 가방을 들어 올리며 나를 끌고 나간다.

나는 어쩔 수 없이 준호의 손에 끌려 나가고….

"진짜 도서관에 오면 어떡해? 내가 오늘을 얼마나 기다렸는데…. 누나 알바 한다고 데이트도 못 했잖아!"

거의 울기 직전이다.

"알겠어. 뭐 하고 싶은데? 지금 문 연 곳도 없을 텐데…."

"우리 버스 타고 돌아다닐까? 돈도 많이 안 들고 배고프면 내리면 되고…."

"좋아!"

우리는 시원한 버스에 올랐고, 종점 도착 전에 내리고 반대편에서 또 올라타고…. 손을 꼬옥~ 잡기도 하고 팔짱도 끼고, 몰래 뽀뽀도 하고…. 그러다가 서로를 바라보았는데 나를 바라보는 준호의 사랑스러운 눈빛은 내게 따뜻한 온기였고 위안이었다.

'나… 이렇게 행복해도 되는 걸까?'

이상하게 행복이 왔는데 곧 불행이 이 행복을 빼앗아 갈 것 같은 불길한 마음도 함께 밀려온다.

헤어져야 할 시간이 돼서 버스정류장으로 갔는데 바로 버스가 오자 준호는 또 투덜거린다.

"와~ 버스는 왜 또 이렇게 빨리 오는 거야?"

"종일 차 타고 돌아다녔는데 같이 타지 말고 집으로 바로 가! 말 안 들으면 혼나!"

아쉬워 손을 놓지 못하는 준호는 서둘러서 내 손등에 입을 맞춘다. 준호를 뒤로하고 버스에 올라탄 나는 창문을 열고 내 생에 처음으로 용기를 낸다.

"사랑해!"

나의 고백과 함께 버스는 출발했고 바로 준호에게서 전화가 온다.

"누난 진짜 나빠! 꼭 헤어질 때나 옆에 없을 때 그러더라. 나는 어떡하라고 그러고 가 버리냐?"

"쑥스러워서 그렇지."

"확 지금 택시 탈까 보다."

"너… 그랬다간 알지? 얼른 집으로 가!"

"내일 만나기만 해~"

"하나도 안 무섭다. 메롱~"

"누나… 나도 많이많이 사랑해. 쪽!"

준호는 전화기에 대고 대신 뽀뽀를 전한다.

다음 날, 아침 일찍부터 종일 준호와 여기저기 돌아다녔더니 피곤이 몰려오며 다크서클이 턱밑까지 내려왔다.

'피곤하기도 하고 체력 충전해서 회사 첫 출근해야 하는데….'

심란한 찰나!

"누나, 피곤하지? 요새 알바하고 면접 보고 나 만나 주고…. 주말엔 집에 있을게. 누나도 쉬어."

눈치 빠른 준호는 나 생각해서 마음에도 없는 말을 했고 괜히 마음이 안 좋다.

"안 그래도 되는데…."

"아냐. 나도 집에서 좀 쉴게. 엄마랑 집안일도 좀 하고."

내가 고개를 끄덕이자, 준호는 버스정류장으로 향하다 말고 갑자기 내 손을 잡고 골목길로 나를 이끌었다.

"대신 뽀뽀해 줘!"

예고 없는 준호의 행동에 가슴이 콩닥콩닥 뛰기 시작했다. 그런데 준호의 심장 소리는 내 심장 소리보다 두 배는 더 크게 들려온다.

"아이~~ 몰라!"

나는 이렇게 말하고 눈을 감는다. 늦바람이 무섭다더니….
내가 딱 그 짝이다. 준호는 내 이마에 입술을 살포시 댔고 그
다음은 눈…. 그다음은 양 볼….

'그다음은?'

두근두근 긴장하며 기다리는데 준호는 나를 살며시 안는다.

"누나… 나 두고 어디 가면 안 돼. 알았지?"

그 순간 내 눈에 눈물이 고인다.

"그럼~ 나 너 놔두고 어디 안 가!"

'갑자기 눈물이 나는 건 왜일까?'

우리는 한참을 그렇게 서로를 바라보고 서 있다가 손을 꼭
잡고 골목을 빠져나온다. 준호는 버스정류장으로 가는 내내 끊
임없이 나를 사랑스러운 눈빛으로 바라본다.

버스정류장 앞에 도착해 서로 허리에 팔을 두르고 딱 붙어
섰는데, 갑자기 준호가 내 머리를 만지며 근심스러운 눈빛으로
바라본다.

"누나… 회사 일 힘들면 당장 그만두기야. 알겠지?"

"세상에 남의 돈 벌기가 쉬워? 말이라도 고마워!"

"어~ 진짠데~ 내가 누나 먹여 살릴 거야!"

이제 스무 살이 무슨…. 그래도 너무 고맙고 사랑스럽다.

"나… 잡은 누나 손, 절대 놓지 않을 거야!"

나도 준호의 얼굴을 쓰다듬으며 하나님께 빌어 본다. 이 아이와 끝까지 함께하게 해 달라고….

버스가 와서 아쉬움을 뒤로하고 버스에 오른다. 밖을 바라보니 준호가 쓸쓸하게 서 있었고 나는 두 손을 들어 하트를 만들어 보인다. 준호도 똑같이 하트를 보내며 이 행복이 깨지지 않길 바라본다.

이렇게 행복이 선물처럼 다가왔다.

나도 저기 저 별처럼
빛나고 싶은데…

첫 출근 날, 긴장도 되고 심란하기도 하다.

'내가 잘할 수 있을까?'

엄마는 기쁘면서도 내가 안쓰러운지 현관 앞에서 물끄러미 내가 신발 신는 모습을 바라본다.

"힘들면 얘기해. 참지 말고."

"내가 누구야? 걱정하지 마! 그리고 더우니까 과일 장사 나가지 말고. 다녀올게!"

말은 그렇게 했지만 회사가 집에서 3~40분 걸리니 집에서 나오자마자 한숨부터 나온다. 버스나 지하철이나 마찬가지라 버스가 편해 버스를 탄다.

8시 20분에 도착해 다행히 지각은 아니었다. 사무실에 들어가서 쭈뼛쭈뼛 눈치만 보고 있는데 직원들이 하나둘씩 출근을 한다. 한 명씩 바라보니 회계팀이라 그런지 한 사람만 빼고 다들 말랐다. 깐깐해 보이는 사람도 눈에 띄고…. 사람들이 나를 한 번씩 쳐다보고 지나간다. 1차 면접 봤던 팀장이 다가와 내게 손짓했고, 나는 팀장 옆에 섰다.

"모두 집중!"

다들 의자를 돌려 나를 바라본다.

"오늘부터 우리와 일하게 된 윤지수 씨!"

모두들 나를 바라보니 심장이 두근두근 떨린다.

"안녕하십니까? 저는 스물한 살 윤지수입니다. 함께 일하게 되어 기쁘게 생각합니다. 잘 부탁드립니다!"

인사말이 끝나자 남자 직원들만 박수를 치고 여자들은 자기 자리로 의자를 돌린다. 멋쩍게 서 있는데 팀장이 회의실에서 나를 부른다.

회의실로 들어가니 계약서를 내밀며 말한다.

"앉아요. 3개월간은 수습 기간이고 그 이후에 회사에서 정직원으로 발령 낼 거예요. 그리고 연봉은 2,200부터 시작할 건데 졸업도 안 한 신입 초봉치고 꽤 많네요? 사인하시고 따라 나오세요."

'2,200? 진짜?'

사인을 하고 따라 나가니 팀장이 말한다.

"여기가 지수 씨 자리."

바로 옆자리 멀쑥한 남직원은 날 흘긋 보았고 가방을 내려 놓으며 자리에 앉았는데 곧 여직원들이 쑥덕이는 소리가 들려 온다.

"스물한 살이 어떻게 여길 들어올 수 있지?"

"들리는 말에는 보스가 적극적으로 쟤 추천했대."

"진짜? 쟤 뭐 있는 거 아냐?"

"조용히 하고 일들이나 해요!"

내 옆에 앉아 있던 멀쑥한 남직원이 그들에게 한마디 하고 나를 바라본다.

"안녕하세요? 반가워요. 나 김성준 대리예요. 지수 씨 사수 고 내가 하는 일 같이 할 거예요."

"아… 네, 반갑습니다. 잘 부탁드려요."

김 대리는 친절하고 좋은 사람 같아서 한결 마음이 놓인다.

딱히 할 일이 없어 자리를 지키고 앉아만 있는데, 뒤에서 누 군가 날 부른다.

"윤지수 씨!"

일어나 두리번거리니 아까 숙덕거리던 여자 직원 중 한 사람 이 나를 노려보며 말한다.

"팀장님 방에 지금 손님 오셨어요. 커피 세 잔 타서 가져다 드리세요!"

'커피 심부름? 나 그런 것도 해야 하는 거야? 그것도 첫 출근에? 나 참 어이가 없어서⋯. 내가 3개월만 참고 한다!'

커피를 타서 가지고 들어가니 팀장님이 고맙다며 미소 짓는다. 쟁반을 들고 나오니 그 여자가 "손님 가시면 커피 잔 가지고 나와서 씻어서 탕비실에 걸어 놓으세요."라고 말하고 휙 돌아앉는다.

'아오~ 저 진상!'

나는 그녀를 한 번 눈이 찢어지게 째려보고 자리에 앉는다.

점심시간에 김 대리가 밥 먹으러 가자고 해서 엘리베이터를 타고 15층 구내식당으로 올라간다.

"오늘 많이 긴장되죠? 처음엔 다 그래요."

식당에 도착해서 영양사와 조리사 아주머니들이 내게 인사를 건넨다.

"이번에 새로 온 신입사원? 아이고~ 어린 학생 같고 예쁘네. 많이 먹어요!"

나는 멋쩍은 미소를 지으며 식판에 음식을 담아 김 대리를 따라가 앉는다. 김 대리가 앉으려고 의자를 빼니 바로 옆 테이블에서 식사 중이었던 직원이 말을 걸어온다.

"새로 온 그 신입인가 보네."

김 대리는 의자에 앉으며 내게 조용한 목소리로 "인사팀 과장님이요!"라고 속삭였고, 앉아 있던 나는 자리에서 벌떡 일어나 인사했다.

"안녕하세요! 이따 오후에 인사 가려고 했는데…. 윤지수라고 합니다. 잘 부탁드립니다."

모두 힐끔힐끔 나만 바라보니 밥이 코로 들어가는지 입으로 들어가는지 모르겠다. 잔반을 처리하고 식판을 놓고 나오는데 인사팀 과장이 커피 마시러 가자고 한다.

회사 앞 카페, 모두 나를 집중해서 바라보았고 누군가 묻는다.

"근데 나이가 스물한 살이면 2학년인데 어떻게 회사 들어올 생각을 했어요?"

말없이 눈만 껌뻑거리고 있으니 김 대리가 대신 얘기한다.

"들어올 만하니까 들어왔겠죠!"

한 여직원이 혼잣말이지만 큰 소리로 말한다.

"듣자 하니 영어도 엄청 잘한다던데…. 그래서 부사장, 사장이 다 적극적으로 추천했나?"

난 그대로 얼어서 이리저리 눈치를 본다.

"자, 자. 뽑힐 만하니까 뽑혔겠지? 고 대리! 커피 7잔 주문이나 해!"

인사팀 과장이 카드를 준다. 아무도 뭐 마실 거냐고 묻지도 않아 아무 말 않고 앉아 있었다. 카페에 있는 내내 가시방석에 앉은 것처럼 불편해서 몇 숟가락 먹지 못했던 점심밥이 소화되지 않는다.

점심시간이 끝나 가니 모두 자리에서 일어나 카페를 나서는데, 여직원들은 지들끼리 말하려면 사무실에 가서 하지 꼭 나들으라고 말하는 것처럼 또 큰 소리로 쑥덕인다.

"쟤 연봉 알아? 지난주 목요일에 결재서류에서 봤어. 2,200이더라."

"뭐? 그럼 뭐야~ 다섯 살이나 많은 나보다 연봉이 더 높아? 나 참…."

"나는 쟤보다 6년이나 일찍 입사했는데 나랑 연봉이 같아."

"뭐야. 낙하산이야? 무슨 빽이지?"

옆에서 다 들은 김 대리가 날 다른 엘리베이터 앞으로 데리고 가 조용히 말한다.

"저 사람들 말 신경 쓰지 마요. 질투가 나서 그럴 거예요."

"김 대리님이 저런 말 들으면 기분 나쁘지 않으시겠어요?"

"난 괜찮을 것 같은데요? 어차피 사실이고 내가 잘나서 그런 건데 기분 나빠한들 뭐가 달라지나요?"

그의 대답에 나는 머쓱해하며 아무 말 하지 않는다.

사무실로 들어와 자리에 멍하니 앉아서 눈치만 보고 있는데 김 대리가 내 옆으로 의자를 끌고 왔다.

"이따 2시쯤 같이 다른 부서 인사 가요."

나는 경영지원팀, 영업팀, 인사팀 총무관리팀 등 7개가 넘는 부서를 돌아다니면서 인사를 했고 마지막으로 부사장실과 대표이사실로 향한다.

"지금부터는 혼자 다녀와요. 난 사무실로 가 있을게요."

긴장하며 혼자 부사장실 앞에 서 있으니 비서가 부사장실에 콜을 한다. 곧 비서는 내게 들어가라고 손짓했고, 사무실에 들어가니 캡틴이 날 반갑게 맞아 주었다. 역시 60% 정도밖에 못 알아듣지만 곧 잘 알아들을 수 있을 듯하다.

나와서 대표이사실로 갔는데 대표이사는 다행히 외출 중이라고 해서 사무실로 돌아왔다.

5시 30분, 퇴근 시간인데도 무슨 이유에선지 아무도 퇴근을 하지 않는다. 눈치만 보고 있던 나는 어떻게 해야 할지 모르겠어서 시계만 쳐다보고 있는데 팀장님이 사무실에서 나온다.

"오늘 우리 팀 회식하는 거 알지? 김 대리! 예약했지?"

"넵!"

김 대리가 팀원들에게 말한다.

"6시까지 해미로 가도록 해요!"

식당에 도착해서 자리에 앉으니 팀장이 봉투를 하나 꺼내 보여 준다.

"오늘은 윤지수 신입사원 환영회 겸 이번 달 회식이다. 곧 마감인데 힘내라고 특별히 캡틴이 금일봉도 주셨다."

환호하는 남직원들과는 달리 여직원들 표정이 역시 똥 씹은 표정을 짓는다.

'곧 귓속말 타이밍이겠지?'

이놈의 예감은 틀린 적이 없다. 쑥덕쑥덕….

'아마도 부사장이 나 때문에 금일봉 줬다고 구시렁대겠지.'

회를 못 먹는다고 해서 김 대리가 따로 시켜 준 알밥이 나왔다. 기름이 좔좔 흐르며 주황빛 알들과 빨간 김치를 보니 침이 고인다. 점심에 부실하게 먹었더니 배가 고파 먹으려고 한 숟가락 떴는데, 아니나 다를까. 또 시비를 거는 여직원들….

"윤지수 씨만 특별히 알밥도 주문해 주셨네? 우리 김 대리 님이!"

나는 당황해하고 어쩔 줄 몰라 "제가 회 알레르기가 있어서요."라고 말하는데, 그들은 고개를 휙 돌리고 자기들끼리 눈빛을 교환하며 밥을 먹는다.

'어딜 가나 저런 밉상들은 꼭 있지! 나이를 먹었으면 먼저 어른이 되어라!'

2차는 같은 건물 지하에 있는 노래방에 간다고 한다. 나는

화장실 간다고 하고 밖으로 나와서 눈 빠지게 내 연락을 기다
렸을 준호에게 전화를 건다. 준호는 전화기를 붙들고 있었는지
신호음이 한 번 울리고 받는다.

"누나? 궁금해서 미치는 줄 알았어. 잘했어? 사람들은 다 괜
찮고? 지금은 어디야?"

준호는 속사포 랩으로 질문 폭탄을 던진다.

"지금 퇴근하고 회식 있어서 나왔어."

"첫날이라 피곤하고 힘들었을 텐데 집에 보내지, 뭔 회식?"

"그러게. 걱정하지 말고 쉬고 있어. 끝나면 전화할게."

"나 신경 쓰지 말고 얼른 들어가~"

전화를 끊고 노래방 안으로 들어가니 팀장이 나를 앉지도 못
하게 한다.

"1번으로 우리 신입 노래부터 들어 보자."

남직원들은 박수를 치고 김 대리가 마이크와 책자를 건넨다.
이런 데서 빼는 사람이 아닌 나는 한참을 고민하다가 김종서의
〈영원〉을 누른다.

"그대만큼 사랑하는 세상이 있어. 나 이제 나의 길 떠나가려
해. 언젠가 돌아보면 후회 없기를 살아본 뒤에야 알게 되겠지."

남직원들은 벌써 어깨에 나란히 팔을 엮으며 좌우로 흔든다.
노래가 끝나니 박수가 터져 나온다.

"오~ 오~ 와~~ 앵콜! 앵콜!"

뒤를 돌아보니 여직원들의 표정들은 역시나 좋지 않았고 노래방에서 술 팔면 불법인데 어디선가 맥주가 들어온다.

혼자 술이 거나하게 취한 팀장이 내 손을 잡고 일으키더니 블루스를 추자며 날 껴안는다. 너무 놀란 나는 어떻게 해야 할지 몰라 전봇대처럼 차렷하고 서 있었다. 그때 남직원들이 우르르 다가와 취한 팀장을 떼어 내 데리고 나갔고, 김 대리가 급하게 말한다.

"오늘은 여기까지. 내일 봅시다!"

나는 멍하니 가방을 가지고 밖으로 나와 당황한 가슴을 쓸어내린다.

'앞으로 이런 일이 없으리라 보장할 수 없는데… 큰일이다.'

이런 커다란 근심을 안고 계단을 올라가는데 김 대리가 내게 다가온다.

"놀랐죠? 팀장님이 원래 저런 사람은 아닌데 술 마시면 저렇게 천지분간을 못하시니…. 다음부턴 팀장님하고 멀리 앉고 술 취해서 지수 씨 부르면 화장실 다녀온다고 하고 그냥 집으로 가면 돼요. 진작 말해 줬어야 했는데, 오늘 노래방에서 저러실 줄은 몰랐네."

화가 났지만 김 대리의 친절한 설명에 마음이 좀 풀린다.

"그러실 수 있죠. 괜찮아요. 저 먼저 갈게요. 내일 봬요."

버스정류장에 도착해 의자에 앉아 버스를 기다리며 드는
생각.

'인생 살기 참… 힘들다.'

멍하니 하늘을 바라보다가 건물 틈 사이로 보이는 빛나는 별
을 보는데 갑자기 눈물이 난다.

'첫날부터 이게 뭐하는 건지…. 진짜 이런 일들이 반복될까?
그럼 나는 어떻게 해야 하지? 난 왜 이렇게 살아야 하는 걸까?
나도 저기 저 별처럼 빛나고 싶은데…. 그것뿐인데….'

매번 질문했던 말들을 던지며 나는 또 나의 생일을 저주한
다. 참았던 눈물이 쏟아진다. 한참 그렇게 눈물을 흘리며 하늘
을 보는데, 순간 준호가 보고 싶어졌다.

그런데 갑자기 눈앞에 휴대용 휴지가 나타났다. 김 대리였
다. 나는 너무 놀라 묻는다.

"김 대리님! 댁에 안 가셨어요?"

"차 회사에 두고 택시 타려고 나오다가 지수 씨를 보는데 울
고 있는 것 같아서 편의점에서 휴지 사 왔어요."

"아, 네…. 신경 써 주셔서 감사해요."

"울지 마요. 사회라는 곳이 다 그래요. 하고 싶은 말도 다 못
하고…. 불합리한 상황에도 우리 같은 월급쟁이들은 어쩔 수
없죠."

"네. 오늘 처음 뵌 건데 그래도 신경 써 주시고 배려해 주셔서 힘이 나네요."

그때 마침 버스가 도착했다.

"저 그럼 가 볼게요."

인사를 하고 버스에 올라탄 후 의자에 앉아 준호에게 전화를 걸었다.

"누나? 집에 들어갔어?"

"이제 끝나서 집에 가는 버스 안이야."

"누나, 힘들었지? 고생했어."

보고 싶다고 말하고 싶지만, 이 녀석. 택시 타고 올 것 같아 말도 하지 못한다.

"나 노래 불러 줘."

"지금? 기다려 봐! 나 지금 방인데 엄마가 거실에 계셔서… 바로 전화할게."

한 30초쯤 지났나? 전화가 온다.

"조금씩 집 앞에서 널 들여보내기가 힘겨워지는 나를 어떡해. 처음이야, 내가 드디어 내가 사랑에 난 빠져 버렸어."

준호의 노래를 들으니 또 눈물이 난 나는 눈물을 닦으며 묻는다.

"근데 어디야?"

"엄마 차 안. 집은 좀 그렇고, 밖은 모기가…."

그 말을 들으니 모습이 상상이 돼 눈물이 쏙 들어간다.

"잘했어. 네 덕분에 웃는다."

"근데 누나 목소리가 왜 그래? 울어? 왜 울어? 힘들었구나. 울지 마. 지금이라도 내가 갈까?"

"아니! 아침보다 차가 안 밀려서 곧 도착해. 들어가서 쉬려고. 너도 얼른 들어가!"

"응, 누나….."

걱정하는 준호의 마음이 여기까지 느껴진다. 오늘 아무것도 한 것이 없는 것 같은데 너무 지치고 벌써부터 내일 회사 출근이 걱정된다.

하지만 야속하게도 아침은 오고 말았고, 엄마는 밥을 차리며 한숨을 쉰다.

"어제 많이 힘들었지? 고생했다. 그리고 미안해."

"괜찮아. 좋은 사람들도 많아."

'아니… 정말 힘들어. 엄마! 나… 감당하기 힘들어!'

밥을 대충 먹고 집을 나서서 버스에 타려는데 버스는 이미 만원이었고, 앉아서 가고 싶었지만 가는 내내 서서 간다.

'싫다, 정말….'

회사에 도착해 엘리베이터 앞에 서 있는데 여직원들도 한두 명씩 모인다.

'선배들이긴 하니 인사는 해야겠지.'

"안녕하세요? 어젠 잘 들어가셨어요?"

그러나 아무도 대꾸하지 않고 목 인사만 한 후 자기들끼리 속닥거린다.

'뭐야? 진짜 재수 없어!'

엘리베이터에 타서도 싸늘한 그녀들의 뒷모습을 바라보다 사무실에 들어갔고, 김 대리도 출근해서 컴퓨터를 켠다.

"어제 잘 들어갔어요?"

"네, 어젠 감사했어요."

"오늘부터 마감 준비 시작해요. 지수 씨 전임이 임신하고 바로 그만둬서 인수인계도 못 했네요. 내가 알려 줄 테니까 잘 보고 메모도 해요. 그리고 따로 물어볼 건은 전임 전화번호 앞에 붙어 있으니까 전화해서 물어보고요."

"네. 그럼 이번 달부터 제가 마감 업무를 직접 하나요?"

"아마도 그럴 거예요."

'미치겠다. 뭐 아는 것이 하나도 없는데….'

컴퓨터를 켜서 이것저것 훑어보고 업무 매뉴얼이 적힌 파일을 찾아보지만 뭐가 뭔지 하나도 모르겠다.

'업무 경험도 하나도 없는 내가 어떻게 이걸 하지? 이건 맨땅에 헤딩도 아니고… 큰일이다.'

걱정만 하고 있으면 뭐가 되겠나 싶어 6월 마감한 것도 찾아보고 업무 파일을 출력해서 본다.

이렇게 한 주가 지나가고 마감이 시작됐는데, 앞이 캄캄하다. 하지만 어차피 해야 할 일! 능력껏 해 보자 싶어 컴퓨터 안에 있는 파일들을 하나씩 열어 보았지만 기안서 작성도 다 영어, 프로그램도 다 영어로 되어 있다. 기업 영어는 낯선 것이 많아서 사전을 찾아가며 밤새 일한다.

마감은 일주일간 지속됐고 김 대리와 야식도 먹고 다른 직원들도 밤새서 일한다. 너무너무 힘들다. 정신적으로도 육체적으로도.

'지금이라도 그만둘까? 왜 나는 지금 여기에 앉아 있는 거지?'

이 생각을 하루에 백번도 넘게 해 본다.

하루는 준호가 회사 앞이라고 문자가 와서 잠깐 나가서 저녁 먹고, 난 또 회사에 들어와 일했다. 그래도 준호 만날 때가 가장 행복한 시간이다.

사무실로 들어오는 나를 보며 김 대리가 묻는다.

"아까 남친이랑 만나서 저녁 먹은 거예요? 남친이 어려 보이던데….."

"아, 네. 한 살 연하예요."

"그렇구나."

드디어 마감이 끝났다. 주말도 없이 밤을 새서 열심히 일했어도 온통 실수투성이다.

하루 쉬는 날이 주어져 꿀맛 같은 늦잠도 자고 아무것도 하지 않은 채 종일 누워서 보냈다. 마감하면서 김 대리랑 찐빵 같은 오 대리와도 친해졌지만, 여직원들은 아직도 여전히 보고도 모르는 척 자기들끼리 수군댄다.

김 대리는 좋은 사람인 것 같다. 눈치도 빠르고 똑똑하고, 내 실수도 탓하지 않고 화도 내지 않고 잘 가르쳐 줬다. 그런데 자주 따로 식사를 하자고 해서 매번 거절하기 난감하다.

8월, 한여름. 진짜 덥지만 회사에 있을 때는 더운 줄 모른다. 아침 일찍 출근해서 저녁에 퇴근을 하니 더울 틈이 없다. 영업팀처럼 출장이 있는 것도 아니고, 먹을 것도 있고 시원해서 이런 건 좋은 것 같다.

준호는 내가 회사에 출근하면 점심에 문자 한 번 보내고 방해하지 않으려고 애쓴다. 그래서 준호에게 미안하고 그만큼 더 애틋하다.

6시 정각, 가방을 들었다 놨다 하자 김 대리가 눈치를 채고 컴퓨터를 끄며 말한다.

"퇴근할 사람들은 퇴근합시다!"

엘리베이터 앞에 서 있으니 김 대리가 다가온다.

어느 봄날, 그가 내게로 왔다

"오늘 약속 있어요? 저녁 같이할래요?"

"아… 네."

'거절도 한두 번이고 이번에 마감할 때 고맙기도 했고 밥이나 한 끼 사야겠다.'

"없어요. 괜찮아요. 저 편의점에 좀 들러야 해서 편의점 앞에서 만나요."

난 엘리베이터를 타고 내려가다가 1층에서 내려 편의점으로 향했고 김 대리는 주차장으로 내려간다. 밖으로 나와 편의점으로 들어가려는데…. 그 앞에 준호가 기다리고 있었는지 손을 흔들며 날 향해 걸어오고 있다. 갑자기 심장이 두근두근 떨린다.

"누나~ 끝났어?"

"어…. 언제부터 기다린 거야?"

"얼마 안 기다렸어. 오늘은 일찍 끝났네? 맛있는 거 먹으러 가자!"

준호가 내 손을 잡자, 나는 순간 어찌해야 좋을지 고민을 한다.

'어쩌지?'

고민하고 있던 그때! 김 대리 차가 앞에 섰고 창문을 열고 큰 소리로 내게 말한다.

"지수 씨! 샀어요? 얼른 타요! 더 밀리기 전에 가요."

놀라고 당황한 준호가 김 대리를 바라본다. 잠시 정적이 흐른다.

"저 사람 누구야?"

"어… 회사 선배. 이번에 마감 때 많이 도와줘서 밥 한 번 먹기로 했거든."

김 대리도 준호를 보고 당황한다.

"어? 남자 친구가 왔네? 그럼 내일 봐요!"

김 대리는 눈치를 보다가 이 말만 남기고 가 버린다.

어색해진 분위기.

"누나가 날 보고 기뻐하지 않는 거 처음 봤어. 아… 이 기분은 뭐지?"

나도 뭐라고 설명해야 할지 모르겠다.

'아무렇지 않게 행동했어야 했는데, 내가 왜 그랬을까?'

한참을 아무 말 없이 서 있다가 말을 꺼낸다.

"우리 팀이고 내 사수야. 마감 때 나도 이런 일은 처음 하는 거고, 전임이 갑자기 그만둬서 인수인계도 못 했고 아는 게 없었어. 내가 너무 실수도 많이 해서 나 때문에 고생 많이 하셨거든. 마감도 끝나고 해서 저녁이라도 사 드려야 할 것 같아서 오늘 식사하기로 저녁 약속을 했어. 근데 네가 와서 기다리고 있으니 어떻게 해야 하나 잠시 고민했었던 거야. 오해 같은 거 하지 않았으면 좋겠어."

"그때… 누나 기분이 이랬겠구나. 또다시 미안해지네."

편의점 앞 우리는 망부석이 돼서 그대로 서 있다. 나도 엄청 피곤하지만 기분이 상했을 준호를 위해 준호의 팔짱을 끼며 "저녁 먹으러 갈까?"라고 상냥하게 물었는데도 준호는 서운했는지 시큰둥하다.

"먹어야지. 누나네 동네 가서 먹자!"

함께 버스를 타서 준호의 얼굴을 바라보았는데 여전히 표정이 안 좋다.

"그분은 그냥 회사 선배야. 알았지?"

"응."

역시 준호의 대답은 시원치 않았고 나도 마감하느라 3일 밤을 잠도 못 잤는데, 잘못한 것도 없이 준호 눈치까지 보려니까 너무 피곤하다.

집 앞에서 밥을 먹고 우리 집 쪽으로 걷는다.

"누나 매일 야근해서 힘들까 봐 위로해 주려고 온 건데, 누나 마음만 상하게 했네. 미안해."

"이건 누구의 잘못도 아니고 사과할 일도 아냐!"

"누나가 너무 보고 싶어서 왔어. 그제도 봤지만 하루 종일 생각나고 보고 싶고 손잡고 싶어서…."

"미안… 너 혼자 둬서. 나도 내가 왜 이러고 살아야 하는지 누구에게라도 묻고 싶어."

나도 저기 저 별처럼 빛나고 싶은데…   125

"누나….."

"이번 여름휴가 15일 낀 그 주에 갈 거야. 뭐 할 건지 생각이나 해 놔. 알겠지?"

내 말에 그새 기분이 풀어진 준호는 대답하며 배시시 웃으며 대답한다.

"응, 누나 피곤하겠다. 들어가~"

"어, 너도 조심히 가."

볼에 뽀뽀해 주니 준호는 좋아서 콧노래를 부르며 뒷걸음질 친다.

다음 날, 어김없이 오늘도 회사에 출근해서 자리에 앉아 있는데 김 대리가 다가와 나를 바라본다.

"어제 미안했어요. 남친 온지 몰랐어요."

"제가 죄송하죠. 저도 그 친구가 올지 몰랐어요."

"그럼 우리 밥 먹는 날을 언제 잡을 건지….."

김 대리가 아쉬운 표정으로 혼잣말을 한다.

'혹시 김 대리가 나에게 관심이 있나? 아니겠지? 신입이고 내 사수라서 그런 거겠지? 난 남자 친구도 있고 나이도 한참 어린데….'

오후 2시쯤, 영업팀 팀장이 본사 출장을 나 입사 이틀 전에 가서 이제 왔다며 나를 보러 우리 팀으로 직접 왔다. 바이어를 만나 술을 마시고 온 건지 그의 눈과 얼굴은 빨갛고 술 냄새가 진동을 한다.

"여기 신입 들어왔다며? 어디 보자!"

한 명씩 훑어보다가 나를 느끼하게 쳐다보며 말한다.

"오호~ 여기 찾았다!"

나는 그의 태도가 마땅찮지만 일어나서 인사했다.

"안녕하세요! 처음 뵙겠습니다. 재무회계 팀 윤지수라고 합니다."

"와우~ 미인이네! 어디서 이런 미인을 구했나?"

그의 참으로 난감한 발언에 팀장이 나와서 급하게 영업팀 팀장을 데리고 자신의 방으로 들어간다.

'미인이라는 소리를 들었는데, 왜 이렇게 기분이 안 좋을까?'

그때 오 대리가 의자를 끌고 와서 속삭인다.

"지수 씨! 저 양반 매우 저질이니까 조심해야 해!"

퇴근 시간, 사무실 전화가 울려 받았더니 영업팀 팀장이 직접 와서 신고식을 하라고 한다.

'뭐, 회사니까 이상한 짓은 안 하겠지?'

옆에 있던 김 대리가 궁금하다는 듯 바라본다.

"아까 그 영업팀장이 오라는 것 같은데요?"

"그럼 나랑 같이 가요."

"괜찮은데…."

'든든하다. 김 대리.'

그렇게 김 대리와 함께 영업팀으로 가서 팀장 방문을 두드렸는데, TV에서나 듣던 그 목소리가 들려온다.

"들어와!"

'윽~ 토 나올 것 같다.'

문을 열고 김 대리와 함께 들어가니, 심기 불편한 표정을 하며 묻는다.

"김 대리! 넌 뭐 하러 왔어?"

"제 부하 직원이라서 같이 인사 왔지요."

"넌 이제 나가 봐!"

김 대리는 내게 괜찮다는 눈빛을 보낸 후 나갔고, 팀장은 나를 느끼하게 바라보며 묻는다.

"몇 살인가?"

"스물한 살입니다."

"아이고… 아직 젖살도 안 빠지고 솜털도 그대로 달렸겠네?"

'으, 저질….'

아무 말 하지 않고 앉아 있자, 그는 더 느끼한 말투로 묻는다.

"남자 친구는 있어?"

"아… 네…."

'아니 그게 왜 궁금한 거냐고!'

"그럼 남자 친구랑 잠도 잤어?"

"네? 그게 무슨….”

드라마나 영화에서나 나올 법한 장면이 아니던가! 성격 같아선 저 새끼 뺨을 갈기고 싶었다. 매우 불쾌했지만 나는 그대로 굳은 채 아무런 말도 나오지 않는다.

"가슴 사이즈가 어떻게 돼? 내가 맞혀 볼까?"

라며 내 가슴을 바라보고 한쪽 눈을 감고 두 손으로 재는 척을 한다.

'아… 나 어떻게 해야 하지?'

그는 이렇게 말하고 나를 뚫어지게 바라보며 입맛을 다신다. 가슴을 웅크린 나는 너무 당황스럽고 황당하고 또 어이가 없어서 눈물도 나오지 않는다.

"저기… 팀장님! 저 이제 나가 볼게요."

"뭐? 아직 내 말이 안 끝났는데? 신입이 당돌하네!"

그 순간 김 대리가 문을 박차고 들어오며 소리친다.

"팀장님! 얘 아직 어린 학생이잖아요. 적당히 좀 하세요!"

나도 저기 저 별처럼 빛나고 싶은데…

Office wife
Office husband

김 대리는 팀장에게 크게 소리치며 내 손을 잡더니 나를 일
으킨다.

"야, 이 새끼야! 내가 뭐 어쨌다고 난리야? 내가 만지기를 했
냐, 뭘 했냐? 이 싸가지 없는 새끼가!"

"저희 먼저 나가겠습니다!"

김 대리는 날 데리고 밖으로 나왔다. 복도 끝에 멈추어 서
니, 참았던 눈물이 쏟아진다. 이런 경험은 처음이다. 알바 할
때도 연락처 알려 달란 남자, 서빙 하는데 은근히 손을 스치는
아저씨들은 있었어도 이런 최악은 처음이다. 그런데 김 대리가
더 화가 났다.

"다시는 저 자식이 부르면 가지 마요. 한 번만 더 저러면 내
가 증인해 줄 테니까 고소해요!"

어느 봄날, 그가 내게로 왔다

그리고 영업팀 테이블에서 티슈 두 장을 가져와 건넨다.

"이거까지만 쓰고 뚝 그치고 사무실로 와요."

김 대리는 먼저 사무실로 가고, 나는 잠시 비상구 벽에 기대서서 흐르는 눈물을 닦아 낸다. 자꾸만 나오는 눈물을 애써 멈추고 계단을 올라 사무실로 갔는데, 다들 퇴근하고 아무도 없다. 김 대리도 컴퓨터를 끄고 가방을 싼다.

"태워다 줄게요. 나가요."

컴퓨터를 끄고 그를 따라 나간다.

지하주차장. 내가 그의 차 뒷좌석에 올라탔더니, 그는 룸미러로 한번 쳐다보고 살짝 미소 짓는다.

"어디로 가면 돼요?"

집 근처 큰 건물을 얘기했고 회사에서 빠져나와 길에 들어섰는데 차가 한참 막히는 시간이라 가다 서다를 수차례 반복한다. 서로 아무 말 않고 그냥 있다가 김 대리가 계속 거울로 나를 보며 눈치를 본다.

"이런 일로 회사 그만두고 그러지 마요. 더한 일도 있어요."

"네."

40여 분을 달려 동네에 도착했다.

"여기다 내려 주세요. 오늘 정말 여러 가지로 감사해요."

"아무 생각도 하지 말고 저녁 잘 먹고 쉬어요."

차문을 닫고 집을 향해 걷는데 가슴이 답답하다.

'난 어떻게 해야 하는 걸까? 내일 출근도 하기 싫다.'

준호의 문자를 이제야 확인했다. 전화 걸면 울 것 같은데 어쩌지? 고민하다 보니 집에 도착했고 문자만 남긴다.

"나 방금 퇴근했는데 너무 피곤해서 씻으면 바로 잘 것 같아."

"그럼 전화 안 할게. 잘 쉬고…. 미안해. 누나! 내가 도움이 되지 못해서…."

불편한 마음에 전화를 걸었고 준호는 바로 받는다.

"나 신경 쓰지 말고 쉬라니까."

"목소리 듣고 싶어서…. 그리고 미안하다고 하지 마! 너 미안할 거 하나도 없다니깐."

"누나 많이 힘들구나. 회사에서 무슨 일 있었어?"

차마 말할 엄두가 나지 않는다.

"무슨 일이 있어…. 남의 돈 벌기 쉽지 않아서 그치."

"누나! 진짜 보고 싶다. 어제도 그렇게 보내서 마음이 편치 않아."

"난 괜찮아. 쓸데없는 오해나 걱정하지 마세요~!"

남의 돈 벌기 진짜 힘들다. 그런 성희롱을 당하고도 아무것도 할 수 없다는 게 견디기 어렵다. 그만두고 싶어도 비단 이 회사뿐이겠나! 김 대리 말대로 앞으로 더한 일도 있을 텐데 마음을 굳게 먹어야겠다. 오 대리 말로는 영업팀장, 곧 그 인간이 우리 회사 이사에다 회사 실세라서 아무도 못 건드린다나? 캡틴과 사장님은 한국 더러운 남자들의 갑질을 알고나 있을까?

성희롱 사건은 우선 그렇게 나와 김 대리만 아는 걸로 마무리하기로 한다.

오 대리가 의자를 끌고 내 옆으로 온다.

"지수 씨, 이번 여름휴가 계획 세웠어?"

"아뇨, 아직….”

"우리 여직원들 빼고 김 대리랑 나랑 인사팀 두 명 더해서 워크샵 한번 갈까요?"

'워크샵? 이건 또 뭐지?'

김 대리를 한번 바라보았는데 그는 아무런 대답도 하지 않았고 오 대리가 계속 묻는다.

"휴가도 긴데…. 어때? 지수 씨는?"

"저는 잘 모르겠어요."

라고 말하자 오 대리는 김 대리 옆으로 다가가서

"1박 2일로… 이번엔 꼭 가자! 형~ 아~ 김 대리 형~~"

졸라 대자, 김 대리는 내 눈치를 한 번 보더니

"지수 씨가 좋다면 나쁠 건 없지."

라고 말하며 헛기침을 하고는 딴청을 피운다.

"지수 씨! 가는 거지? 그럼 고 대리랑 이 대리한테 얘기한다!"

오 대리는 콧노래를 부르며 인사팀으로 가고, 나는 김 대리에게 묻는다.

"어디로 가실 거예요?"

"상의해 봐야지요. 아마 안면도 가지 않을까 싶네요. 오 대리가 안면도 가고 싶다고 2년째 조르거든요."

'안면도…. 바닷바람 쐬는 것도 나쁘지 않지. 근데 준호가 걸리네. 말을 해야 하나.'

퇴근 후, 회사를 빠져나오며 준호에게 전화를 건다.

"퇴근하고 자기 보고 싶어서 전화했어. 자기는 집이야?"

그런데 밖에서 나는 소음들이 전화기 너머에서 들리는 것 같아 이상한 느낌이 들어 뒤돌아보는데… 누군가 달려들어 날 끌어안는다.

"깜짝이야. 언제 왔어?"

"온 지 얼마 안 됐어."

"오늘 일찍 끝나서 다행이지. 담부턴 그러지 마!"

우리는 다정하게 손을 잡고 걷는다.

"우리 엄마도 궁금해하시고 나도 누나 부모님이랑 동생들 궁금한데 우리 부모님께 인사드릴까?"

'그냥 사귀는 건데 인사는 너무 이르지 않나? 얘가 불안한가

보다.'

"음… 여쭤볼게."

저녁을 먹고 집 앞 놀이터에 다다랐다.

"나. 학교 공부하면서 공무원 공부도 같이 할까 하는데…."

"너무 이르지 않아? 학교 동아리랑 과 활동도 해야 하고. 한창 놀 나이잖아."

"그럼 누나는?"

"나는 여자고 상황이 특별했잖아. 뭐가 그리 불안해?"

준호는 불안한 눈빛을 보이며 대답한다.

"사실은 'Office wife', 'Office husband'라는 말을 오늘 처음 들었어."

"에이~ 뭐 그렇게까지 생각해?"

"그래도 불안해. 누나 너무 예쁘고 사랑스러워서 누가 채 가기라도 할까 봐 불안해 죽겠어. 나는 기껏해야 일주일에 한 번 얼굴 볼까 말까 하는데 같은 직장에서 일하면 매일 10시간씩 같이 있잖아. 야근이라도 하면? 으~ 상상도 하기 싫어! 얼른 공무원 돼서 누나 회사 못 다니게 할 거야."

"같은 직장 다닌다고 다 그러는 건 아니지. 나… 변하지 않아. 그리고 나 그렇게 무책임하지 않아."

"정말이지? 나 걱정 안 해도 되지?"

준호는 안심이 되는 듯 빙그레 웃는다.

토요일 아침, 오랜만에 침대와 물아일체 중이다. 곧 준호랑 만나기로 해서 씻고 준비하고 나가려는데, 엄마가 부르신다.

"아빠 이름으로 적금 들려고. 월급날이 언제야?"

"매달 안 갚고 적금 들게? 매달 갚아. 대출 이자가 더 비싼 데….."

"아빠가 적금 들으라고 하시네. 백만 원씩 넣어도 되겠지?"

'뭐? 백만 원?'

그 말을 듣는데 참… 내 마음이 좋지 않다. 결국 돈 쓰는 언니의 뒷바라지와, 동생들 대학 등록금도 내가 해결해야 한다는 말로 들린다.

"25일이야. 엄마가 알아서 해."

그 말을 하고 집을 나섰고 나는 또 똑같은 생각에 사로잡힌다.

'난… 왜 이런 부모한테서 태어났을까?'

엄마는 부잣집 둘째 아들이라서 아빠와 결혼했다고 했다. 돈 걱정 안 하고 지긋지긋한 가난에서 벗어나고 싶어서…. 그런데 할아버지, 할머니가 일찍 돌아가시고 큰아버지라는 인간이 아빠 인감을 달라고 해서 줬더니 유산을 다 빼앗고 입을 씻었다. 경멸한다. 원망하고 원망하며 죽도록 미워한다.

'그 인간이 그런 짓만 하지 않았어도 내 인생은 이렇게 되지

않았을 텐데….'

그 인간들에게 아무 말도 못하는 바보 같은 아빠도 밉고, 가난한 우리 집도 싫다. 갑자기 우울감이 밀려든다.

집을 나섰는데 준호가 반짝 웃으며 내 앞으로 뛰어오더니 고개를 갸우뚱하며 내 얼굴을 양손으로 감싸고 내 눈을 자세히 살핀다.

"무슨 일 있어?"

"아냐… 그냥 엄마 때문에 속이 좀 상해서."

"뭐 때문인데?"

이런 구차한 얘기는 하고 싶지 않아 아무 말 하지 않고 서 있자, 준호가 날 안는다.

"누나가 말하기 싫으면 안 해도 돼."

준호의 품에 안기니 나오려던 눈물도 쏙 들어간다.

'이렇게 멋진 남자가 내 남자라니….'

"우리 더우니까 63빌딩 가서 놀자!"

버스를 타고 빌딩 앞, 일회용 카메라를 사서 사진도 찍고 커플 티도 사서 입고…. 아이스크림도 사 먹고 전망대 가서 구경도 하고 공연도 보며 즐거운 시간을 보낸다.

그새 날이 저물었고, 종일 손에 진물이 날 정도로 잡고 다녔지만 집 앞에 도착해서도 준호는 내 손을 잡고 놓지 않는다.

"예전엔 가요 노래 가사가 와 닿지 않았는데 요즘엔 가사가 다 내 마음 같고 심하게 감정이입이 된다?"

"사랑하면 그렇대."

"누나도 그래?"

나는 그냥 웃기만 했고 준호는 또 투덜댄다.

"아~ 근데 집은 왜 이렇게 가까운 거야?"

"다음부턴 만나면 거기서 헤어지게. 교통비가 너무 많이 들어."

"겨우 500원인데?"

"그건 돈 아냐? 그거 누가 공짜로 줘?"

잔뜩 입이 나와서는 "알겠어…."라고 대답한다.

"으이구… 우리 준호 말 잘 듣네."

하면서 엉덩이를 두들겼더니 준호가 정색을 한다.

"애한테 하듯 이게 뭐야~"

나는 쑥스러워하는 준호를 끌어안아 볼을 마주 대고 비비며 속삭인다.

"사랑해!"

"나도… 누나 많이 사랑해!"

입을 맞추고 나니 쑥스러워 나는 현관으로 도망치듯 2층으로 올라가 밖을 내려다본다. 그대로 서 있던 준호는 나를 보자 빙긋이 웃어 보였다. 미소가 예쁜 준호를 보니 끝까지 이 아이를 지켜 주고 싶다는 생각이 내 가슴속에 깊이 박힌다.

회사 사무실 안 탕비실. 무슨 역적모의도 아니고 탕비실에 오 대리, 김 대리, 고 대리, 이 대리, 나 이렇게 5명이 모였다. 장소는 안면도로 이미 정해진 듯했고 날짜는 휴가가 겹치는 날로 하자고 해서 각자 휴가 날짜를 상의해 보니 15~16일이 딱 겹쳐 그날로 정한다.

"회비는 각각 얼마가 좋을까?"

"10만 원씩 하고 모자라면 더 내고 남으면 간식 사서 사무실에 쟁이자."

모두 한목소리로 "콜!" 외치고는 일사불란하게 해산한다.

한두 명씩 휴가를 가서 사무실은 한산해지고 있다. 여직원들도 거의 없고 일도 없고 사무실에 2~3명 정도만 남아서 일하니 너무 좋다. 준호한테 문자를 보낸다.

"나 17일부터 휴가야. 어머니께 먼저 인사드리자."

15~16일은 안면도 가야 하는데 사실대로 말해야 하는 건지 선의의 거짓말이라도 해야 하는 건지 고민을 하다가 결국 거짓말을 한다. 사실대로 말하면 준호가 어찌 받아들일지…. 아무리 회사 동료들과의 친목 모임이지만 1박 2일이니까 말할 수 없을 것 같다. 아무것도 모르는 준호는 바보같이 대답한다.

"좋아~~♡"

주말, 준호가 동아리에서 MT를 간다고 하니 물가에 내놓은 아기처럼 걱정은 되지만 그런 생각들은 접고 오랜만에 집에서 쉬기로 했다.

"다음 주에 언니 남친 인사 올 거야. 그렇게 알고 있어!"

지호가 또 가자미눈을 뜨고 방정을 떨며 엄마에게 달려간다.

"이제야 보여 주시는군요! 엄마! 지수 언니 남친 인사 온대!"

'헉~ 저것을 확! 그냥….'

엄마가 거실로 나오며 말한다.

"아이고… 결혼할 것도 아니고 사귄 지 1년이 지난 것도 아닌데 무슨 인사?"

"걔가 엄마, 아빠랑 애들이랑 다 보고 싶다네. 인사도 드리고 싶고."

"그럼 가볍게 집에 한번 오라고 하든가."

"다음 주 주말에 데리고 올게."

두 달을 쉴 새 없이 달려왔는데 막상 할 일이 없으니 이상하다. 막내는 공부도 안 하고 매일 놀다가 물주 만나 신났는지 결국 빵 사 달라고 졸라서 데리고 나가 편의점에 들어간다.

지호는 열심히 이것저것을 골랐고, 나는 별 기대 없이 은행 365코너에 가서 월급통장 카드를 넣었다. 잔액이 200만 원이 넘은 것을 보고 깜짝 놀란 나는 다시 확인하고 또 확인한다.

'이게 뭔 일이지? 어쨌든 돈이 좋긴 좋구나!'

어느 봄날, 그가 내게로 왔다

이상형이 참
소박하시네요

자유롭던 주말도 지나고 한가했던 월요일도 지나간다. 다른 사람들이 식사, 간식, 숙소, 차량 등 자기들이 모두 알아서 다 준비할 테니 나는 몸만 오라고 했다.

짐을 싼다고 싸는데 학교 다닐 때 MT도 안 가 봐서 뭘 어찌 싸야 할지 모르겠어서 꼭 필요한 것만 준비해서 밖으로 나왔다. 회사 앞에서 8시 반에 만나기로 해서 평소 출근하는 그 시간, 그 버스를 타고 회사로 향한다.

제일 먼저 온 줄 알았는데 다들 먼저 와서 기다리고 있었고, 오 대리가 차 트렁크를 열어 보여 준다.

"짜잔~~"

헉! 술, 안주, 쌀, 과자, 고기, 햄, 채소, 김치, 라면…. 어디 피난 가는 것도 아니고…. 다 구경하고 차에 타려다가 멈칫

한다.

'김 대리 차니까 김 대리가 운전하고 여유롭게 가려면 내가 뒤로 가는 게 맞는데 뒤에 저 남자들 틈에 끼어가기가….'

고민하면서 그냥 밖에 서 있는데, 김 대리가 내게 손짓하며 앞문을 열어 주니 급하게 오 대리가 말한다.

"형! 내가 뚱뚱하니까 내가 앞에 타야지!"

나는 앞자리에 타려고 발을 하나 들여놓다가 오 대리의 말에 눈치를 보며 다시 발을 뺀다.

"뚱뚱한 게 자랑이야? 그리고 지수 씨가 남자들 사이에 껴서 가야겠냐? 그냥 편하게 너희끼리 붙어 가!"

라고 화를 내자, 오 대리는 머리를 긁적이며 "그런가?" 하면서도 투덜댄다. 내가 타지 않고 그냥 밖에 멀뚱하게 서 있자 오 대리가 체념한 듯 기가 죽었다.

"그럼 지수 씨가 앞에 타요."

차는 서해안고속도로를 타고 신나게 달린다. 고등학교 수학여행 이후로 이런 여행은 처음인 것 같아 조금은 설레기도 한다. 다들 신나서 노래를 부르고 소리를 지르며 난리다. 휴게소에 들렀다가 다시 차에 타서 음료수도 마시고 차에서 흘러나오는 노래를 따라 부르기도 한다.

그렇게 1시간여를 더 달려 안면도에 도착했다.

'바다다! 얼마 만에 보는 바다야?'

창밖으로 펼쳐진 바다를 보니 내 가슴이 뻥 뚫리는 것 같았고, 창밖으로 바다가 보이자 모두 또 소리소리 지르고 난리가 났다. 펜션에 짐을 가지고 올라가서 서성이자, 오 대리가 내게 2인실 방을 쓰라며 나머지는 5인실 방을 쓴다고 한다.

"저 때문에 방을 하나 더 빌린 거예요?"

"우리 공주님은 당연히 혼자 쓰셔야죠. 머슴들과 같이 섞여서 자면 안 되지요."

오 대리 말에 다들 큰 소리로 웃는다.

점심 먹기 전에 바다 구경 가기로 해서 나를 제외한 모두가 수영복으로 갈아입고 바다로 향해 뛰어든다. 다들 물 만난 물고기들처럼 준비운동도 안 하고 물에 풍덩 들어가서 모두 나를 바라보며 들어오라고 손짓한다. 9살 때 물에 빠져 물귀신과 만난 적이 있는 나는 손을 절레절레 내젓는다.

"저는 물 공포증 있어서 들어가면 기절할지도 몰라요."

내 말에 다들 아쉬운 표정으로 바라보았고, 나는 사진을 찍겠다고 말한다. 나는 파도가 쳐도 무릎까지만 오는 곳까지 들어가서 사진도 찍고 물도 튀기며 논다. 나도 대학 때 못 느꼈던 자유가 이곳에 있음을 느끼며 즐거워했다.

점심은 근처 식당에서 먹고 또 모두 다시 물에 들어가서 서

로 물에 빠뜨리고 물 먹이며 공놀이도 하고 논다. 나는 파라솔
벤치에 앉아서 노는 것을 바라보다가 심심해서 모래놀이를 하
고 있는데, 김 대리가 벤치 쪽으로 와서 묻는다.

"혼자 심심하죠?"

"괜찮아요. 이렇게 김 대리님 덕분에 바다도 오고 좋네요.
오늘 운전하시느라 애쓰셨어요."

우리는 함께 음료수를 마시며 바다를 바라본다. 햇빛은 반짝
이며 바다를 물들였고, 반짝이는 드넓은 바다를 보니 갑자기
인생이 무엇인가 하는 생각이 밀려온다.

한참을 놀다가 같이 숙소로 돌아와 샤워하고 쉬는 중에 나는
내 방으로 돌아와 준호에게 전화를 건다.

"누나~~"

오늘따라 애교를 더 부리는 준호의 목소리를 들으니 갑자기
준호의 냄새가 맡고 싶다. 따뜻한 손, 귀여운 얼굴, 선한 눈
빛, 그리고 달콤한 콧내음. 모두가 그립다. 그렇지만 보고 싶
다고 하면 또 집 앞으로 쫓아갈 게 뻔하니 말할 수도 없다.

"어디야?"

"할아버지 댁인데 이제 집에 가려고. 이번 주 목요일이면 우
리 예쁜 지수 누나 보는구나. 좋다!"

"토요일은 너희 집에 갔다가 우리 집 가면 되겠네. 잠깐씩이

니 뭐, 부담 갖지 말자. 이따 집에 잘 들어가.”

전화를 끊자마자 똑똑똑 노크 소리에 문을 열었는데, 김 대리가 문 앞에 서 있었다. 김 대리가 내 얼굴을 보더니 긴장한 얼굴을 하며 말을 꺼낸다.

“우리 방으로 와요. 얘기하고 놀다가 저녁 먹게.”

그를 따라 방으로 들어가니 시커멓게 탄 남자들이 거실에 가득하다. 회사 얘기, 주식 얘기 등 이런저런 얘기를 나누다 보니 곧 저녁 시간이 되었다.

다들 밖으로 나가 바비큐장에서 고기를 굽고 나는 안에서 밥을 한다. 밥과 쌈채소를 씻고 참치찌개도 끓여서 가지고 나가니 다들 박수 치고 난리다. 고기와 햄도 굽고 라면도 끓이고…. 진수성찬을 차려 놓고 다들 맛있게 밥을 먹는다. 술이 빠질 리 없지.

걱정스러운 듯 김 대리가 한마디 한다.

“여기 술 많이 먹고 실수하면 놓고 간다. 가만 안 둬. 조심하도록!”

난 피식 웃었고, 김 대리도 나를 보며 윙크한다. 여느 때 먹었던 고기 맛이 아니라 이건 흡사 천상의 맛이라고 할까? 지금만큼은 무아지경에 빠져 준호도 잠시 잊는다. 식사를 마친 후, 다 함께 치우고 들어가서 TV를 본다.

TV를 보다가 내 방으로 건너가려는데, 김 대리가 나를 부른다.

"지수 씨! 우리 바다 한 번 더 보러 갈래요?"

나는 그의 말에 당황해 아무 말 없이 남자들 방 쪽을 본다.

"잠깐 뭐 사러 간다고 했어요. 걱정 말아요."

방에 가서 겉옷 하나 더 걸치고 김 대리를 따라나선다. 바닷가에 도착하니 바닷바람이 선선하게 불어온다.

"이제 가을이 오나 봐요."

"그러게요. 바람이 선선하네요. 지수 씨 춥진 않아요?"

"괜찮아요."

바다를 보니 몇몇 사람들이 아직도 바닷가에 있다. 자세히 보니 가족들과 연인들도 있고, 손을 잡고 다정하게 걷는 노부부도 보인다.

'나도 준호와 저렇게 걷고 싶다!'

바닷가를 걷던 우리는 백사장에 자리를 잡고 앉는다.

"지수 씨는 이상형이 어떤 사람이에요?"

"네?"

갑작스러운 그의 말에 깜짝 놀라자 그는 머쓱해한다.

"하하하! 남자 친구 있는 사람에게 할 질문은 아닌가?"

"이상형 같은 거 없어요. 그냥… 따뜻하고 날 배려해 주고 사랑이 많은 남자?"

"지수 씨는 이상형이 참 소박하네요. 그 남자 친구는 그런 가요?"

이렇게 말하고 나를 지그시 바라보자, 나는 그의 따가운 눈빛에 당황해서 바로 바다를 바라본다.

"남자 친구랑 언제 만났어요?"

"올 초요."

"그렇구나. 첫사랑인가요?"

"아… 네. 김 대리님은 여자 친구 없으세요?"

그러자 기다렸다는 듯 바로 대답한다.

"네. 없어요. 마지막 연애가 한 3년 전쯤?"

"아, 네…."

"왜 헤어졌는지 안 물어봐요?"

나는 그의 느닷없는 질문에 당황한다.

"몇 년 만나고 왜 헤어지셨어요?"

"1년쯤 만났고 그 사람이 너무 속물이어서 헤어졌어요."

그는 잠깐 내 눈치를 보고 멈칫한다.

"음… 용돈 달라, 이것 사 달라, 저것 사 달라. 거기까진 그런대로 참을 만했는데, 내가 돈으로 보이는지 큰돈도 빌려 달라고 하더라고요."

"아~ 그러셨구나."

"나는 나를 나 있는 모습 그대로 나만 온전히 바라봐 주고,

착하고 현명하고 지혜로운 사람이랑 만나고 싶었는데 그게 참 어렵더라고요."

나도 고개를 끄덕인다.

"그렇죠. 사랑하는 사람을 만나고 그 인연과 온전히 사랑한다는 건… 참 어려운 일이죠. 의도치 않게 오해도 생기고, 별 것 아닌 걸로 싸우고, 생각지도 못한 장애물도 생기기도 하고요. 내 마음 같지 않은 연인의 모습에 실망도 하죠. 시간이 지나면서 소홀해지고 그러다 보면 마음도 변하고… 결국 이별이 성큼 다가오겠죠?"

그가 놀란 표정을 하며 나를 바라본다.

"나이도 어린 사람이 어찌 그리 잘 알아요?"

"제가 좀 애늙은이예요. 어른들도 저더러 나이 70먹은 노인네 하나 들어앉아 있다고들 그러시거든요. 그리고 다 책에서 배운 거예요."

김 대리가 크게 웃자 나도 따라 웃으며 바다를 바라보는데, 갑자기 코끝이 찡하더니 눈물이 나오려고 한다. 쉬지 않고 나를 향해 치는 파도처럼 나도 부서지는 것 같다.

나를 물끄러미 바라보던 그가 눈치를 챘는지 갑자기 분위기를 전환시키며 다른 이야기를 시작했다.

"나 지수 씨 면접 때 처음 봤어요."

그의 말에 나는 놀란 듯 그를 바라본다.

"네? 정말요? 저는 못 봤는데⋯."

"팀장님이 제 밑으로 들어오는 사람인데 봐야지 않겠냐고 하셔서 팀장 면접 때 몰래 들어가서 뒤에서 봤고, 면접 내용도 다 들었어요. 미안해요."

그의 말에 황당하기도 하고 어이가 없다.

"아, 네⋯. 저는 몰랐네요."

"사실은 이력서 보고 제일 맘에 들어서 지수 씨만 보러 들어간 거예요. 특히 자기소개서."

'아⋯ 발가벗겨진 듯한 이 불쾌감은 뭐지?'

나는 기분이 언짢은 듯 말한다.

"여기는 팀장 외에 공공연하게 다들 신입사원의 모든 신상을 다 알아보고 돌려 보나 봐요."

그는 놀라서 손을 흔들고 말도 더듬는다.

"아! 아니⋯ 아니에요! 이력서랑 자기소개서는 팀장님이랑 저만 봤어요."

"인사팀에서 제 연봉, 가족관계 성적 등등 모든 걸 알고 있던 것 같던데요. 뭘⋯."

"정말 미안해요. 괜히 지수 씨 마음 상하게 했네요. 미안해요. 용서해 줘요."

"용서하고 말고가 어디 있어요. 제 처지가 그런걸요."

"아⋯ 또 그렇게 말하면 내가 앞으로 지수 씨를 어떻게 봐요."

"다들 기다리겠어요. 이제 가요."

내가 일어나 걷기 시작하자, 김 대리는 아무런 말없이 뒤따라온다. 힘없이 걷는데 뒤에서 따라오던 김 대리가 내 팔을 잡고 세운다.

나는 그의 행동에 놀라서 걸음을 멈추고 뒤돌아선다.

"나… 지수 씨 지켜 주고 싶어요. 남자 친구랑 계속 만나세요. 방해할 마음 없어요. 조금이라도 힘들거나 도움이 필요할 때 언제든 도와줄게요. 나한테 의지해요."

나는 그가 말한 의지에 대해 깊이 생각한다.

'의지? 의지라….'

"의지하라고요? 뭘 어떻게 의지하라는 거죠? 그리고 왜 나를 김 대리님이 지켜 줘요? 제가 가난하니까 지금 저 동정하시는 거예요? 그래서 영업팀장에게 성희롱당할 때, 팀장님이 나 껴안았을 때 그랬던 거예요?"

"아니에요, 그런 거. 그냥 지수 씨 이력서 봤을 때, 그리고 처음 봤을 때… 그때부터 운명처럼 가슴이 뛰었어요. 그런데 남자 친구 있다는 거 알고 마음 접었어요. 팀장들한테서 그랬던 건 당연히 동료이고 사수니까 부하 직원이 그런 상황에 처했다면 도와줘야 하는 게 맞았던 거고."

나는 쩔쩔매는 김 대리를 바라보며 냉정하게 선을 긋는다.

"그럼 그냥 부하 직원 대하듯 대해 주세요. 안 그럼 제가 죄송하고 불편해요."

"아… 네. 그럴게요. 어쩌다가 이런 얘기까지 나와서…."

그는 머리를 긁적이며 먼저 앞서 걷는다.

김 대리!
너 윤지수 좋아하지?

10시, 잠자려고 누웠는데 잠은 오지 않았고 오만 생각에 사로잡힌다.

"똑똑똑! 지수 씨! 나 오 대리!"

오 대리의 목소리에 문을 연다.

"벌써 자려고? 에이~ 그러면 너무 싱겁잖아! 이대로 우리 여행 끝낼 수 없지. 우리 방으로 와. 지금!"

'아… 귀찮다. 마음도 심란하고 그냥 편히 자고 싶은데….'

문을 열고 들어가니 남자들은 술과 안주를 가운데 놓고 빙 둘러앉았다. 나를 보더니 서로 자기 옆에 앉으라고 쟁탈전을 벌였고, 고민하던 나는 김 대리 옆자리가 아닌 오 대리와 고 대리 옆에 앉는다. 좋아하는 오 대리랑 고 대리. 자리에 앉아 살짝 김 대리를 봤는데 기운이 없어 보인다.

아이엠 그라운드를 하자는데 진짜 유치하다. 중학생 때나 했던 거 아닌가!

"시장에 가면 당근도 있고 배추도 있고 생선도 있고….."

이 대리가 걸렸고 "인디안 밥~~" 모두들 온 힘을 다해 이 대리의 등을 두드렸고, 이 대리는 온몸으로 아픔을 표현한다. 그리고 007빵 게임도 하는데 속으로는 비웃었지만, 나 이상하게 빠져든다.

갑자기 고 대리가 야자타임으로 진실 게임을 하자 하고….

'자기들이 불리할 텐데…. 드디어 술 타이밍인가? TV 보니까 거짓말하는 사람 술 마시던데.'

급하게 오 대리가 나에게 묻는다.

"지수는 남자 친구 있어?"

"응."

다들 멍하니 나만 바라본다.

"뭘 그렇게 봐? 귀신 봤어? 자! 그럼 오 대리! 너 나 좋아해?"

오 대리는 나의 질문에 당황해하며 더듬는다.

"아… 아니….."

고 대리가 맥주 한 캔을 오 대리 앞에 갖다 놓는다. 표정들을 보니 나는 웃겨 죽겠는데 이상하게 아무도 웃지 않는다.

오 대리는 아무 말 안 하고 캔 뚜껑을 까서 마시기 시작했다. 맥주 반 캔을 들이켠 오 대리는 김 대리를 향해 회심의 미소를 던진다.

"김 대리! 너 윤 지수 좋아하지?"

김 대리는 오 대리를 한 번 째려보고 대답한다.

"아니…."

김 대리의 대답에 이 대리가 김 대리 앞의 맥주 캔을 슬며시 밀자, 김 대리는 말없이 캔 뚜껑을 따서 들이킨다.

'나 왜 이렇게 웃기지?' 하고 웃음을 참는데 또 아무도 웃지 않았고 고 대리가 서둘러서 말한다.

"자! 우리에게 큰 데미지가 있을 것 같다. 이제 자자!"

모두 고 대리의 말에 무언으로 동의하며 우리의 워크샵은 이렇게 저물어 간다.

다음 날, 아침은 어제 먹다 만 걸로 대충 때우고 짐을 싸서 회사로 향한다. 평일이라 차는 막히지 않았고 중간에 휴게소 들르고 바로 또 출발!

차에 타자마자 다들 바로 곯아떨어진다. 어제 밤부터 아무 말 하지 않는 김 대리의 눈치를 보는데 그는 여전히 무표정에 아무런 말도 하지 않는다. 나도 어쩔 수 없어 아무 말 없이 창 밖을 바라본다. 그는 운전하는 내내 계속 내 눈치만 살핀다. 나는 따가운 그의 눈빛에 멋쩍어하며 뒤를 돌아보았는데 다들 입을 벌리고 자고 있다.

"지수 씨도 눈 좀 붙여요."

"김 대리님도 졸리실 텐데 제가 자면 안 되죠."

그런데 내 눈꺼풀은 점점 내려오고…. 자꾸만 옆 창문에 인사를 하고 부딪쳤다가 또 인사하기를 몇 번 반복했는지 모른다. 세게 부딪치며 이내 깨서는 아무 일 없었다는 듯 머리를 문지르며 창밖을 바라보지만, 곧 나는 또 창문과 인사를 하고 만다. 이렇게 우리의 여행은 마무리되어 가고 있다.

회사 앞에 도착했는데 다들 피곤한지 썩은 물고기들처럼 축 처져 있다. 다 왔다고 깨우자 다들 눈을 떴는데… 맛이 가도 한참 간 동태 눈깔 같다. 다들 각기 집으로 가고 나도 김 대리에게 인사한다.

"어제 오늘 고생 많이 하셨어요. 조심히 들어가세요."

김 대리가 머뭇거리다가 말한다.

"데려다줄게요."

"아! 아니에요. 제가 알아서 갈게요."

"짐도 있고. 이렇게 가면 내 마음이 불편할 것 같은데…."

"괜찮은데…."

'아저씨! 나는 아저씨 차 타면 더 불편하거든요?'

김 대리가 와서 뒷문을 여는데 안 탈 수도 없고…. 어쩔 수 없이 차에 탄다.

'그런데 여행 내내 조수석에 앉아 있었는데 갑자기 뒷문을 열지?'

내가 안전벨트를 매자 그도 밝은 표정으로 안전벨트를 맸고, 나는 가는 내내 창밖을 바라보며 한마디도 하지 않는다.

한참 후에 침묵을 깨며 그가 말을 건다.

"어제 오늘 나 때문에 마음 불편했다면 미안해요. 나도 그런 말들까지 하려고 한 건 아닌데…. 지수 씨랑 조금 더 친해지고 싶어서 말하다 보니 그런 말까지 하게 됐어요."

"괜찮아요. 우리 더 친해진 건 맞죠. 회사에서 많이 도와주세요. 제가 부족한 게 많아요."

"아녜요. 제가 볼 땐 지수 씨 천재 같아요. 실무 경험도 없는데 마감도 했잖아요."

집 앞에 도착해서 그에게 인사를 한다.

"감사합니다. 조심해서 가세요."

집으로 들어와 아무것도 하지 않고 침대에 벌렁 누웠는데 또 이 생각 저 생각에 사로잡힌다.

'8,500만 원 갚으려면 내가 5년을 돈 하나도 안 쓰고 모아야 하는데…. 그 안에 결혼은 꿈도 못 꾸겠지? 그 돈… 누가 좀 주면 얼마나 좋을까? 돈벼락 좀 맞아 봤으면 좋겠다. 근데 난 왜 그 빚을 갚아야 하는 걸까?'

다음 날, 준호랑 여기저기 돌아다니면서 땀도 많이 흘리고 피로가 쌓였는지 피곤하고 졸려서 일찍 집에 가고 싶었다.

'역시 차가 없으니까 데이트도 힘들구나. 왜 한여름에도 느끼지 못했던 것들이 느껴지는 걸까?'

대망의 토요일, 준호네 어머니께서 점심에 밥을 해 주신다고 해서 준호네 집에 가기 위해 꽃단장을 하고 집을 나선다. 어차피 여기 다시 와야 하는데 바보 같은 준호는 쫙 빼입고 집 앞에서 기다린다.

"어차피 또 올 건데 뭐 하러 여기까지 와~"

"누나가 이렇게 예쁘게 하고 나올 줄 알고 누가 누나 훔쳐 갈까 봐 왔지."

준호네 집으로 가기 전 집 근처 화원에서 카네이션과 안개꽃 다발을 샀는데 너무너무 예쁘다. 이때 갑자기 준호가 "누나! 누나! 어디 있어?" 그러면서 나를 찾는 시늉을 했고, 나는 어이가 없어 실소를 짓는다.

"고려 시대 유머야?"

"찾았다! 그런데 우리 누나가 더더 예쁘네~"

누가 팔불출 아니랄까 봐! 우리는 손을 꼭 마주 잡고 걸어 버스정류장에 도착했다.

"이렇게 누나랑 우리 집에 가는 게 꿈만 같아. 꿈인지 보게 볼 좀 꼬집어 봐!"

볼을 세게 꼬집어 주자 깜짝 놀란 준호가 토끼 눈을 뜬다.

"어? 뭐야~ 감정이 실렸는데?"

"어때? 꿈 아니지?"

우리는 큰 소리로 웃었고, 드디어 준호네 집에 도착했다. 어머니와 준우가 나를 반갑게 맞아 주었고 어머니는 점심까지 해 주시고 편하게 대해 주신다. 과일 먹으면서 이런저런 얘기를 나눈다.

"부모님은 다 계시고? 형제는?"

"딸 넷에 둘째예요."

"부모님이 많이 고생하셨겠네."

나는 그냥 웃는다.

"듣자 하니 취직했다면서? 너무 직장을 빨리 간 거 아냐?"

"아, 네… 그렇죠."

갑자기 준호가 중간에 끼어든다.

"엄마는 그런 말을 왜 물어봐?"

"그냥 궁금해서…."

"우리 나갈 거야! 누나네 집에 가기로 했어."

준호는 나를 급하게 데리고 집에서 나왔는데, 밖은 찌는 듯이 더웠고 집에 가는 버스를 탔더니 버스 안은 시원해서 숨통이 트인다.

"누나, 기분 나빴지? 내가 사과할게. 미안!"

"뭐가… 궁금하실 수도 있지. 기분 나쁘다면 다 자격지심에서 오는 거야. 난 괜찮아. 근데 엄마한테 그런 말버릇은 아주 잘못된 거야! 다음부턴 그러면 안 돼!"

"알겠어. 누나."

그러고는 손을 꼭 잡고 볼에다 뽀뽀를 해 준다.

"나도 누나처럼 꽃 사야겠다. 어머니 무슨 꽃 좋아하셔?"

"잘 모르겠는데?"

다시 화원에 가서 똑같이 카네이션으로 골랐더니 주인아주머니가 묻는다.

"아까도 카네이션 사더니, 오늘 무슨 날이에요?"

"네!"

우리는 동시에 대답을 하고 서로를 바라보며 웃는다.

대문 앞, 현관문을 열고 지호가 들어가니 나머지 세 명이 우르르 나온다. 엄마는 당황해서 멍하니 앞에 서 있는 준호에게 웃으며 말한다.

"어서 와요. 들어와요."

"저 어머니! 여기…."

엄마는 처음 받아 보는 꽃을 보며 좋아하신다.

"아이고, 예뻐라~ 고마워요."

네 명이 부담스럽게 바라보자 나는 어이가 없어서 한마디 한다.

"절이라도 받으시려고 그렇게 바라보셔?"

내가 핀잔을 주자 다들 소파에 가서 앉았고 지우가 준호를 바라보며 입을 연다.

"오빠, 너무 애기 같아요. 오빠 같지 않아."

내가 눈치를 주니 아빠가 한마디 하신다.

"점심은 했고?"

"준호네 엄마가 점심 맛있게 해 주셔서 먹고 오는 길이야."

이번엔 엄마도 참지 못하고 웃으며 혼잣말을 하신다.

"진짜 중학생 같다."

엄마의 말에 다들 웃음을 참느라 애쓴다.

"그 얘기 좀 그만해! 우리 간다!"

라며 일어나자, 다들 알았다며 말린다. 철없는 지호는 눈치 없이 또 입방정을 떤다.

"우리 언니 진짜 무서운데…."

다들 내 눈치를 보자 엄마가 수습을 한다.

"지수랑 싸우지 말고 잘 지내요."

이런저런 얘기를 하고 우린 내 방으로 들어간다.

"아깐 미안…. 다들 좋아서 그래."

"괜찮아. 늘 듣던 얘기라….."

이것저것 둘러보던 준호가 묻는다.

"여기가 누나 방이구나. 나 자주 와도 돼?

내가 단호하게 "안 돼!"라고 선을 긋자, 준호는 기가 죽은 듯 대답한다.

"응… 알겠어!"

준호의 기죽은 얼굴을 보니 너무너무 귀여워서 그의 볼을 살짝 꼬집는다. 그러자 준호가 참지 못하고 입술을 쭈욱 내밀었고, 나는 준호의 입술을 손으로 툭 치며 노려본다.

"누나랑 이 방에서 살면 좋겠다."

"웃겨! 정말!"

내 말에 준호는 또 아기처럼 배시시 웃었고, 나도 행복함을 느낀다.

방에서 조금 있다가 밖으로 나와 함께 걷는데, 준호가 시무룩한 표정으로 바라본다.

"빨리 어른이 되면 좋겠어. 그럼 누나랑 결혼할 수 있잖아. 누나! 나… 내년에 군대도 가야 하는데… 기다려 줄 거지?"

"아직도 멀었는데 왜 그래. 그리고 당연히 기다려야지~"

바로 버스가 왔고 버스에 오르자마자 뛰어가 자리에 앉아 창문을 열고 속삭인다.

"누나 사랑해! 그리고 고마워!"

준호를 향해 손을 흔들며 미소를 짓자 이내 버스가 출발한다.

'나도….'

긴 휴가도 끝이 나고 또 출근이다. 다들 해외로, 제주로 놀러 갔다 왔다고 자랑들을 했고, 김 대리도 출근해서 컴퓨터를 켠다. 슬쩍 그의 눈치를 살피고 인사를 한 후 일을 시작한다. 그래도 김 대리와 잘 지내야지 회사 생활이 힘들지 않을 것 같아 아무렇지 않은 듯 행동을 한다.

8월 월급이 들어왔는데 짝수 달, 보너스 달이라 180만 원이 들어왔고, 평달은 120만 원 정도 될 듯하다. 엄마에게 120만 원을 부쳤더니 기뻐하신다.

'그래… 이게 내 운명인 것 같다.'

8월 마감이 시작됐고 이번 마감은 잘할 수 있을 것 같다는 느낌이 들었지만, 역시나 실수투성이다. 제법 찬바람도 아침저녁으로 불어와 가을이 오는 신호를 보낸다. 이렇게 매일 같은 일상 속에 하루하루를 살아 낸다.

어린 나이에 직장 생활을 하려니 부족한 것이 너무 많다는 것을 새삼 느낀다. 알게 모르게 행해지는 암묵적인 사건들…. 어린 나는 이해가 가지 않았지만 이것 또한 사회생활이라는 것도 배우게 되었다.

어느 봄날, 그가 내게로 왔다

단풍처럼
물들어 간다

시간이 흘러 9월 마감. 또 곧 10월 마감. 이제 제법 혼자 힘으로 잘할 수 있게 되었다. 경리 팀 일도 조금씩 도와줄 수 있게 될 정도로 적응을 잘하고 있다. 다들 1월에 연말결산이 있다고 많이 힘들 거라고 겁을 준다. 마감 때는 1원의 오차도 용납하지 못하는 일이기 때문에 일을 시작하면 8시간 동안 화장실도 가지 못하고 밥도 제대로 먹지 못하고 책상에 붙어서 일을 한다.

나도 마감할 때 집중해야 해서 극도로 예민해져 누가 시비라도 걸면 싸움나기 딱 좋게 생겼다. 그래서 다들 살이 안 찌나? 근데 오 대리는? 사람들 말로는 이쪽 일할 상이 아닌데 어떻게 붙어는 있단다.

나는 3개월의 수습 기간이 끝나고 정규직으로 전환됐다. 정규직 됐다고 알려 주고 싶지만, 준호가 중간고사 기간이라 바쁠 것 같아 공부하라고 5일째 연락을 안 하고 있다. 시험 기간에 전화하면 혼난다고 해 놔서 준호도 연락이 없다. 내가 성적 검사한다고 했더니 울상 되는 것을 보면 동생 하나 더 키우는 것 같지만, 그래도 말도 잘 듣고 한눈도 안 팔고 예뻐 죽겠다.

드디어 준호의 중간고사가 끝났고 준호에게서 문자가 왔다.

"나 시험 끝났어. 누나 일 끝나면 꼭 전화 줘. 회사 앞으로 갈게."

"알았어. 나 6시쯤 끝나."

김 대리가 나를 한번 쳐다보고 자리에서 일어나자 이상하게 나는 괜히 김 대리의 눈치를 본다.

괜히 눈치가 보이는 건 왜일까? 아마도 그의 고백과 그 후 그의 행동과 말들이 어색해진 때문인 것 같다.

곧 퇴근 시간이 됐고, 다들 해가 짧아진 이유로 6시면 퇴근을 한다. 컴퓨터를 끄고 가방을 챙겨서 일어나 밖으로 나가자 먼저 나간 김 대리와 엘리베이터 앞에서 만났다.

"지수 씨! 주말 잘 보내요."

"김 대리님도 운전 조심하세요."

1층에서 내린 나는 빠른 걸음으로 회사를 빠져나간다. 일주일 넘게 만나지 못한 준호가 너무 보고 싶었는데, 준호가 회사 앞 편의점 앞에서 나를 기다리고 있다. 나는 종종걸음으로 빠르게 준호에게 다다랐다.

"많이 기다렸어?"

"한 40분쯤?"

준호의 대답에 깜짝 놀란다.

"히? 진짜? 안 추웠어?"

그러고 손을 잡으니 여전히 준호의 손은 따뜻하다. 함께 걸음을 옮기는데 김 대리 차가 주차장에서 빠져나와 준호의 손을 잡고 있는 나를 물끄러미 바라보며 지나간다. 그런데 이상하게 마음이 쓰인다.

함께 저녁을 먹고 산책도 하고, 각자 집으로 가기로 하고 또 버스정류장으로 향한다.

"오늘은 내가 너 배웅해 주고 싶어. 먼저 가."

"진짜? 나 오늘까지 시험 보느라 힘들었는데. 좋다~"

준호가 내 어깨를 감쌌고, 난 준호의 품에 쏘옥 들어간다.

"나, 누나 너무 보고 싶은데 누나가 내 학점 검사한대서 죽기 살기로 공부했어. 고등학생 때보다 더 열심히 한 것 같아. 일주일이 백 년 같았다니까?"

나는 준호의 엉덩이를 두들겨 주며 환하게 웃는다.

"오구오구, 잘했쪄요."

그런데 준호가 이번엔 아무 말 하지 않고 미소를 짓는다. 애석하게도 바로 버스가 온다.

"이 버스 안 타면 누나가 너무 늦게 들어가겠지? 내일 우리 보는 거야? 확실하지?"

"어, 얼른 타."

버스에 타서 자리에 앉아 준호가 하트를 그리고 있는데, 버스는 야속하게 출발한다.

버스에서 내려 집으로 가는 길. 여름 내 우리에게 그늘도 되어 주고, 바람이 불 때 산들산들 흔들리던 나뭇잎이 이제 푸른색이 아닌 노란색과 주황색, 빨간색으로 물들어 갔고 이내 한두 개씩 떨어진다.

벚나무에서 파랗던 이파리가 노랗게 변해 바닥에 떨어졌고, 그 이파리를 밟으니 아사삭 하며 소리가 난다. 그런데 "나 밟지 마세요! 아파요!" 하며 소리를 지르는 것 같아 이파리를 밟지 않기 위해 이리저리 피해서 걷는다.

그러다 하늘을 보았는데 하늘엔 유난히 커다란 두 개의 별이 반짝반짝 빛났고, 혼자 힘으로 자신을 빛나게 하는 별이 이상하게 애처롭게 느껴진다.

'나도 저 별처럼 빛나고 싶었는데…. 저 별도 혼자 저렇게 온 힘을 다해 빛을 내느라 많이 힘들겠지? 사람들 눈에는 예쁘게만 보이는 별이지만 홀로 얼마나 힘들까?'

토요일 아침, 아직 10시도 안 됐는데 준호가 집 앞이라고 전화를 했다.

"너 우리 집 들어오려고 일부러 일찍 왔지?"

"어떻게 알았어?"

10초도 안 돼서 3층을 올라온다. 띵동, 문을 열어 주니 얼마나 빨리 뛰어 올라왔는지 숨차서 말도 제대로 하지 못한다.

"어머니~ 아버지~"

'어머머! 애 좀 봐~ 넉살하고는….'

"엄마 아빠 교회에서 단풍 구경 가셨어."

"지우랑 지호는?"

"지우는 학교 가고 지호는 어디 갔는지 사라졌어."

"그럼 지금 우리 둘밖에 없는 거야?"

그러면서 느끼하게 바라본다.

"으~ 뭐야! 나 지금 나간다!"

준호는 내 팔을 황급히 붙잡고 알았다며 크게 웃는다.

"나 머리 마저 말리고."

뒤에서 구경하고 있는 준호는 아주 사랑스러운 눈빛으로 나를 바라보며 말한다.

"음~ 향기 좋다. 누나한테서 항상 나는 향기~"

거울을 통해 보이는 우리 준호는 더없이 사랑스럽다.

"자기야, 나 옷 갈아입어야 해. 잠시 나가 줄래?"

하지만 준호는 나가지 않고 버티는 중이다.

"그럼 내가 나간다!"

그러니 바로 일어나서 당황해하며 거실로 나갔고, 준호는 5초밖에 안 지났는데 재촉을 한다.

"다 입었어?" 또 5초 지나서 "다 입었어?"

"한 번만 더 물으면 나 안 나간다!"

그랬더니 이 녀석, 아무 말이 없다.

다 입고 가방을 들고 나서자 준호가 난색을 표하며 한마디 한다.

"벌써 가게? 누나~ 뽀뽀해 줘~ 응?"

준호는 이렇게 말하며 입을 쭈욱 내민다.

"뭐야~ 느끼하게~"

갑자기 준호가 내 손을 잡고 방으로 데리고 가서 나를 조심히 침대에 앉힌다. 우리는 두 손을 마주 잡고 서로를 바라본다. 준호가 내 머리카락을 넘기며 말한다.

"우리 색시, 참 예쁘다."

나도 준호의 얼굴을 쓰다듬으며 말한다.

"우리 준호, 참 예쁘다."

내가 다가가서 볼에 입을 맞추니 준호도 내 이마에 입을 맞춘다. 쿵쿵, 준호의 심장 소리…. 덩달아 내 심장도 쿵쿵 뛴

어느 봄날, 그가 내게로 왔다

다. 준호가 가까이 다가와 내 어깨를 잡는데….

그때 현관문이 열리고 지호가 들어온다.

"언니! 나 만 원만!"

깜짝 놀란 우리는 황급히 방에서 나온다.

"어? 준호 오빠도 있었네?"

준호가 지갑을 열어 2만 원을 주니 지호는 양심이라는 게 있는지 다시 준호에게 건넨다.

"벼룩의 간을 빼먹지. 오빠도 부모님한테 얻어 쓰면서…."

내가 만 원을 주며 "또 나가냐? 집에서 공부 좀 해라!" 잔소리를 시작하려고 하자, 지호는 신발을 다시 신으며 뒤도 돌아보지 않고 나간다.

"오빠, 다음에 봐요!"

이 말을 남기고 순식간에 사라진 지호를 보며 나는 어이가 없어서 웃었고 준호가 씁쓸한 표정으로 구시렁거린다.

"우리 지호가 타이밍을 참 절묘하게 잘~~ 맞추네."

그때 나는 준호의 팔을 끌어당겨 입을 맞췄고, 또 우리의 심장 소리가 우렁차게 들린다. 준호의 숨은 너무나 향기롭다. 코에서 나오는 준호의 숨 향기…. 이 향기를 맡으면 기분이 좋아지고 설렌다. 준호가 내 이마에 입을 맞추며 말한다.

"하~ 나 어떡하냐. 진짜 자기는…."

나는 모른 척하고 빙긋이 웃는다.

"내가 뭐?"

준호는 나의 볼을 꼬집었고 나는 준호를 끌어안는다. 이렇게 행복이 밀려오는데, 왠지 모를 불안감은 또 나를 향해 무섭게 달려오고 있음을 느낀다.

가을, 천고마비의 계절이 왔다. 그 덥고 치열했던 더위도 물러가고 나에도 시원한 바람이 불어 이내 나를 기분 좋게 한다.

준호와 이렇게 거리를 걷는 게 너무 좋다. 여기저기 단풍이 빨갛게 물들고 은행잎도 노랗게 물들어 바람에 흩날리고 우리의 사랑도 단풍처럼 물들어 간다. 처음으로 사랑이라는 걸 해봤고 그런 사랑은 힘든 나를 위로해 주고 아픈 나를 치유해 주었다. 항상 이 사랑에 감사하며 살고 싶어진다.

벌써 준호와 만난 지 200일이 되었고 선물로 뭘 해 줄까 생각하다가 커플링이 없다는 사실이 생각났다. 매번 만날 때 들떠서 집 앞에 일찍 와 집에 들어오려는 계략을 꾸미는 귀요미는 내 머리도 말려 주고 양말도 꺼내 주고 가방도 챙겨 준다.

쌀쌀해진 날씨에 두꺼운 옷 하나 걸치고 집을 나선다. 멋지게 물든 나무들을 보며 준호의 팔짱을 끼고 걷노라니 기분이 참 좋다.

곧 우리는 백화점 1층 잡화 액세서리에 들어선다.

"누나 뭐 살 거 있어?"

"나… 너랑 커플링 하려고."

깜짝 놀란 준호가 "나도 누나랑 커플링 하려고 돈 갖고 나왔는데…."라며 얼떨떨한 표정을 짓는다.

"세상에… 우리 텔레파시가 통했네."

"근데 그거 얼마인지는 알고 나온 거야?"

머리를 긁적이며 "한 10만 원?" 큭~ 어림없는 준호의 스케일에 살짝 웃는다.

"그럼 우리 돈 합해서 살까?"

환하게 웃는 예쁜 내 사랑. 손가락 둘레도 재고 예쁜 반지를 주문했다.

"누나… 우리 300일, 500일, 1000일 계속 함께하자!"

일주일 후, 회사로 반지가 와서 열어 봤는데 너무 예쁘고 맘에 든다. 꺼내서 손에 끼워 보고 한참을 쳐다보고 있는데 김 대리가 그런 나를 가만히 지켜보고만 있다.

우리는 만나서 서로에게 끼워 주고 손가락을 맞대며 우리 사랑 영원하게 해 달라고 하나님께도 빌어 본다.

정규직도 되고 10월 마감도 끝난 11월의 한가한 사무실, 날이 갑자기 추워졌다. 창밖을 바라보니 사람들의 옷차림도 제법 두터워졌다. 넉넉했던 걸음걸이도 빠르게 바뀌었고, 길에는 붕어빵과 어묵을 파는 노점도 늘어 간다. 몇 개 남지 않은 붉게 물든 나뭇잎도 이제 낙엽이 되어 작은 바람에도 힘없이 가지에서 떨어져 이쪽저쪽 나부끼다 바닥에 이내 떨어지고 만다.

갑자기 문을 열고 팀장실에서 나온 팀장님이 김 대리를 데리고 밖으로 나간다. 김 대리가 나가자마자 바로 내 사무실 전화가 울린다.

"지수 씨! 변 대리인데요. 이번 마감 다 끝났어요? 깜빡하고 우리 팀 비용을 한 개 빠뜨렸는데."

"그래요? 보충할 수 있는지 팀장님께 여쭈어보고 제가 지금 가지러 갈게요."

문을 열고 나가서 팀장님께 말씀드리러 가는데, 화장실 쪽에서 팀장과 김 대리가 얘기를 하고 있는지 곧 팀장의 커다란 목소리가 들린다.

"이번에 대표이사 선임건 너 알고 있어? 주주총회로 진행되겠지? 아버지한테 들은 거 없어?"

"못 들었어요. 그리고 회사에서 이런 얘기 하시면 어떻게 해요? 오늘 여쭤볼게요."

김 대리가 서둘러 화장실에서 나오다가 나를 보고 깜짝 놀라 멈칫한다. 난 못 들은 척하고 팀장에게 총무팀 비용에 대해 묻는다.

"큼! 큼! 그놈들은 매번 꼭 마감 끝나고 나면 그러더라. 내가 갔다 올게."

어느 봄날, 그가 내게로 왔다

김 대리가 그대로 멈춰 서서 옆에서 내 눈치를 보지만 나는 아무것도 못 들은 듯 그냥 화장실로 들어간다.

'뭐야… 김 대리 부자야? 근데 왜 회사에서 힘들게 일해? 경영권 승계 뭐 그런 거야? 드라마 보면 재벌 2세가 일반 사원부터 시작해서 뭐 그런 거?'

온갖 상상의 나래를 펼쳐 보고는 바로 고개를 젓는다.

'그러거나 말거나. 그게 나랑 무슨 상관이야? 이제 정규직이니 슬슬 시작해 볼까?'

똑똑똑, 팀장이 총무팀에서 온 것을 확인하고 팀장실에 노크를 한다.

"들어오세요."

내가 들어가자 팀장은 미소를 지으며 나를 바라본다.

"지수 씨가 무슨 일?"

"저… 팀장님께 어려운 부탁 좀 드리려고요. 꼭 들어주셔야 하는 거예요."

"뭐든 다 말해 봐요."

"저… 커피 심부름하는 거 힘들어요. 마감 때 바쁠 때도 해야 하는 거잖아요. 저는 커피 심부름하러 회사에 들어온 건 아니거든요."

팀장 얼굴이 살짝 굳었지만 이내 표정을 풀며 대답한다.

"그냥 쭉~ 여직원들이 해 왔던 거라…. 내가 그 생각은 못

했었네. 앞으론 신경 쓰지 말고 일해요."

"하지만 제가 바쁘지 않을 땐 할게요. 커피 잔이 아닌 종이컵도 괜찮으시다면요."

"그건 상관없어요. 지수 씨 편할 대로 해요."

"감사합니다. 그럼 나가 볼게요."

'이제 됐다. 속이 후련하다. 그래! 이렇게 바꾸는 거야!'

점심시간에 동훈에게서 문자가 왔다.

"나 내일 군대 간다. 건강하게 잘 있어! 그리고 편지하면 답장도 가끔 해 주길 바란다."

"너도 아프지 말고 힘들어도 예쁜 내 얼굴 떠올리며 잘 견뎌! 답장도 한 번씩 할게."

이렇게 기약 없는 이별을 하며 친구가 떠났다.

벌써 퇴근 시간, 옷을 따뜻하게 여미고 나가려는데 김 대리가 다가온다.

"나 지수 씨 옆 동네로 이사했어요. 앞으로 출퇴근 같이해요."

김 대리는 이 말만 남기고 먼저 사무실에서 나간다.

'이건 또 무슨 상황?'

당황한 나는 아무 말도 하지 못하고 멍하니 서서 순간 고민한다.

'불편하니 거절할 것인가, 아니면 허락하고 힘들지 않게 출퇴근할 것인가.'

쉽게 결정 내리지 못한 채 이러지도 저러지도 못하다가 일단 엘리베이터 앞으로 가서 김 대리 옆에 섰다. 나는 고민을 하다가

"제가 늦게 준비한 날이나 김 대리님 일 있으시거나 할 때, 많이 번거로울 거예요. 연락해야 하고, 서로 부담될 거고…. 그리고 보는 눈이 한두 개가…."

내 말이 끝나지도 않았는데 김 대리가 내 말을 끊는다.

"그건 그때 고민할 문제인 것 같은데요? 내 차로 같이 다녀요. 힘들지 않게. 회사 직원들 눈 신경 쓰이면 30분 일찍 출근하고 1시간 늦게 퇴근하면 되고, 남자 친구가 올 수도 있으니 그 친구 동향은 미리 살피면 되죠."

"그런 번거로움을 안고 왜…."

여기서 더 거절하면 진짜 이상한 사람 같아 보일 것 같아 엘리베이터에서 내려 김 대리 차 뒷자리에 탄다.

'아… 아무것도 아닌데 왜 난 마음이 불편하지?'

"나, 지수 씨랑 말하려면 룸 미러 보며 말해야 하는 거죠? 그럼 조금 운전하는 데 위험할 것 같은데…. 지수 씨가 앞자리로 오면 안 돼요?"

'사심이 있어서 그런 것도 아니고, 핑계도 아닌 것도 같고….

운전자가 그렇다는데 그냥 여기 앉아 있기도 뭣하고, 참 좌불안석이다.'

내가 아무 말 하지 않자, 머뭇거리던 김 대리가 겸연쩍은 미소를 짓는다.

"그게 편하면 그냥 뒷자리에 타요. 이제 출발합니다!"

6시 반인데 벌써 밖에 어둠이 짙게 깔려서 쌀쌀해 몸에 한기가 느껴진다. 다행히 김 대리가 히터를 켜 줘서 금방 따뜻해진다.

"요즘 일 할 만하죠? 일도 이제 능숙하게 잘하던데요?"

"아, 네…. 다 김 대리님이 많이 도와주시고 신경 써 주셔서 그렇죠."

내 말에 그가 빙긋이 웃는데 그 미소를 보니….

'이 남자… 보면 볼수록 참 착하다. 어머! 나 뭐라니?'

집에 도착해 차에서 내려 앞 쪽으로 가서 서니 김 대리가 창문을 열었다.

"내일부터 7시 20분에 여기로 데리러 올게요. 잘 들어가요."

김 대리에게 인사를 꾸벅하고 돌아서서 후다닥 집에 들어와 준호에게 전화를 건다.

"누나~"

사랑하는 준호의 밝은 목소리가 내 귀에 캔디처럼 달콤하게 들려온다.

"학교 잘 다녀왔어? 저녁은?"

"먹었지. 누나도 종일 일하느라 힘들었지?"

"괜찮아. 이제 씻고 밥 먹어야지. 근데 앞으로 추우니까 회사 앞에서 기다리는 거 하지 마. 우리 일 특성상 스케줄이 들쑥날쑥해. 회식이나 연장 근무 때 항상 너한테 말해 줘야 하고…."

지난번에도 얘기했지만 다시 한 번 확인시켜 준다.

"알았어. 다음부턴 연락해서 약속하고 갈게."

김 대리랑 카풀 하는 것 때문에 어쩔 수 없이 또 나는 준호에게 거짓말을 하고 만다.

미안하다는 말
지겨워!

다음 날 아침, 일찍 나가서 김 대리를 기다리려고 했는데 김 대리가 벌써 와서 기다리고 있어 서둘러 차에 올라탄다.

"일찍 오셨네요. 아침은 드셨어요?"

"간단하게 시리얼 먹고 나와요. 혼자 살거든요. 근데 왜 이렇게 빨리 나왔어요?"

"김 대리님 기다리실까 봐요."

"난 차에서 기다리지만 지수 씨는 길에서 기다리는데 차라리 제가 기다리는 게 낫죠."

버스 탈 때보다 30분 일찍 나왔더니 조금 덜 밀리는 것도 같다.

"거기 보조석 의자 뒤에 봐요. 따뜻한 코코아 있어요. 추우니까 마셔요."

열어 보니 따뜻한 코코아가 있어 손에 쥐니, 코코아가 김 대리 마음처럼 따뜻하다.

"감사해요. 잘 마실게요."

30분 만에 회사에 도착했지만 누가 볼까 걱정이 돼 먼저 사람들 있나 없나 앞뒤, 양옆을 모두 살펴본 후 차에서 내린다.

11월의 끝자락, 누군가 첫눈이 내린다고 외치자 설렌 나는 눈을 보려고 창문 쪽으로 가서 밖을 내다본다. 진짜 눈이 내린다. 기다리던 첫눈이! 남자 친구 생기면 함께 있고 싶었는데, 이렇게 첫눈이 오는데 난 회사에 있고 준호는 지금 내 곁에 없다.

'이럴 때, 준호가 옆에 있으면 얼마나 좋을까? 첫눈을 맞으며 소원도 빌고….'

이런 생각들을 하며 근무하려니 싱숭생숭했는데, 김 대리가 밖에 나가 라떼를 사 와서 내게 건넨다.

"지수 씨는 커피 안마시니까 블루베리 라떼!"

내가 커피 안 마시는 것을 티도 내지 않았는데 어떻게 알았는지….

"밖에 첫눈이 오는 걸 보고 같이 마시려고 사 왔어요."

"잘 마실게요."

나는 다시 창밖을 바라보며 한 모금 마시니 몸이 따뜻해지고 달콤하다. 김 대리는 내 옆에 서서 밖을 내다보며 말을 건넨다.

"입사하고 벌써 세 개의 계절이 지나가네요."

"벌써 그러네요. 폭풍 같은 시간들이었어요."

"우리 11월 마감도 잘해 봅시다!"

아, 그새 또 마감이 돌아왔다.

'곧 준호도 기말고사를 보겠네. 열심히 하고 있나?'

이런 생각을 하며 계속 반지를 만지작거리고 있는데 갑자기 문자가 왔다.

"누나! 나 공부 열심히 하고 있으니까 내 걱정 하지 마! 이번에도 4.0 넘어서 기쁘게 해 줄게. 첫눈 올 때 함께하지 못했지만 다음 눈 올 땐 함께하자!"

'으이그~ 예쁜 우리 준호!'

내가 흐뭇한 미소를 짓자, 김 대리가 흘깃 내 쪽을 바라보고는 의자에서 일어나 밖으로 나간다. 나도 학교에서 보내 준 자료로 틈틈이 공부해서 회사에 얘기하고 시험을 치렀다.

준호의 기말고사가 끝나는 날이다. 한 해가 진짜 마무리돼 가고 있고, 내 나이도 이제 스물두 살이 된다. 이 꽃다운 나이에 나는 여기 이렇게 회사라는 공간에 갇혀서 싫은 게 있어도 싫다고 말도 못 하고 몸이 아파 쉬고 싶어도 쉴 수도 없다.

'왜 이렇게 다 그만두고 싶은지 모르겠다. 하… 여기서 무너지면 안 되는데….'

이때 김 대리가 다가와서 내게 묻는다.

"크리스마스이브 때 남자 친구랑 지내죠?"

준호는 이브 때 교회에서 보낸다고 했던 것 같은데…. 교회학교 선생님이라서 아이들의 이브 행사를 위해 24일 오후부터 25일 오전까지 있을 거라고 했었던 것 같다. 난 원래 24일이고 25일이고 늘 혼자였지만…. 그런데 오늘 갑자기 그날 혼자 있기 싫어진다.

"아, 네…. 아직은 확실치가 않네요. 김 대리님은요?"

"저야 뭐~ 방콕 해야죠."

그는 이렇게 말하며 웃었고, 나는 바로 나가서 준호에게 전화를 한다.

"시험 끝났어?"

"우와~ 누나 귀신이다! 아니지, 우리 누나는 예쁜 천사지! 방금 끝나고 나왔어."

"자기 크리스마스이브 때 교회에 있을 거지?"

"어? 어…."

준호는 더듬거리며 대답했고 나는 다시 한 번 확인한다.

"꼭 그래야 하는 거지?"

"어… 계속 그래 와서."

준호의 대답에 갑자기 가슴이 답답해졌고, 조금은 화도 나려고 한다. 나는 참지 못하고 "알겠어!"라고 말하며 전화를 그냥 끊어 버렸다. 다시 전화가 오지만 받지 않는다.

무음으로 바꾸고 사무실로 들어왔는데 김 대리가 내 눈치를 본다. 서운한 마음을 감출 수가 없어 책상 앞에 앉아 한숨을 쉬는데 준호에게서 문자가 온다.

"누나! 화났어? 미안해. 내가 다른 애들한테 얘기해 볼게. 그날 볼 수 있도록 해 볼게. 응? 화 풀어!"

나는 분노의 답장을 보낸다.

"아니! 네가 그렇게 나와 만난들 마음이 편하겠어? 내가 더 불편해. 그리고 다른 애들한테 얘기해서 나올 수 있었다면 왜 나한테 처음부터 그렇게 말하지 않은 건데?"

"누나, 내가 생각이 짧았어. 미안해. 화 풀어. 응?"

화가 치밀어 그냥 전화기를 닫아 버린다.

'아… 내가 하필 기분이 다운돼 있을 때 크리스마스 얘기는 해서 날 이렇게 옹졸한 사람을 만드냐. 김 대리 씨!'

회사 앞으로 준호가 올 것 같아서 김 대리에게 오늘은 혼자 간다고 말한다. 김 대리도 싸운 것을 대충 눈치챘는지, 바로 알겠다며 아무것도 묻지 않는다.

오후 내내 마음이 안 좋다. 이런 식으로 해 놓고 이브 때 만난들 뭐 하겠나 싶기도 하면서 또 한편으로는 진짜 교회 가고 나 만나러 안 오면 너무 화가 날 것 같다. 나는 악마인가 보다. 또 선택의 기로에 놓인 나는 별일 아닌 걸로 이렇게 화가 나고

어느 봄날, 그가 내게로 왔다

고민을 한다.

'물론 준호가 잘못한 건 아니지만 잘한 것도 아니지. 우리 사귀고 처음 맞는 크리스마스인데 어떻게 나보다 교회학교 행사가 더 중요할 수 있단 말인가.'

퇴근 시간, 밖으로 나오니 준호가 와서 나를 기다리고 있다가 잔뜩 긴장한 모습으로 내 앞으로 걸어온다. 여전히 나는 화가 난 마음을 감출 수 없었고, 준호는 내 눈치를 보며 조심스럽게 말을 꺼낸다.

"누나… 정말 미안해. 난 누나도 교회 다니니까 당연히 교회 행사에 갈 줄 알고…. 각자 교회에서 보내는 줄 알았지."

'맞다! 나도 교회 다니지.'

하지만 나는 교회 크리스마스이브 행사에 나가지 않은 지 5년이나 됐다.

"나 크리스마스이브 때 교회에 안 간 지 오래됐어."

"그랬구나. 나도 누나한테 먼저 얘기해서 물어봤어야 했는데…. 다 내 잘못이야. 우리는 23일에 보면 된다는 안일한 생각을 했어."

'하~ 내 자신이 정말 한심하다. 그래. 그날 봐도 되지.'

"아냐, 믿음이 작은 내 잘못이지. 다음부턴 크리스마스 땐 그런 줄 알고 있을게. 이번에도 나 신경 쓰지 말고 아이들 케어 잘해. 그 아이들한텐 너밖에 없잖아."

말은 이렇게 해 놓고도 마음이 풀리지 않는다.

'나도 너밖에 없는데….'

"내년엔 혼자 두지 않을게. 이번 한 번만 용서해 주라. 응?"

'내년? 내년엔 군대에 있을 거면서….'

너무 오래 서 있었더니 추워서 오들오들 떨린다. 떠는 나를 본 준호는 편의점 들어가서 따뜻한 코코아를 사서 건넸는데…. 따뜻한 코코아를 보자마자 이상하게 김 대리가 생각난다.

'이건? 김 대리가 내게 줬던 그 코코아네.'

코코아를 마시니 한결 따뜻해진다.

"시험 보느라 애썼어. 바로 집으로 가. 나도 집으로 바로 갈 거야. 춥네. 감기 올 것 같아."

"응, 알았어. 근데… 누나 집까지 데려다주고 싶은데…."

"나 택시 탈 거야."

"그래? 그럼 택시 타는 거 보고 갈게."

바로 택시가 왔고, 차에 올라타서 창문을 열어 말한다.

"나 진짜 괜찮아."

'아니, 나 하나도 안 괜찮아!'

거짓말이라는 것을 눈치도 채지 못한 준호는 안심한 듯 웃는다.

다음 날 아침, 어김없이 김 대리 차가 와서 나를 기다리고 있

어느 봄날, 그가 내게로 왔다

다. 밤새 뒤척거리며 잠을 제대로 못 자서 머리만 감고 나왔는
데도 5분이나 늦었다. 머리가 다 마르지 않아 고드름이 대롱대
롱 매달려 있다.

"죄송해요. 좀 늦었어요."

차에 탄 후 문을 닫자마자 김 대리가 갑자기 뒤를 돌아 내게
손을 뻗는다. 나는 그의 행동에 깜짝 놀라 뒤로 몸을 젖혔는
데, 그는 아무 말 없이 내 머리카락에 붙어 있는 고드름 하나
를 떼어 준다. 심장이 두근두근 뛰기 시작한다. 더 놀란 김 대
리가 홍당무가 되어 버렸다.

"미안해요. 깜짝 놀랐죠? 정말 미안해요."

나는 아무 말 하지 않고 그냥 창밖을 바라보고만 있다. 수습
할 길을 찾지 못한 김 대리는 히터를 올리고 차를 출발시킨다.
계속 거울을 통해 내 눈치를 살피는 김 대리 때문에 나도 자꾸
신경이 쓰여 대충 둘러댄다.

"아니에요. 떼어 주셔서 감사해요. 신경 쓰지 말고 운전하세
요."

서로 아무 말 않고 달려 회사에 도착해 엘리베이터 앞에 섰
는데, 김 대리는 아무 말 하지 않고 저만치 서 있다. 오전 내내
서먹서먹해서 일도 손에 잡히지 않는다.

점심시간에 같이 밥을 먹는데도 둘 다 아무 말 하지 않고 있

으니 오 대리가 묻는다.

"둘이 분위기가 이상하네? 뭔 일인데?"

김 대리가 젓가락으로 오 대리 젓가락을 치며

"뭔 일은 무슨… 너 좋아하는 밥 드세요!"

라고 말하자, 나는 갑자기 웃음이 터지고 만다.

'나 치매니?'

내 웃음에 김 대리도 따라서 웃었고, 오 대리는 얼굴이 달아오르는지 찬물을 들이켠다. 그래도 조금 분위기가 바뀌어서 다행이다. 졸릴 타이밍에 커피를 타서 김 대리를 주니 그가 놀라며 나를 바라본다.

"고… 고마워요. 지수 씨! 잘 마실게요."

'준호를 만나지 않았다면 이 남자… 아마 내 마음을 빼앗았을 것 같아!'

"저… 김 대리님! 이번 크리스마스이브 때 예전에 못 샀던 밥 사 드릴게요. 늘 도와주시고 픽업도 해 주시고 감사해서요."

그는 커피를 마시다 뿜었고 정신없이 티슈로 입을 닦고 큰 소리로 말한다.

"네? 진심이에요?"

나는 고개를 끄덕였고 그 후로 계속 웃는 그를 보며 생각한다.

'이 사람도 참 순수한 것 같다. 벌써 5개월을 같이 일했구나.'

퇴근 시간이 되자마자 서둘러 컴퓨터를 끄는 김 대리가 처음으로 1번으로 나가고 나는 그에게 문자를 보낸다.

"저는 조금 이따 갈게요."

10분 후, 화장실에 다녀와서 직원들에게 인사를 하고 나온다. 주차장에 가니 김 대리가 히터를 켜서 따뜻하게 차를 데워놓고 나를 기다리고 있었다. 난 여전히 뒷자리에 탄다.

"알아서 모시겠습니다."

들뜬 김 대리의 목소리가 낯설게 느껴져 창밖만 바라보고 있는데, 눈치를 보던 그가 한참을 지나서 말을 꺼낸다.

"아까 한 말 진심이죠? 남자 친구는 안 만나요?"

"네, 그날 교회 행사 가야 한대요."

"아니… 여자 친구보다 더 중요한 게 있다니요. 더구나 지수 씨 같은 여자 친구를 혼자 두다니….""

"우리가 만난 지 오래되지 않아 크리스마스도 처음이기도 하고…. 저도 크리스천이라 교회 갈 줄 알았나 봐요."

"지수 씨도 교회 다녀요?"

그러더니 김 대리가 웃으며 혼잣말을 한다.

"아~ 지수 씨가 그래서 이렇게 천사처럼 착한 거구나."

그의 말에 흠칫 놀란 나는 아무런 대답도 하지 못한다.

"그날 어디 가고 싶은 데 있어요?"

"저는 잘 모르겠어요."

"그럼 제가 빡세게 고민해 볼게요."

어느덧 집 앞에 도착해 차에서 내려 김 대리 쪽으로 걸어간다.

"그럼 조심히 들어가세요."

"지수 씨도 잘 들어가요."

내가 가만히 서 있자 김 대리가 창문을 닫다가 다시 내린다.

"추워요. 얼른 들어가요."

간단한 목 인사를 하고 집을 향해 걷는데, 갑자기 기분이 이상하다.

'설마… 나 마음이 갈팡질팡하는 거야? 아니겠지?'

그때 준호의 문자가 왔다.

"누나, 집에는 들어갔어? 내가 미안해. 응?"

나는 또 분노의 답장을 보낸다.

"미안하다는 말 좀 그만할래? 언제까지 미안하다고 할 건데? 미안하다는 말 지겨워!"

'내가 진짜 미쳤나 보다. 그냥 이런 채로 놔두면 더 화날 거면서 준호가 뭘 잘못했다고 이렇게 화를 내는 건데?'

준호에게서 전화가 오지만 받으면 뭐하나 싶어 받지 않았고, 나의 기분은 좀처럼 좋아지지 않는다.

다음 날 아침 금요일, 또 밤을 설쳤다.

'나도 늙나? 이제 잠을 못 자면 피곤하네.'

머리 감는 것도 귀찮아 그냥 밖으로 나왔는데 해가 뜨기 직전이라도 미명으로 비치는 세상은 밤새 내린 눈으로 온통 하얗게 변해 눈이 부시다. 뽀드득뽀드득 눈을 밟으며 놀이터를 지나자, 저 멀리 김 대리 차가 보인다.

김 대리 차 뒤에서 하얀 김이 모락모락 나오고 있는데 꼭 떡집 굴뚝에서 연기가 나는 것처럼 보인다. 차 문을 열기 위해 손잡이를 잡아당겼는데, 이런…. 문이 얼어서 열리지 않는다.

'아~ 손 시려!'

김 대리가 당황해 서둘러 나와 문을 억지로 열어 보지만 문은 여전히 열리지 않는다.

"어? 이게 왜 안 열리지?"

김 대리가 당황해하고 있을 때 조수석 앞문이 열려서 나는 급하게 앞에 탄다. 내가 차에 타는 것을 확인한 그는 서둘러 차에 올라 옅은 미소를 지으며 히터 온도를 올린다.

"여기에 손대요."

'오~ 따뜻해! 따뜻해.'

"미안해요. 아까 출발할 때 운전석이 열려서 뒷문이 안 열릴 줄은 몰랐어요."

"그럴 수도 있죠. 눈이 많이 와서 위험하겠어요."

"큰길은 다 제설 작업했더라고요. 괜찮을 거예요."

김 대리는 팔을 뻗어 조수석 뒷주머니에서 따뜻한 우유와 샌드위치를 꺼내 준다. 이제는 자연스레 아침을 집에서 먹지 않고 김 대리와 함께 출근하면서 이것저것 먹게 되었다. 눈이 와서 그런지 차가 엄청 막히자, 그는 팀장한테 전화를 건다.

"팀장님! 저 회사 좀 늦어요. 눈 와서 차가 막히네요."

"나도 길바닥에 있다. 지하철 탈걸…. 조심히 와라!"

"윤지수 씨도 좀 늦는다고 연락 왔어요."

센스 있는 김 대리의 모습에 나는 또 감탄한다. 매번 거울로 김 대리 껌벅거리는 두 눈을 보자니 좀 부담스러웠는데, 앞에 타니 거울로 김 대리 눈치 안 살펴도 되고 좋다.

1시간이 넘게 걸려 회사에 도착했는데 다들 그 시간에 주차장으로 들어오고 있었다. 지하주차장은 제설차에서 뿌린 흙과 눈이 뒤엉켜 흙탕물이 되어 더러워져 있다.

사무실에 도착해 책상 앞에 앉았는데 준호에게 문자가 온다.

"누나! 오늘 저녁에 회사로 갈게. 얼굴 보며 얘기하자."

답장이 없자 준호는 다시 문자를 보낸다.

"누나… 꼭 보자!"

준호의 문자에 갑자기 울컥한다.

'나 왜 이러지? 변하지 않기로 약속해 놓고…. 크리스마스에 못 만나는 것 때문에 이러는 거야?'

곰곰이 생각에 잠긴다.

어느 봄날, 그가 내게로 왔다

'권태기는 분명 아닌 것 같은데…. 그런데 왜 나는 아무것도 아닌 일에 이러는 걸까? 나… 지금껏 크리스마스이브에 쭉 혼자였잖아!'

또다시 생각을 해 보니,

'아! 그거다. 준호 처음 사귀기로 하고 이제 크리스마스 때, 영화나 드라마에서처럼 나도 남자 친구랑 함께 데이트하며 보낼 수 있을 거라 생각했었기 때문인 것 같다. 그런데 김 대리… 김 대리는 뭘까? 꿩 대신 닭은 아닌 것 같은데….'

갑자기 전에 준호가 한 말이 생각난다. Office wife, Office husband.

'매일 얼굴 보고 많은 걸 공유하기 때문인가? 정도 든 것 같고 함께 있는 게 익숙해진 것 같다. 그리고 김 대리… 키다리 아저씨 같은 김 대리가 나만 보는 일편단심이라는 걸 늘 인지하고 있어서일까? 에휴~ 모르겠다.'

쓸데없는 생각 풍선들을 볼펜으로 툭툭 터뜨린다.

'그나저나 오늘 준호 만난다는 생각도 안 하고 머리도 안 감았는데… 머리에서 냄새가 나진 않겠지?'

눈이 와서 그런지 다들 싱숭생숭하며 일은 안 하고 들떠서 왔다갔다 시간을 보낸다. 퇴근 시간이 되자 나는 김 대리에게 다가간다.

"저… 오늘은 따로 갈게요."

그도 눈치를 챘는지 더 이상 묻지 않는다. 회사 앞에 나가니 준호가 서 있었고, 나를 본 준호가 급히 내게로 달려오다가 순간 휘청하며 몸 개그를 한다.

"미끄러워 다쳐! 넘어지면 어쩌려고 그래?"

아직 우리는 어색하다.

"추우니까 우선 어디든 가자."

우리는 손을 잡고 근처 연리지라는 레스토랑에 들어갔다. 다들 망년회를 하는지 식당 안은 시끄러웠고, 예약은 하지 않았지만 시간이 6시밖에 안 돼서 그런지 몇 자리 비어 있었다.

창가 근처에 앉아 아직도 마음이 정리되지 않는 나는 창밖을 바라본다. 말없이 나를 바라보는 준호가 신경 쓰여 준호를 한 번 보지만, 이내 나는 아무 말 없이 또다시 창밖을 바라본다. 준호가 종이가방을 탁자 위에 올려놓는다.

"이거 뭐야?"

"크리스마스 선물이야. 지난번에 반지 사면서 용돈을 다 써서 비싼 건 못 샀어."

"난 선물도 준비 못 했는데….."

종이가방에서 포장지에 싸인 작은 상자를 꺼내 포장을 뜯으니 케이스 안에는 검정색 털에 핑크 리본이 달린 장갑이 들어 있다.

"내가 매일 출퇴근시켜 줄 수도 없고…. 추운데 이거 끼고 다니라고."

"예쁘네. 잘 끼고 다닐게. 고마워."

조금은 화가 풀린 듯 미소를 짓자, 준호가 안도하는 한숨을 내뱉는다. 저녁을 먹고 나오니 또 그쳤던 눈이 조금씩 흩날린다.

"누나! 내년 크리스마스엔 꼭 같이 보내자."

이렇게 말하며 준호가 나를 안으려 하자, 나는 그의 말을 곱씹는다.

'내년 크리스마스에 같이 보내자고? 군대 간다며….'

다가오는 준호를 살짝 밀어내며 앞을 보고 걷자, 준호는 또 불안한 눈빛으로 나를 바라본다.

어느 화창한 봄날, 집 앞 공원.

나와 남편이 손을 잡고 걷는다. 딸 하나, 아들 하나. 아이들이 신나게 뛰어다닌다. 우리는 흐뭇하게 노는 아이들을 바라보고…. 곧 아이들이 하나씩 소리치며 우리에게 뛰어온다.

"아빠!"

"엄마!"

나… 이 남자…
갖고 싶다!

크리스마스이브이자 주일 아침, 해가 쩅쩅해서 그늘진 곳 빼고는 눈은 다 녹을 것 같다. 11시 예배를 드리고 김 대리와 12시 반에 만나기로 했기 때문에 유유히 교회를 빠져나와 서둘러 집으로 간다.

'근데 나… 왜 이렇게 설레는 거지? 크리스마스이브 때 나가는 거라 그런가?'

집에 다시 가서 옷도 예쁘게 갈아입고 화장까지 하느라 12시 반, 늦었다! 헐레벌떡 뛰어서 매일 아침마다 만나는 곳으로 갔다. 이미 와 있는 김 대리는 나를 보자마자 차에서 내려 뒷문을 열어 준다.

"지수 씨 어디 갈까요? 뭐 먹고 싶어요?"

"저는 아무거나 좋아요."

　　　　　어느 봄날, 그가 내게로 왔다

"그럼 우리 외곽으로 나갈까요? 어때요?"

"저는 괜찮아요."

날씨가 참 좋다. 외곽은 눈이 안 녹은 곳도 있어 여기저기 눈 꽃이 피어 있었다. 이 순간만큼은 그냥 이대로 아무 생각 없이 있고 싶다. 40여 분을 달려 경치 좋은 곳에 있는 멋진 레스토 랑에 도착해서 안으로 들어가 창가 자리에 앉는다.

식사를 주문하고 얼마 후, 음식이 나왔는데 아주 먹음직스 럽게 보였고 맛은 먹어 봐야 알겠지만 실내 분위기도 참 좋고 또 와 보고 싶다는 생각이 든다. 우리는 이런저런 얘기도 없이 어색하게 밥을 먹다가 창밖을 한 번씩 본다. 갑자기 김 대리가 어색함을 깨고 주머니에서 뭔가 꺼내며 떨리는 말투로 말한다.

"이거 그냥 크리스마스 선물이에요. 아무 뜻은 없어요."

잠시 망설이다가 포장을 뜯어보니 그 안에는 너무나 눈부시 고 예쁜 목걸이가 들어 있다. 내가 바로 케이스를 닫으며 아무 말 없이 창밖을 바라보자, 긴장하며 나를 바라보던 김 대리는 어렵게 말을 꺼낸다.

"진짜 아무 의미 없이 주는 선물이에요. 무엇을 사야 할지 몰 라서 샀어요. 부담스러워하지 마요. 받기 싫으면 안 받아도 좋 아요."

한참을 망설이던 나는 무슨 마음인지 알 수 없지만 다시 케이스를 열어 목걸이를 꺼내 목에 건다. 그런 내 모습에 깜짝 놀란 김 대리는 그냥 멍하니 나를 바라본다.

기나긴 어색함이 이어지던 중 김 대리가 내 눈치를 보며 고민하다가 말을 꺼낸다.

"지수 씨! 난… 지수 씨가 조금 더 행복했으면 좋겠어요. 남자 친구와 행복하다면 그거면 됐고 그게 아니라면… ."

난 갑자기 말을 막는다.

"김 대리님!"

그러자 그는 하던 말을 멈춘다. 그가 무슨 말을 할지 짐작을 한 나는 당황스러워 더 이상 아무 말도 하지 못한다.

'나… 지금 흔들리는 거니? 나 지금 뭐하는 거야? 왜 아무 말 안 해?'

그러고 한참을 둘 다 아무 말 하지 않고 가만히 있다.

'나… 이러면 안 되는 거잖아? 어쩌려고 이러는 거야? 윤지수! 준호에게 한 번 서운했다고 이러면 안 돼!'

어색함을 깨고 그가 먼저 말을 한다.

"지수 씨! 아무 말 안 해도 돼요."

'나… 어떻게 해야 할까? 내 마음은 도대체 뭘까? 난 분명히 준호를 사랑하고 있는데, 왜… .'

화장실 다녀온다고 하고 계산하러 카운터를 갔는데 직원이 말한다.

"이미 계산하셨어요."

테이블로 와서 앉으며 김 대리에게 묻는다.

"언제 계산하셨어요? 제가 사기로 했잖아요."

"아참! 잊어버리고 있었네요. 그리고 누가 사면 어때요? 우리 나갈까요?"

"네, 저 잠깐 걷고 싶어요."

갈대숲 사이로 작은 다리가 보이는데, 호수를 바로 볼 수 있는 다리임을 확인하고 그 길을 따라 걷는다. 그도 나의 뒤를 따라 걷는다. 또 생각이 많아진 나는 잠시 서서 호수를 바라본다. 멀찍이 서서 나를 바라보던 그가 내게 다가왔다.

"나… 지수 씨가 부담 갖는 거 싫어요. 아무 대답하지 않아도 우리… 회사에서 아무런 문제도 없을 거고 출퇴근도 그대로 할 거예요. 그냥 친구로서 준 목걸이고 지수 씨가 행복하다면 남자 친구와도 잘되길 바랄 뿐이에요. 그것뿐이에요."

나를 향해 던진 그의 말은 내 가슴에 그대로 와서 박히며 내 마음을 흔든다.

'아… 이 남자… 왜 이렇게 멋진 걸까?'

아마 내가 가장 힘들 때 옆에 있어 주며 매일 얼굴 보고 또 항상 날 배려하는 김성준이라는 이 남자는 아주 천천히 조금씩 내 마음에 들어왔는지도 모르겠다. 그런데 나는 준호 때문에 아닐 거라고 부정했었고, 그래서 밀어냈는지도 모르겠다. 어느 순간 아직 어린 대학교 1학년인 준호는 내겐 버거운 상대가 됐는지도…. 첫사랑이었기에 떨렸고 설렜고 그 아이가 나와 헤어지고 아파하는 모습이 가슴 아파서 지켜 내고 싶었는지도 모르겠다.

내가 사회생활 시작한 뒤로 편한 게 좋아진 걸까? 또 나의 가장이라는 멍에를 함께 져 줄 사람이 저 사람이었으면 하는 걸까? 지금 내 마음이 어떤지 나도 잘 모르겠다. 누가 정답을 말해 주면 좋을 텐데…. 후회 안 할 선택을 해야 하는 건가? 아님 김 대리 말대로 그냥 전처럼 회사 동료로 지내야 하는 게 맞는 건가?

호수에 비치는 해를 보고 있으니 눈이 부신다. 눈이 부셔서 그런지 아니면 가슴이 답답해서인지 또 내 눈에서는 눈물이 나오려고 했고, 눈물을 어렵게 참아 내며 그에게 어렵게 말을 꺼낸다.

"지금 남자 친구가 첫사랑이에요. 올 4월에 만났어요. 그냥 좋았어요. 착하고 나만 생각해 주고…. 근데 어느 날 제 형편이 형편인지라 연애는 사치라는 걸 깨달았어요. 부모가 진 빚을 내가 져야 하는 이 암울한 현실에 열심히 공부해서 빨리 공무원이 돼야만 했거든요. 마음은 아팠지만 마음을 접고 헤어지자고 했는데 그랬더니 이 아이… 죽을 만큼 아팠어요. 그래서 차마 그 아이를 버릴 수 없었고 다시는 헤어지지 말자고 약속했어요. 그러고 한 달 뒤에 김 대리님을 만난 거고요. 묵묵히 챙겨 주시고 힘들 때 위로해 주시고 위험할 때 도와주시는 김 대리님께 늘 감사했죠. 그런데 제가 김 대리님을 어떻게 생각하는지 잘 모르겠어요. 제 마음이 어떤 건지… 저도 제 마음을 모르겠어요."

한참 동안 아무 말 없이 나를 바라보던 김 대리가 말한다.

"일단 차로 가요. 지수 씨 감기 걸리겠어요."

차에 도착해서 그는 뒷문을 열어 주었고 차 속은 햇볕을 받고 있어서인지 많이 춥진 않다.

"오늘 언제 들어가야 해요?"

"보내 주시면 들어갈게요."

"그럼 우리 저녁도 먹고 들어가요. 저녁 먹기 전까지 드라이브해요. 괜찮죠?"

"네…."

이렇게 대답을 하고 전화기를 보니 준호 전화가 4통 와 있었고 나는 문자를 보낸다.

"나 잘 있어. 친구들 만났어. 걱정하지 말고 아이들이랑 준비 잘해서 좋은 시간 보내."

김 대리가 잔잔한 클래식 음악을 켜 주었는데 덕분에 몸과 마음이 조금씩 안정을 찾아가고 있는 듯하다. 밖을 바라보니 해가 뉘엿뉘엿 지며 석양에 비친 모든 것들이 붉게 물들고 있었다. 그는 나를 더욱 더 편하게 해 주고 싶었는지 내게 아무런 말도 하지 않는다.

'만약 김 대리가 나와 결혼한다면 그때도 지금처럼 날 대해 줄까?'

하지만 이내 다시 한 번 고개를 흔들어 잡생각을 없애 본다. 드라이브를 마치고 서울 시내에 들어오는데, 차가 있으니 마음대로 편하게 돌아다니고 좋다는 생각이 든다.

여기저기서 캐럴이 들려오고 연인들이 저마다 크리스마스이브를 기념하여 대형 트리 앞에서 사진을 찍는 모습이 보인다. 거리는 온통 반짝거리는 장식과 사람들로 가득해 생동감이 넘친다. 이런 광경을 실제로 보는 건 처음인 것 같다. 바보 같은 나는 이 모든 것을 오늘에야 안다. 우선 저녁을 먹을 식당이 있는 지하주차장에 주차를 한다.

"지수 씨! 점심을 늦게 먹어서 소화 안 됐죠? 더구나 나 때문에 더… 우리 바깥 구경 좀 할까요?"

주차장을 빠져나와 밖으로 나갔는데, 확실히 저녁이어도 시내는 덜 추워 우리는 여기저기 구경하며 돌아다닌다. 사랑하는 연인들의 환한 미소, 크게 들려오는 음악 소리…. 활기찬 이곳은 내 마음과 완전 반대인 것 같아 어색하기도 하고 나를 설레게 한다.

준호는 한창 바쁜지 연락도 없다. 준호 생각을 하고 있던 그때! 갑자기 김 대리가 날 이끌어 백화점으로 들어갔고, 나도 아무 말 없이 따라 들어간다.

"지수 씨 목이 너무 추워 보여요. 목도리 하나 골라 봐요."

"집에 목도리 있어요. 괜찮아요."

"곧 마감인데 지수 씨가 오늘 감기 걸리면 제가 고달플까 봐 그래요!"

그 말을 들으니 거절할 수가 없어서 둘러보기로 하고 돌아다니는데…. 가격표를 보고 깜짝 놀란다. 생각보다 너무 비싸지만 선물로 주는데 거절할 수 없어 받는다.

"이제 밥 먹으러 갈까요?"

밥 먹으러 간 곳은 레이크힐이라는 한강이 내려다보이는 분위기 좋은 레스토랑이다. 크리스마스라 자리가 없었을 텐데 예약을 해서 그런지 창가 쪽 자리에 앉는 것 같다. 김 대리는 드라마에서처럼 의자를 뒤로 꺼내 주었고, 내가 앉자 김 대리도 웃으며 앉는다. 밖을 내다보니 한강이 여러 가지 불빛에 반짝거린다. 나는 그 풍경을 한참이나 바라보며 생각한다.

'내 인생에도 저런 반짝임이 찾아올까?'

그는 멍하니 앉아 있던 내게 먹고 싶은 게 있냐고 물었다.

"김 대리님이 알아서 주문해 주세요."

그러자 그가 직원을 불러 능숙하게 주문을 시작한다.

"오늘 주방장 추천 메뉴가 뭔가요?"

"오늘은 안심스테이크입니다."

"그럼 안심스테이크 두 개 주시는데 하나는 미디엄, 하나는 미디엄과 웰던 중간으로 주시는데 질기지 않게 부탁합니다."

그의 이런 모습을 보고 나는 또 잡생각을 한다.

'아… 이 남자 내가 신경 쓰지 않아도 자기가 알아서 척척 해 주네.'

집에서도 내가 먼저 다 신경 써야 하고, 준호를 만날 때도 하나에서 열까지 다 내가 신경 써야 하는데…. 이 남자는 내 허락만 구할 뿐, 자기가 뭐든 다 알아서 한다. 나도 어디에 의지하고 싶고 기대고 싶고 누가 이끌어 주는 삶을 살고 싶었다. 내가 뭘 하지 않아도 삶이 살아지면 좋겠다고 생각했다.

'이 남자… 이 마음 이 모습만 변치 않는다면 나… 이 남자… 갖고 싶다!'

또 나는 내 마음속 생각 풍선을 불고 있었다. 터뜨리고 싶지 않지만 터뜨려야 한다.

'내 형편에 저 남자가 가당키나 하나? 부자인 것 같고 회사에서도 잘나가고 외모도 좋고, 유학도 다녀온 것 같던데…. 아마 저 사람이랑 사귄다면 내가 감당할 수 없는 후폭풍이 밀려올

것 같아. 드라마 보면 엄마라는 사람이 헤어지라고 돈 봉투 주고 물 뿌리고…. 으~ 생각만 해도 무서워!'

나는 끔찍한 상상에 얼른 생각 풍선을 터뜨리며 정신을 차리려 앞을 보자, 내 모습을 뚫어지게 보던 그가 묻는다.

"무슨 생각을 그리 골똘히 해요?"

나는 아닌 척 시치미를 뚝 뗀다.

"아무 생각 안 했어요."

김 대리는 뭐가 좋은지 계속 웃고 있었고 그를 바라보는 나도 저절로 미소가 지어진다.

"오늘 이렇게 지수 씨랑 함께 있으리라고는 상상도 못 했어요. 크리스마스이브에 이런 데서 지수 씨와 함께 식사하다니…. 기분이 참 좋네요. 정말 오랜만에 느껴 보는 기분이에요."

나는 그냥 웃음으로 대답한다.

"그리고 절대 부담 갖지 마요. 순수한 마음으로 주는 거니까요."

거짓말인 거 다 알지만 그의 말은 이상하게도 진심으로 들린다.

분위기 좋은 음악이 흘러서인지 저녁이라서 그런 건지 마음이 더 가라앉고 차분해진다. 밥을 먹고 차를 마시는데 그는 걱정스러운 듯 말을 꺼낸다.

"이번 연말결산 때 많이 힘들 거예요. 지수 씨가 하지 않은 마감도 다 책임 갖고 해야 하고…. 마감 후 1월 둘째 주에 프랑스 본사에서 자체 감사 와서 외국인들과 회의도 하루 종일 할 거예요. 그 후엔 회계사들도 올 거고 또 종일 회의만 할 거예요. 대신 감사 후엔 일주일간 휴가 갈 수 있으니 우리 힘내서 해 봐요."

용기를 주는 김 대리가 아니었으면 이놈의 회사, 진작 그만뒀을 것 같다. 따뜻한 사람과 전망 좋은 곳에서 맛있는 밥도 먹고 후식으로 따뜻한 홍차를 마시고 있노라니 세상 근심 걱정이 사라지는 듯하다.

갑자기 김 대리가 뭔가 할 말이 있는 듯 망설이다가 말한다.

"언제든 내 어깨 빌려줄 테니, 힘들면 가져다가 써요. 힘들면 힘들다고 말하고… 혼자 견디지 말고요."

"네, 고맙습니다."

'든든하다. 이 남자….'

레스토랑에서 나와 주차장으로 내려가 차에 타려고 하자 여전히 그는 뒷문을 열어 주며 미소 짓는다. 나는 뒷좌석에 올라탔다가 잠시 고민한 후, 다시 차에서 내려 앞 조수석 문을 열고 올라탄다. 차에 올라타 안전벨트를 매던 그는 내 행동에 깜짝 놀란다.

어느 봄날, 그가 내게로 왔다

곧 그의 심장 소리가 크게 울려 퍼져 차 안에 가득 채워지자, 덩달아 내 심장도 빠르게 뛴다. 그렇게 둘 다 아무 말 없이 앉아 있으니 너무 어색해지자 내가 더 당황한다.

"뒷좌석이 추워서 앞으로 왔어요."

나는 또 거짓말 아닌 거짓말을 하고 있다.

"추… 추… 춥죠? 얼른 따… 따뜻하게 해 줄게요. 하하하!"

그는 멋쩍은 웃음으로 분위기를 무마하려다 이상한 말을 한다.

"이 차 뒤에도 히터 나와요. 지금이라도 늦지 않았으니 뒤로 가고 싶으면 가도 돼요."

"내리면 추워요. 출발~!"

기분이 좋아진 그는 힘차게 대답한다.

"넵!"

집 앞에 도착했는데 갑자기 김 대리가 몸을 뒤로 돌려 손을 뻗어 나와의 거리가 너무 가까워지는 바람에 내 심장이 또 나대기 시작한다.

"오늘 정말 즐겁고 고마웠어요. 종일 운전하시느라 고생하셨습니다."

놀란 나는 속사포 랩을 하고 급하게 내리려 몸을 돌리자, 갑자기 그가 내 팔을 잡는다. 그의 갑작스런 행동에 내 심장은

나… 이 남자… 갖고 싶다!

더 터질 것같이 뛰기 시작한다.

"뒤에 목도리 가지고 가야죠."

그의 말에 허둥대며 차에서 내려 뒷문을 열려고 하자, 그가 빠른 속도로 차에서 내려 목도리를 꺼내 내게 뛰어와 목도리를 내 목에 둘러 준다.

"제… 제가 할게요. 감사해요."

다 두른 후에 꾸벅 인사를 하고는 도망치듯 집으로 뛰기 시작하자 뒤에서 김 대리가 소리친다.

"잘 들어가고 잘 자요! 나도 고마워요!"

'아… 이러면 안 되는데… 뒤돌아보지 말자!'

가쁜 숨을 몰아쉬며 집에 왔는데 다들 교회에 갔는지 아무도 집에 없다. 방에 들어와 거울을 보니 추워서 그런지, 뛰어와서 그런지 얼굴이 빨갛게 달아올랐다.

'나… 왜 이러지? 이러면 안 되는 거잖아!'

씻고 잠을 자려고 누웠는데 잠은커녕 가슴이 두근거려서 누워 있지도 못하겠다. 일어났다 누웠다 밤새 뒤척이다가 늦게 잠이 들었고, 늦은 아침이 돼서야 눈을 떠서 어젯밤 11시에 온 준호의 문자를 확인한다.

"누나… 행사가 이제 끝나서 이제야 연락해. 너무 늦었지? 혹시 누나 잠 깨운 건 아닌지 모르겠네. 누나… 정말 미안해! 내일 오후에 잠깐 볼 수 있어?"

"나 내일부터 마감 시작이고 이번엔 연말결산까지 있어서 오늘은 쉬어야 할 것 같아. 미안해!"

준호는 새벽까지 애들이랑 놀았는지 오후에 답장이 왔다.

"그렇구나. 이따 성탄예배 잘 드리고 잘 쉬어."

답장이 한참이나 늦게 왔지만 이상하게 준호의 답장이 기다려지지 않았다.

'하~ 나 왜 이러니?'

사람이 변하는 게 아니고 상황이 변하게끔 하는구나. 화가 얼른 풀리면 좋은데 그 기회마저 내가 놓치는구나. 김 대리는 지금까지 개인적인 연락은 한 번도 하지 않았고 그래서 더 마음이 편한 건지도 모르겠다. 준호를 배려하는 것 같기도 하고…. 그래서 내가 먼저 문자를 보낸다.

"어제 잘 들어가셨어요?"

"깜짝 놀랐어요. 지수 씨에게 문자가 와서요. 심장이 막 뛰고 식은땀까지 나네요. 저는 잘 들어와서 잘 쉬었죠. 지수 씨는 감기 안 걸렸어요? 어제 추웠는데…."

"괜찮아요. Merry christmas!"

"Merry christmas!!"

그날 저녁, 준호에게서 문자가 왔다.

"누나! 내가 잘못했다고 하면 또 화낼 거지? 그럼 나 어떻게 해야 할까? 알려 주면 안 돼?”

뭐라 답장을 해야 할지 모르겠어서 그냥 있었다. 그렇게 1시간 동안 답장이 없자, 전화가 온다.

“나 이제 괜찮아! 내가 회사 일 때문에 좀 예민해져 있어.”

“그렇구나. 그럼 우리 언제 볼 수 있는 거야?”

“아마도 12월 마감 끝나고 연말결산도 끝나고 회계감사까지 끝나야 할 것 같아. 1월 중순 지나야 시간이 될 것 같아.”

“그럼 쉬는 날도 없이 일해?”

“그건 잘 모르겠어. 나도 연말결산은 처음이라….”

“그렇구나. 누나 힘들겠다. 그리고 누나! 나 군대 일찍 다녀오려고.”

그 순간 가슴이 철렁 내려앉는다.

‘군대? 그래… 군대가 있었지!’

나는 한참을 말없이 전화기만 들고 있었다.

“여보세요? 누나?”

“어. 말해.”

“누나 왜 그래?”

“아냐. 군대 일찍 다녀오면 좋지. 엄마랑 잘 상의해 봐.”

“누나, 회사 일 무리하게 하지 마. 누나 몸도 약한데….”

전화를 끊으니 갑자기 눈물이 났고 무슨 의미의 눈물인지 모르는 내 모습이 답답해 온다.

어느 봄날, 그가 내게로 왔다

'내가 변해야 할 핑계가 하나 더 생긴 것 같은 이 기분… 싫다!'

긴 연휴가 지나고 드디어 회사 출근. 마의 12월 마감.

'걱정이 앞서지만 차근차근 미리 대비해 보자!'

출근하려고 밖으로 나왔는데 저 멀리 어김없이 김 대리 차가 기다리고 있다. 오늘도 앞에 타는 나를 보자, 하얀 김 대리 얼굴이 핑크색으로 변했다. 그리고 어제 자신이 사 준 목도리를 두른 나를 멍하니 바라본다. 그의 시선에 멋쩍은 나는 큰 소리로 "출발!"을 외쳤고 내가 목도리를 풀자 보이는 목걸이를 확인한 김 대리의 얼굴엔 환한 미소가 번진다.

"아… 진짜 연말 결산이네요. 1, 2분기 마감 검토할 때 모르는 거 있으면 뭐든 다 물어봐요!"

"걱정이에요. 잘할 수 있을지….”

"지수 씨는 잘할 거예요. 나도 있는데 뭐가 걱정일까?"

이렇게 말하며 샌드위치를 건넸고, 나는 그의 얼굴을 바라보며 생각에 잠긴다.

'이 남자와 나, 어디까지 갈 수 있을까?'

이 생각을 하고 나서 바로 정신을 차렸는데 자꾸 이런 생각이 드는 내가 너무나 한심하다.

'나… 진짜 왜 이럴까? 준호와의 사랑이 겨우 이 정도였나? 아닌데….'

회사에 도착한 나는 컴퓨터를 켜고 따뜻한 차를 마시려 탕비실에 가서 둥글레차 티백을 꺼내 머그컵에 넣고, 따뜻한 물을 데우며 가만히 서 있는데 그때 마침 영업팀 천 과장이 들어왔다.

"안녕하세요?"

"어~ 지수 씨! 안녕? 혹시 나 커피 한 잔만 내려 줄 수 있어?"

그가 내 쪽으로 다가오며 말한다.

"아… 영업팀 탕비실에 커피가 떨어졌어요?"

"그렇더라고. 그리고 지수 씨 얼굴도 볼 겸 왔지~"

그가 내게 더 가까이 바짝 다가오자, 불안함을 감지했지만 이미 늦어 어찌할 경황도 없었다. 갑자기 손을 뻗은 그가 내 어깨를 감싸며 순간적으로 다가와 내 머리칼을 훑었고, 그에게서는 토할 정도의 술 냄새가 진동을 했다.

그를 살짝 밀쳐냈지만 그는 내 팔을 낚아채 나를 힘껏 끌어안아 벽에 나를 밀어붙이고 내 몸에 자신의 몸을 밀착시킨다.

가랑비에
옷 젖듯

그 순간! 나는 있는 힘껏 소리를 질렀고 그 소리를 들은 사람들이 탕비실 안으로 뛰어 들어왔다. 내가 그 자리에 털썩 주저앉자 여직원들이 나를 감쌌다. 김 대리가 천 과장의 멱살을 잡고 끌어내 그의 얼굴을 향해 주먹을 날렸다. 놀란 여직원들은 소리를 질렀고, 다른 남자 직원들이 김 대리를 말리며 그에게서 떨어뜨려 놓는다. 천 과장은 신음 소리를 내며 바닥에 널브러져 누웠다.

팀장실에서 나와 상황을 지켜보던 팀장님은 영업팀에 전화를 건 후 나를 팀장실로 부른다. 여직원들의 부축을 받아 팀장실에 들어가 소파에 누워 눈물을 흘리자, 여직원들은 내 몸을 쓰다듬는다.

"이게 무슨 일이야…. 지수 씨! 괜찮아? 왜 그래?"

나는 아무 말 없이 눈물만 흘리고 있다.

한 삼십 분쯤 지났을까? 팀장님이 들어오며 나를 살핀다.

"지수 씨! 괜찮아? 어디 다친 데는 없어?"

"네, 괜찮아요."

"오늘은 우선 집으로 돌아가서 쉬고, 내일도 출근 안 해도 되니까 무슨 일 있으면 나한테 전화해!"

여직원들은 내 가방과 겉옷을 챙겨 왔고 밖으로 나가니 사무실엔 아무도 없다. 엘리베이터를 타러 사무실 밖으로 나가자 오대리가 겉옷을 입으며 내 옆으로 다가와 엘리베이터를 누른다.

"지수 씨! 내가 데려다줄게. 같이 가자. 집이 어디야?"

회사를 빠져나와 한참을 달리던 중 오대리가 머뭇거리다가 말을 꺼낸다.

"사실⋯ 이런 일이 2년 전에도 있었어. 영업팀 팀장 사건. 그래서 여직원이 그만뒀어. 임원회의에서 대표한테까지 알려지지 않게 영업팀 안에서 해결했고. 고소하게 돼도 남는 건 상처뿐이라고 회유했지. 현실이 그렇기도 하고⋯. 아마 회사 출근하게 되면 감당할 수 없는 일이 일어날지도 모르겠네. 술 마시고 저지른 일은 우리나라에서 크게 문제되지 않잖아. 암튼 오늘은 아무 생각하지 말고 푹 쉬어!"

집에 다다를 때까지 오 대리는 아무 말 하지 않고 운전만 한다. 얼마 후 집에 다다르고…. 오 대리에게 감사 인사를 하고 차에서 내렸지만, 다리가 후들거려 제대로 걸을 수 없다.

"집까지 같이 가 줄까?"

"아니에요. 감사해요."

겨우 걸어 놀이터에 도착한 나는 놀이터 벤치에 앉아 얼굴을 움켜쥐고 눈물을 쏟아 낸다.

너무 춥다. 견딜 수 없을 정도로 온몸이 떨려 왔고, 갑자기 내장까지 토해 낼 것처럼 구토를 하기 시작했다. 눈물은 계속해서 흐르고 목구멍도 가슴도 쓰리다. 온몸이 땀에 젖었다 식었다를 반복한다. 갑자기 몸에 힘이 쭉 빠지며 쓰러질 것 같았고, 순간 죽고 싶다는 생각이 내 머릿속을 휘감았다.

'살고 싶지 않다…. 내 삶은 왜 이러는 걸까?'

그때 전화벨이 울렸지만 한참이나 울리고 끊겨졌다. 또 전화벨이 울리지만 전화를 꺼내 받을 힘이 내게는 없다. 그때 전화벨 소리를 들은 아랫집 아주머니가 지나가다 말을 건다.

"지수야! 춥게 여기서 뭐해?"

나는 아무런 대답도 할 수가 없다.

"어머~ 땀 좀 봐! 내가 부축해 줄 테니까 같이 집으로 가자."

아주머니 덕분에 겨우 집으로 들어올 수 있었던 나는 거실

소파에 한참을 웅크리고 누워 있다가 내 방으로 걸어가 침대에 누웠다. 그때 한통의 문자가 왔고 가방에서 전화기를 꺼낸다.

"누나! 지금 일하고 있지? 누나, 보고 싶고 목소리 듣고 싶어!"

겨우 힘을 내서 문자를 보낸다.

"나 지금 너무 바빠. 미안해. 이따 연락할게."

두어 시간 누워 있다 일어났는데 열이 나더니 기침도 나고 어지럽다. 또 전화벨이 울려서 보니 김 대리였고, 나는 힘없이 전화를 받는다.

"여보세요?"

"지수 씨! 집에 잘 갔어요? 전화가 안 돼서 걱정했어요. 좀 어때요?"

그의 목소리는 떨렸고 나는 마음을 가다듬고 말한다.

"곧 마감인데 어떡해요. 연말결산도 해야 하는데….."

그러자 그가 흥분한 듯 큰 소리로 말한다.

"지금 마감이 대수예요? 우선 아무 생각 하지 말고 쉬어요. 이따 연락할게요."

전화를 끊은 나는 아무 생각도 하기 싫어 무음으로 해 놓고 종일 누워 있었다. 엄마는 밖에 나갔다가 들어와서 집안일을 하는데 내가 집에 있는지도 모른다.

저녁 6시, 엄마가 내 방에서 걸어 나오는 나를 보고 깜짝 놀란다.

"너 회사 안 갔어?"

"몸이 안 좋아서 일찍 왔어."

"어디가 안 좋아?"

"몸도 안 좋고 엄마! 나… 회사 다니기 힘들어."

내 이마를 만져 보더니 심각한 표정을 짓다가 해서는 안 될 말을 하고 만다.

"많이 힘들어? 힘들어도 어떡해. 그렇다고 그만둘 수도 없잖아!"

엄마의 말 한마디가 결국 내 가슴에 비수처럼 꽂힌다.

'언제는 힘들면 말하라면서… 거짓말쟁이! 어떻게 그런 말을 저렇게 쉽게 할 수 있을까…. 이제 나는 어떡해야 하지?'

죽을 한 숟가락 떠먹고 약을 먹고 누워 또 흐르는 눈물을 닦아 낸다. 무음 때문에 김 대리에게 전화가 5통이나 와 있는 것을 뒤늦게 확인하고 전화를 걸었는데, 그는 두 번 울리고 전화를 받는다.

"여보세요? 지수 씨!"

"죄송해요. 한숨 잤어요. 이제 좀 괜찮아졌어요."

"그럼 됐어요. 내일 연락할게요."

다음 날 10시쯤, 힘든 몸을 일으켜 회사로 향했다. 엘리베이터 앞에 섰는데 치가 떨린다. 그렇지만 어제 엄마의 말이 떠나지 않아 엘리베이터에 타서 12층을 누른다. 올라가는 내내 불안감은 나를 덮쳐 와 온몸이 떨려 온다.

"띵동! 12층입니다."

문이 열리자 여직원이 은행에 가려고 서 있다가 나를 보고 놀란다.

"어머, 지수 씨! 괜찮아? 이렇게 나와도 돼? 하루 새 얼굴이 말이 아니네."

그때 사무실에서 오 대리가 뛰어나왔다.

"뭐 하러 나왔어요? 며칠 더 쉬지…."

오 대리와 함께 사무실로 들어갔는데, 나를 본 김 대리가 깜짝 놀라서 벌떡 일어나 걱정스러운 얼굴로 나를 바라본다. 팀장님도 방에서 나와 바라보고…. 그런데 모두 나를 바라만 보고 아무 말도 하지 않는다.

"마감인데 제가 피해를 줄 수 없어서 나왔어요."

팀장이 걱정스러운 듯 "마감 좀 늦어도 되니까 천천히 해!"라고 말했고, 오 대리가 나를 휴게실로 부른다.

"어제 팀장님이랑 영업이사랑 대판 붙었어. 천 과장이 망년회 가서 새벽까지 술 마시고 바로 출근해서 좀 정신이 이상했었나? 영업이사가 사람이 죽은 것도 아닌데 호들갑 떨지 말라고 해서 팀장님이 빡쳐서 들이받았대. 에휴~ 진짜 천 과

216

장도 이사도 미쳤나 봐. 그리고 성준이 형이 지수 씨 엄청 좋아하나 봐! 천 과장 이 새끼 아주 보이기만 하면 죽여 버린다고…. 어휴~ 말도 마!"

그때 김 대리가 들어와 말한다.

"쓸데없는 얘기 그만하고 나와!"

오 대리가 나가고 나자, 김 대리가 걱정스러운 얼굴로 말한다.

"몸은 괜찮아요? 얼굴이 말이 아닌데…. 우선 마감은 천천히 해도 되니까 안 좋으면 바로 얘기해요."

팀장님이 회계팀 캡틴인 부사장에게 사실을 알렸고, 캡틴은 불같이 화를 내며 천 과장을 해고하라고 지시했다. 천 과장이 나에게 사과하고 싶다고 했지만 팀장님과 김 대리가 내 근처에는 얼씬도 하지 말라고 했다. 새로 온 대표이사까지 알게 되어 혼쭐이 난 영업이사는 최 과장을 영업지점으로 옮기게 해 달라고 부탁해 천 과장은 사무실에서 퇴출되어 영업지점으로 가게 되었다.

매일이 힘든 하루하루가 지속됐다. 김 대리는 이후로 그 사건에 대해 아무 말도 하지 않았고, 팀 송년회도 간단하게 저녁 식사로 대체한다고 한다.

너무 많은 업무량에 야근은 필수, 피로도 쌓여 가서 다들 얼굴이 퀭하다. 우리는 연말도 없이 제야의 종소리도 듣지 못하

고 사무실에 모여서 일을 했고, 혼자 퇴근하기 눈치를 보던 팀
장이 다들 퇴근하고 내일 와서 하자고 한다.

힘든 몸을 이끌고 퇴근하려니, 팀장이 김 대리에게 매일 날
태워다 주라고 해 자연스레 눈치 안 보고 퇴근하게 되었다. 이
렇게 또 새해가 시작되나 보다. 올해는 그 어떤 해보다 행복했
고 또 힘들었다. 멍하니 창밖을 바라보고 있으니 김 대리가 말
한다.

"다 왔어요. 오늘 밤 푹 자요. 이따 9시에 데리러 올게요."

나는 집에 오자마자 씻지도 않고 쓰러진다.

드디어 결산도 끝나고 회계감사도 끝났다. 퇴근 시간, 그의
차에 타는데 나는 자연스럽게 앞자리에 앉는다.

"오늘 저녁 먹고 들어갈래요?"

"좋아요. 참! 그때… 감사했어요."

그는 미소로 답했고, 이렇게 우리는 카풀도 하고 함께 밥도
먹으며 자연스럽게 가까워지고 있었다. 집에 와서 전화기를 보
니 준호로부터 부재중 전화가 와 있어 전화를 건다.

"누나, 우리 내일 볼 수 있어?"

"내일은 회사 회식 있어."

"그럼 주말엔? 우리 안 본 지 거의 한 달 돼 가."

"주말엔 시간 돼. 토요일에 보자."

일하느라 정신이 없어서 한 달째 안 본 줄도 몰랐다. 준호의 목소리를 들었는데도 이상하게 가슴이 뛰거나 설레지 않는다.

'다들 그러나? 익숙해지면? 아직 1년도 채 되지 않았는데….'

그때, 그에게서 전화가 왔다.

"남자 친구한테 쉬는 거 말했어요?"

"이제 해야죠."

"내일모레부터 쉰다고 하면 안 될까요?"

그의 말에 또 심장이 뛴다.

"내일까지만 지수 씨랑 놀고 싶어서요."

이 남자, 이제 대놓고 말하는데…. 그런데 싫지 않다.

"네, 알겠어요. 그런데 내일 어디 갈 거예요?"

"어디 가고 싶은 데 있어요?"

날도 춥고 딱히 어디 가고 싶다는 생각은 들지 않아 아무런 대답을 하지 못한다.

"우선 내일 만나는 걸로 하고 9시까지 데리러 갈게요! 잘 자요!"

'내 마음이 진짜 뭘까? 그냥 준호한테 서운한 마음이 있던 나를 챙겨 주는 김 대리에게 잠깐 흔들리는 걸까? 아니면 자주 보는 김 대리와 정이 든 걸까? 그것도 아니면… 가랑비에 옷 젖듯 김 대리에게 마음이 가고 있었던 걸까?'

목에 걸린 목걸이를 만지작거려 보고 손에 낀 커플링도 만지작거려 보지만 아직 아무런 확신도, 아무런 결론도 서지 않는다. 답답한 마음에 밤새 이 생각 저 생각에 사로잡혀 새벽 늦게 겨우 잠이 들었다.

거의 못 자고 일찍 일어나 씻고 머리를 말리며 생각에 잠긴다. 생각해 보면, 김 대리가 덤비듯 고백했거나 날 가볍게 생각했다면 절대 이렇게 가까워지지 않았을 거다. 분명 불편한 관계가 됐을 거고 난 이런저런 이유로 퇴사했을 것이다.

준호랑 권태기는 아닌 게 확실하고, 준호를 사랑하는 마음도 그대로인데… 나 왜 이럴까? 나도 보호받고 싶은 여자인가 보다. 버스 타고 다니는 것도 이제 불편하고 낯설고 힘들 것 같다. 나 편안함에 물든 건가?

서둘러 준비를 하고 나가서 보니 그가 차에서 나와 밝게 웃으며 손을 흔들고 있다. 그가 차문을 열며 밝은 목소리로 말한다.

"타십시오. 지수 공주님!"

그는 문을 닫고 얼른 차에 올라타며 말한다.

"벨트 매세요. 출발합니다. 우리는 지금 정동진에 갑니다."

'해돋이를 보러 가는 것도 아니고 웬 동해바다?'

나는 아무 말 않고 창밖을 본다. 가다가 휴게소 들러서 간식도 사 먹고 꼬불꼬불 산을 지나 한참을 달려 정동진에 도착했다.

바닷가 옆에 주차를 하고 내렸는데….

어느 봄날, 그가 내게로 왔다

'와~ 여기 진짜 춥다!'

김 대리가 사 준 목도리를 하고 왔는데도 눈도 뜨지 못할 정도로 칼바람이 불어와 숨이 막힌다. 김 대리도 생각보다 추웠는지 당황한 듯 몸을 움츠린다.

바다만 잠깐 보고 언덕 위에 배처럼 생긴 식당으로 갔지만, 식당인데 딱히 먹을 음식은 없다. 해돋이 보러 온 사람들이 밤새 머무는 곳인 듯하다. 간식을 먹어서 배가 고프지 않아 간단하게 따뜻한 우동을 먹고 있는데 반짝 해가 뜬다.

서둘러 먹고 바닷가로 갔는데 바람은 차지만 햇볕은 따뜻하다. 바다가 또 햇빛에 반짝반짝 빛나며 눈이 부시자 그때가 생각난다. 여름휴가 때 그리고 지난 크리스마스 때 호숫가에서 내게 했던 김 대리의 고백이….

"김 대리님! 기억나요? 우리 안면도 갔을 때랑 크리스마스이브 날 거닐던 호숫가….".

"기억나죠. 근데 왜 그 얘기를….".

"저… 성준 씨!"

처음으로 그의 이름을 부르니 그는 깜짝 놀라며 나를 바라본다.

파도 소리도 찰싹찰싹 큰 소리로 치고 갈매기도 날아다니고 있지만, 그 소음을 사라지게 하는 듯 김 대리의 심장 소리가 터질 듯이 들려온다. 핑크색 얼굴과 토끼 눈처럼 커진 김 대리의 눈은 날 설레게 한다.

"성준 씨도 알겠지만 저… 가난한 집에 딸린 식구가 다섯 명이에요. 줄줄이 딸린 동생 둘에 아직 대학 졸업도 안 한 언니도 있고요. 너무너무 부족한 것도 많고 아직 만나고 있는 남자 친구도 있어요. 그리고 우연히 듣게 돼서 성준 씨네 집 상황도 어느 정도 알고 있고요. 제가 감당 못 할 정도인 것 같더라고요. 성준 씨의 마음을 알고 싶어요. 왜 이런 나에게 이토록 헌신하고 잘해 주는지…."

그는 뛰는 가슴을 진정시키고 말한다.

"전에 말했었잖아요. 난 처음부터 지수 씨 좋아했다고. 남자 친구 있는 거 알고 마음 접었었는데 함께 일하고 매일 얼굴 보는 착한 지수 씨를 차마 단념할 수 없었어요. 그래서 출퇴근이라도 함께하고 싶어서 지수 씨 옆 동네로 이사했죠. 전에 지수 씨가 불편해하는 것 같아서 정규직 전환될 즈음부터 거리를 두려고도 해 봤어요. 그런데 그게 마음먹은 대로 되지 않았고, 물 흘러가듯 내버려 두자는 마음으로 여기까지 왔어요. 나… 회사에서 지수 씨 함께 얼굴 보고 일하는 것만으로도 행복해요. 지수 씨에게 절대 부담 주고 싶지 않아요. 그리고 우리 집 재벌도 아니고 그냥 아버지가 조금 부자일 뿐이에요. 난 이 일개 대리고 부자도 아니에요."

그는 어렵게 본인 얘기를 계속 이어 간다.

"지수 씨! 갈등하지 말고 흘러가는 대로 흘려보내요. 이대로 회사도 잘 다니고 출퇴근만 같이해요. 나랑 가끔 밥 먹고 내가 주는 선물이 있다면 부담 없이 받으면 되고… 남자 친구와도 사이좋게 지내면 돼요. 나… 지수 씨에게 뭐 결정하라고 안 그래요. 알겠죠?"

그러면서 이 남자, 방긋 웃는다. 그의 말과 미소에 한결 마음은 가벼워지며 내 마음속 깊은 곳에서 김 대리를 좋아하는 마음의 싹이 피어나고 있음을 느낀다.

"고마워요. 그렇게 말해 줘서…."

차에 타니 벌써 3시, 두근거리는 이 시간도 지나가고 있다. 오다가 휴게소에서 이른 저녁을 먹고 서울로 들어온다.

"오늘 운전하시느라 고생하셨어요."

"제가 좋아서 한 건데요, 뭐…. 너무 추워서 미안했죠."

"잘 들어가세요!"

아무 말
하지 마!

주말, 준호와 약속이 있는 날이라 준비해서 나갔지만 오랜만에 본 준호인데도 가슴이 뛰지 않는다. 내 심장이 고장 난 건지 손을 잡아도 예전처럼 설레진 않는다.

"누나! 나 올 12월에 군대 갈 것 같아."

"그래? 아직 멀었네."

"누나… 나 기다려 줄 거지?"

"그럼~"

나는 영혼 없는 대답을 한다.

함께 버스를 타고 홍대 앞으로 가서 이것저것 구경도 하고 맛있는 것도 먹으며 즐거운 시간을 보낸다. 커피숍에 들어가 나란히 앉아 반지 낀 손을 꼬옥 잡는다.

"지난 한 달간 나… 사는 게 사는 게 아니었어. 누나 마음 풀어 주고 싶은데 풀어 줄 기회가 없어서 미칠 것 같았어."

"미안. 내가 기분 좋게 풀어졌어야 했는데…."

"근데… 올해 크리스마스도 함께 있지 못할 것 같아."

"괜찮아. 군대 가는 건데 뭐…."

"나 멋진 남자가 돼서 당당하게 누나 앞에 설게."

마음 한구석엔 이미 김 대리가 자리 잡고 있지만 사랑스러운 준호를 바라보며 함께 있으니 잠시 김 대리 생각도 접어진다. 집 앞에 도착했고 우리는 또 이별을 한다.

"춥다. 얼른 들어가. 도착해서 전화할게."

준호가 내게 다가와 키스를 하려고 했지만 나는 준호의 볼에 입을 맞춘다. 돌아서서 들어가다 뒤를 돌아보니 준호가 나를 향해 환하게 웃으며 하트를 그린다. 뽀뽀만 해도 그렇게 좋았고 설렜던 그 두근거림은 온데간데없고 이상한 마음만이 가득하다.

길고 길었던 겨울이, 절대 가지 않을 것 같던 겨울이 간다. 내 몸과 마음을 웅크리게 했던 추위가 저만치 가는 것 같다. 밤도 짧아지며 낮이 길어졌고 목련도 봉오리가 부끄러운 듯 뾰족이 나오며 봄이 오는 듯 새들도 여기저기서 지저귄다.

회사 출근하는 길. 역시나 기다리고 있는 김 대리는 환하게 웃으며 차에서 나와 내게 손을 흔든다. 출근하는 길에 늘 사

먹던 김밥도, 샌드위치도, 따뜻한 코코아도… 이렇게 매일 한결같이 이 자리에 있다.

"날이 많이 풀렸죠? 진짜 봄이 오나 보네요."

준호와 나는 1년이 되어 가지만 요즘은 그전처럼 연락도 잘하지 않고 이 핑계 저 핑계를 대며 만남을 미루면서 자연스레 만나는 횟수도 줄었다.

준호와 1주년이 되는 날 아침, 출근을 하려 밖을 나가 보니 작년과 똑같이 개나리도 피고 벚꽃이 피어 온 세상이 눈이 내린 것처럼 새하얗다.

'그래… 우리 이렇게 온 세상에 하얗게 꽃이 피었을 때 만났지!'

어느새 내 마음속에 크게 자리 잡은 그의 차에 타서 그의 얼굴을 바라본다. 아직 내 마음은 갈피를 잡지 못해 심란한 마음을 어찌할 수 없어 더 답답해 온다.

3월 마감을 마무리하고 퇴근 준비를 하며 김 대리에게 얘기한다.

"오늘은 먼저 갈게요."

그는 여전히 아무 말도 묻지 않고 알겠다며 고개를 끄덕인다. 밖으로 나가니 준호가 기다리고 있다가 반가운 표정으로 나를 향해 다가온다.

어느 봄날, 그가 내게로 왔다

"일찍 끝났네? 진짜 오랜만에 보는 것 같아. 나도 2학년 돼서 바빴고."

함께 버스를 타고 가는 내내 나는 아무런 말도 하지 않고 창밖만 바라본다.

"우선 밥부터 먹자."

전에 함께 갔던 솔레미오에 들어가서 식사를 주문하고 서로를 바라보는데, 예전과 같지 않은 분위기에 준호의 얼굴이 어두워진다. 애써 웃음을 짓던 준호가 예쁜 케이스를 꺼내 탁자 위에 놓는다.

"이게 뭐야?"

"우리 1주년이잖아. 선물이야."

준호가 예쁜 목걸이를 꺼내서 보여 주는데, 나는 목걸이를 멍하니 바라보고만 있다. 준호는 목걸이를 꺼내 들고 내 뒤로 돌아와 내 목에 걸린 김 대리가 준 목걸이를 빼려고 한다. 그때 내가 준호의 손을 잡는다. 놀란 준호는 멈칫하며 다시 건너가 자리에 앉는다.

"누나…."

난 아무 말 없이 그냥 앉아 창밖을 바라본다. 한참을 그렇게 앉아 있던 나는 어려운 말을 꺼내려 한다.

"있지, 준호야!"

준호가 무언가 느낀 듯 급하게 내 말을 막는다.

아무 말 하지 마!   227

"아니… 누나, 아무 말 하지 마! 아무 말 안 해도 돼."

그때 식사가 온다. 식사를 하는 둥 마는 둥…. 후식도 시키지 않고 그냥 앉아 있다가 준호가 또 어색한 웃음을 지으며 횡설수설한다.

"봄은 봄이다. 우리 딱 오늘 만났는데. 그때 벚꽃이 만발해서 기억나. 시간 참 빠르다. 그치? 그때 나 누나를 보며 진짜 떨렸는데…. 그동안 우리 참 좋았지? 지금도 난 그때와 같은데…."

내가 아무 말 없이 준호의 얼굴을 보자 준호는 서둘러 일어난다.

"누나 일찍 들어가 봐야지. 너무 늦었다."

어색한 듯 걸어 버스정류장에 도착했다.

갑자기 준호가 나를 안으며 울먹인다.

"누나! 내가 뭐라고 말을 해야 할지 모르겠어. 난 누나밖에 없는데…. 나 왜 이렇게 불안하지? 나 어떻게 하지?"

내가 여전히 아무 말 하지 않은 채 가만히 서 있으니 준호가 망설이다 입을 뗀다.

"나 군대도 가야 하고 제대 후에도 계속 학교도 다녀야 하고…. 내 상황이 이래서 계속 누나 붙잡는 것도 미안하네. 나… 누나 놔줘야 하는 거야?"

준호를 밀어내고 바라본다.

"네 잘못 아니야. 그냥 내가 힘들어서 그래. 일도 힘들고 너 군대 갈 거 생각하니까 더 힘들어."

슬픈 눈을 하고 날 바라보는 준호를 차마 바라볼 자신이 없어 고개를 돌린다.

"잠시 시간을 가지면 좋겠어. 지금 내 마음이 어떤 건지, 어떻게 하는 게 맞는 건지 시간을 갖고 생각해 보자."

내 눈엔 어느새 뜨거운 눈물이 흘렀고 아무 말이 없는 준호를 다시 바라보았는데 준호의 눈에도 눈물이 흐르고 있다.

나는 버스를 두 대나 보내고 멍하니 서서 1년 전 설레고 행복했던 시간들이 떠올린다.

'변치 않겠다고 그렇게 약속하고, 힘든 시간 버텨 온 우리인데…. 오늘 1주년이기도 하지만 준호의 생일이기도 하지. 하필 이런 날, 나 뭐 하는 거지?'

가방에서 선물을 꺼낸다.

"준호야! 생일 축하해. 그리고 미안해."

준호는 울면서 선물을 뜯어본다.

"어? 지갑이네? 예쁘고 좋다."

준호의 말에 가슴이 갈기갈기 찢어지는 것처럼 통증이 밀려와 나도 소리 없이 계속 흐느끼며 눈물을 흘린다.

'이렇게 아프면서 나 왜 이러는 걸까? 춥다. 머리가 너무 아파 쓰러질 것 같아.'

"나 택시 타고 가야겠어. 몸이 안 좋아."

준호는 서둘러서 택시를 잡으며 함께 타려 한다.

"나 혼자 갈게. 집에 얼른 가!"

"혼자 가도 되겠어? 누나 안색이 안 좋아."

준호가 걱정스러운 얼굴로 말하지만, 나는 끝내 거절한다.

"괜찮아. 나 갈게!"

택시 안에서 거울로 멀어져 가는 준호의 모습을 보는데 가슴이 답답해서 터질 것만 같다. 머리도 너무 아프고 걷기도 힘들 것 같은데, 이대로 집에 들어가면 가족들이 걱정할 것 같아 어쩔 수 없이 김 대리에게 전화를 건다.

"지수 씨! 무슨 일로 전화했어요?"

그의 목소리를 듣자마자 아무 말도 못하고 흐느낀다.

"지수 씨? 윤지수! 어디야? 왜 그래?"

나는 들릴까 말까 하는 목소리로 울먹인다.

"저 지금 집 앞에 거의 다 왔는데 몸이 너무 안 좋아서 걷기도 힘들어요."

"집 앞으로 갈게요. 조금만 기다려요."

택시 기사님의 배려로 택시 안에서 그를 기다리로 했다. 빛의 속도로 달려온 김 대리 차가 보이자 문을 열었더니, 그는 급하게 차에서 내려 나를 부축한다. 내 얼굴을 보자마자 깜짝 놀란 그는 자기 차에 태우며 말한다.

"조심조심…. 어디서 뭐 하다 왔기에 이러는 거예요?"

차에 올라타서 내 이마에 손을 올린다.

"열이 펄펄 끓는 것 같은데… 병원으로 갈까요?"

"아니에요. 그냥 잠시 쉬면 될 것 같아요."

그는 골목에 안전하게 차를 대고 히터를 켠 후 내 의자를 뒤로 젖혀 주며 나를 바라본다. 그렇게 한참을 차에 누워 있었다. 따뜻한 히터 바람에 눈이 감겨 온다.

또 내 이마에 손을 얹어 보는 김 대리의 손길에 살짝 눈을 뜬다.

"이제 정신이 좀 들어요? 무슨 일 있었어요? 얼굴이 왜 이래요?"

그의 물음에 나는 아무 말 않고 의자를 반듯하게 세운다.

"아무 말 안 할 테니 좀 더 누워 있어요."

"아니에요. 이젠 괜찮아요. 저… 오늘 남자 친구 생일이고 1주년 되는 날이에요."

"그런데 왜 이래요?"

"아까 퇴근하고 그 친구 만났는데 제가 헤어지자고 했어요. 제 마음을 잘 모르겠다고 시간을 갖자고 했어요. 그래서 많이 울었어요."

그리고 내 가슴을 두드리며 힘들게 말한다.

아무 말 하지 마!   231

"그래서 가슴이 너무 아프고 괴로웠어요. 밥도 제대로 못 먹었는데 그렇게 보내 버렸어요. 나 참 나쁜 사람이죠?"

"지수 씨! 이렇게 힘든데 왜 헤어져요? 행복하지 않은 거예요?"

"…."

아무 말 없이 그냥 그를 바라보자 그가 내 눈에서 흐르는 눈물을 닦아 주었고 가까이서 서로의 눈을 바라본다.

"이렇게 마음이 약해서 어떡하냐…. 울지 마요. 뚝! 더 아프면 어떻게 해요. 울지 마!"

그러면서 내 어깨를 토닥여 준다. 그리고 또 한참을 아무 말 없이 울기만 하다가 눈물을 그치고 김 대리를 바라보는데, 그는 나를 여전히 바라보고 있다.

나를 한참 바라보고만 있던 그는 머뭇거리며 말을 꺼낸다.

"지수 씨… 나 지수 씨 곁에 있어도 돼요? 내가 잘할게요. 지수 씨가 지고 있는 가장의 짐… 내가 같이 지면 안 될까? 동생들 대학도 보내고, 아버지 빚도 함께 갚고, 부모님께 효도도 하고. 당장 결혼하자는 얘기도 안 할게요. 뭐든 지수 씨가 원하는 것만 할게요. 네?"

그의 고백을 들으니 또 눈물이 흐른다.

"또, 또! 뚝! 알았어요. 아무 말 안 할게요."

그리고 내 손을 잡는다.

'내게 아무것도 바라지 않고 늘 이렇게 내 옆에 있어 준 당신…. 나… 그런 당신에게 너무 부족하지만 지금처럼 내 옆에 이렇게 있어 줄 수 있죠?'

밤이 깊어서 벌써 10시가 넘었다.

"들어갈 수 있겠어요?"

고개를 끄덕이고 문을 열고 나가니 그도 따라 내린다.

"감사해요. 연락할 사람이 김 대리님밖에 생각나지 않았어요. 내일 뵐게요."

그렇게 돌아서서 집 쪽으로 걷는데 진동이 울려서 휴대폰을 보니 그에게서 전화가 온다.

"내가 방금한 말 너무 신경 쓰지 마요. 지수 씨 편하게 생각하고 마음 가는 대로 해요. 난 지수 씨가 행복하길 바라거든요. 지수 씨만 행복하다면 난 아무래도 괜찮아요. 잘 들어가고 오늘 밤 아프면 안 돼요. 다 잊고 잘 자고, 내일 밝은 모습으로 봐요."

"네, 잘 들어가시고 정말 감사해요."

전화를 끊고 뒤돌아보니 그대로 서 있던 김 대리가 나를 향해 손을 흔들고 있었고, 나는 그에게 꾸벅 인사를 한다.

어느 봄날, 또 다른 누군가가 이렇게 내게로 왔다.

며칠 후 주말, 방에서 쉬고 있다가 거실로 나갔는데 엄마가 식탁에서 무언가 먹고 있다. 물을 마시려고 가까이 다가갔는

데, 엄마가 먹고 있던 것은 곰팡이가 핀 떡이었다. 깜짝 놀란
나는 소리친다.

"엄마! 지금 뭐 먹고 있는 거야?"

놀란 엄마는 웃으며 말한다.

"떡이지."

"누가 떡인지 몰라서 그래? 지난번에도 썩은 양파 도려내고
먹고, 싹 난 감자 도려내고 먹고, 거기다 곰팡이 핀 귤 떼어 내
고 먹고! 쉬어 터진 밥도 먹어서 여러 번 탈났잖아. 이제는 곰
팡이 핀 떡이야? 왜 그러는 건데? 어? 도대체!"

"괜찮아! 아깝잖아. 곰팡이 핀 곳 떼어 내고 먹으면 아무렇
지도 않아."

"아깝긴 뭐가 아까워? 아파서 병원 다니는 돈이 더 많이 들
었지! 그런 식으로 돈을 얼마나 아낀다고 구질구질하게 왜 그
러는데… 왜!"

나는 너무너무 화가 난 나머지 떡을 싱크대에 버리며 엄마한
테 소리치고 울면서 방으로 들어온다. 엄마는 내 방으로 따라
들어와서 멀찍이 서서 내 눈치를 본다.

"알겠어. 울지 마! 엄마가 다음부턴 안 그럴게."

매일 똑같은 일상 속에 마음의 평안이 찾아올 즈음, 승일이
에게서 문자가 왔다.

"지수 씨! 저 승일인데요. 준호가 요즘 학교에 안 나와요. 무슨 일 생긴 건 아닌지 걱정이 돼요."

바로 준호에게 전화를 걸지만, 전화를 받지 않는다. 또 무슨 일이 있나 하는 불안한 마음에 퇴근할 때 눈치를 살피다가 김 대리에게 다가간다.

"오늘 급한 일이 있어서 먼저 퇴근할게요."

회사에서 나오면서 전화했지만 준호는 여전히 전화를 받지 않는다. 답답한 마음에 문자를 보낸다.

"나야. 방학도 안 했는데 학교는 왜 안 나가는데? 나 때문이야? 내가 뭐라고 이렇게까지 해?"

한참 뒤에 답장이 온다.

"지금 용인에 있는 건설 현장이야, 누나. 맨정신으로는 도저히 버틸 수가 없어서 누나 없는 곳에 막노동이라도 하려고 왔어. 어차피 2학기 때 낼 휴학계 그냥 4월에 냈어. 내 걱정 마! 누나…."

아무리 전화를 걸어도 전화를 받지 않는 준호 때문에 내 가슴은 답답해서 터질 것 같다.

"내가 어떻게 걱정을 안 해? 전화는 왜 안 받는 건데? 어디 아픈 데는 없고? 언제까지 있을 건데?"

"누나 목소리 들으면 내가 정말 죽을 것 같아서 그래. 미안해. 마음이 정리되면 갈 거야. 걱정하지 마. 누나…."

아무 말 하지 마!

'하… 진짜 너 왜 그러니? 미안해. 다 나 때문이야. 박준호…
내가 진짜 미안해!'

그렇게 시간은 흐르고…. 빨강 노랑 봄이 가고 또 늘 그렇듯
푸르른 여름이 왔다. 곧 내 생일이지만 김 대리는 어차피 내
생일을 모를 거다. 부모님이 출생신고를 늦게 하셔서 주민등록
상 생일인 8월로 알고 있을 거다.

오후 퇴근 시간, 해가 길어져 직원들은 Summer time을 지키
는데 갑자기 김 대리가 컴퓨터를 끄며

"난 일이 있어서 먼저 퇴근합니다."

라고 말하며 내게 눈치를 보낸다.

"그럼 저도 이만 퇴근할게요. 내일 봬요."

나도 후다닥 가방을 챙겨 나와 함께 주차장으로 내려와 차에
탔는데, 김 대리가 트렁크에서 뭘 꺼내는 것 같더니 차에 타서
내게 꽃다발을 건넨다.

"생일 축하해요. 우리 지수 공주님!"

나는 너무 놀라서 말을 잇지 못한다.

"어떻게 알았냐고요?"

그의 물음에 나는 고개를 끄덕인다.

"달력에 동그라미가 그려져 있고 BD라고 적혀 있던데요? 지
수 씨 생일 맞잖아요. Birthday 맞죠?"

"네… 너무 놀랐어요."

"자, 이제 출발합니다!"

도착한 곳은 전에 갔던 한강이 보이는 그 레이크힐. 차에서 내려 엘리베이터를 타고 올라갔는데 불은 모두 꺼져 있었다.

"오늘 영업 안 하나 봐요. 다른 데 가서 먹어요."

다시 엘리베이터를 누르려는데 어디선가 음악 소리가 들려오며 누군가 촛불이 켜진 케이크를 들고 내게로 다가온다.

"촛불을 끄세요. 예쁜 아가씨!"

얼떨결에 촛불을 끄고 가게 안으로 들어가는데… 가는 길목 바닥엔 촛불이 여러 개 켜져 있고 많은 사람들이 내게 꽃 한 송이씩을 건넨다. 얼떨결에 그 꽃들을 받아 창가 쪽에 도착해 그가 의자를 빼 주어서 자리에 앉는다. 옆에 서 있던 직원이 닫혀 있었던 커튼을 열었는데, 창밖엔 석양이 지려고 한강이 노랗게 물들고 있었다.

아직도 얼떨떨한 나는 자리에 앉아 놀란 눈으로 그를 바라본다. 그런데 7시가 지나가는데도 우리 외엔 손님이 아무도 없는 것이 이상해 나는 두리번두리번 둘러보는데, 직원이 다가와 그에게 묻는다.

"식사 준비할까요?"

"네~ 지수 씨! 내가 알아서 주문했어요. 괜찮죠?"

나는 고개를 끄덕이며 묻는다.

"근데 왜 손님이 하나도 없을까요?"

그는 그냥 미소 지었고, 나는 궁금한 듯 또 그에게 묻는다.

"설마… 아니죠?"

그때 음식이 들어왔는데 코스를 주문했는지 계속 음식이 식탁에 차례대로 놓인다.

점점 배가 부르기 시작하던 그때! 갑자기 음악이 바뀌며 남자의 음성이 들려온다.

"작은 천사 우리 공주님! 윤지수 씨!"

그 목소리를 듣고 내 가슴은 두근두근… 당황해서 얼굴이 뜨거워진다.

"오늘이 우리 공주님 태어난 날이에요. 태어나 줘서 너무너무 고마워요."

그가 쑥스러운 듯 나를 바라본다.

"나에게 삶의 활력을 주고 매일매일 살아가는 이유를 일깨워 주는 당신. 이 세상에 하나뿐인 나의 공주님! 우리 이대로 잘 지내요. 아프지도 말고 아무 데도 가지 말고 그대로 그 자리에 있어 주면 난 그걸로 됐어요. 언제나 지수 씨의 건강하고 밝은 미소 잃지 않게 내가 지켜 줄게요. 고마워요. 지금 내 앞에 있어 줘서….."

쑥스러운 듯 웃고 있던 그의 얼굴도 붉게 물들었다. 얼굴이 붉어지고 당황해서 긴장한 내 앞으로, 그가 가방에서 조그마한 케이스를 꺼내 내밀었다.

내가 가만히 바라보고만 있으니, 그가 긴장한 듯 나를 바라본다.

망설이다가 케이스를 열어 봤는데 잘은 모르지만 TV에서 남자 주인공이 여자 주인공에게 프러포즈할 때 손가락에 끼워 주던 반지가 반짝반짝 빛나고 있다.

"그냥 가지고 있어요. 내가 지수 씨 생일 선물로 주는 거니까. 끼든 안 끼든 지수 씨 것이니까 하고 싶은 대로 해요. 대신 부담된다고 돌려주거나 그러지는 말고요."

나는 반지를 빤히 들여다본 후 창가를 바라본다.

'사랑하는 게 아니라 매일 얼굴 보고 잘해 주고 챙겨 주고 내 편이라는 든든한 마음만 있는 거라면? 이거 안 받는 게 맞겠지? 아니면 사랑하는 마음은 상대방 마음을 받아들이고 좋아하고 지내다 보면 생기는 것일까?'

문득 얼마 전 엄마가 곰팡이 핀 떡을 먹었던 날이 떠올랐다.

'이 남자랑 사랑하고 결혼하면 우리 가족 넉넉하고 돈 걱정 안 하고 살 수 있을까?'

동시에 준호와 처음 만났던 시간들도 떠올려 본다.

'준호의 진심을 알고 느끼고 받아들였기에 사랑할 수 있었고 한 번의 이별을 통해 더 깊이 사랑했었지. 그러다 내가 직장을

들어왔고…. 힘들게 출퇴근하지 않게 우리 집 근처까지 이사해
서 출퇴근도 시켜 주고 늘 내 옆에서 든든하게 지켜 주며 묵묵
히 아무것도 묻지도 않고 배려해 주는 김 대리이기에 좋아하는
마음이 생긴 것이 아닐까. 이런저런 이유로 준호와의 사랑도
조금씩 희미해져 갔다. 진짜 난 준호를 사랑하는 마음을 잃은
걸까? 아니면 내 마음속 깊은 곳에 아직도 준호를 향한 마음이
남은 걸까? 만약 이 반지를 끼고 김 대리를 받아 준다면, 나…
후회하지 않을 수 있나?'

나는 여러 가지 생각에 잠긴다.

'후회를 하더라도 1년 동안 내 옆을 말없이 지켜 준, 지금 내
앞에 있는 김성준이라는 사람에게 가는 게 맞는 건가?'

갑자기 나도 모를 눈물이 쏟아졌고, 갑자기 우는 날 본 김 대
리가 당황해하며 내 옆으로 다가와서 안아 준다. 나는 잠시 그
의 어깨에 기대어 운다.

준호와 만난 시간이 너무 짧았다. 겨우 3개월, 아니… 알바
를 하느라 못 만난 시간까지 하면 우린 두 달도 채 만나지 못했
다. 마음껏 사랑해 주지 못했고 변치 않고 평생 함께하겠노라
했던 그 약속도 지키지 못했다.

'첫사랑이었다. 그 사랑을 지켜 내지 못한 건 나다. 또 부모
님이 원망스럽다. 내가 회사를 가지 않았다면… 그 사랑, 지켜
낼 수 있었을까?'

선택의 기로

그러나 나는 그 사랑도 지켜 내지 못한 바보다. 불쌍한 준호 생각을 하니 쏟아져 나오는 눈물인 것 같아 더 괴로웠고, 지금도 어떠한 선택을 할 수 없는 내가 답답하다.

"미안해요. 내가 너무 성급했어요. 내 마음대로 해서 미안해요."

그는 이렇게 말하며 나를 일으켜서 데리고 나가 엘리베이터를 누르고 나를 바라본다. 주차장으로 내려와 머뭇거리던 그는 고개를 숙인 채 아무런 말도 하지 않는 나를 살며시 안는다. 차에 타서 그를 바라본다.

"평생 떠나지 않겠다고 약속했었어요. 그 약속 꼭 지킬 수 있다고 생각했는데…. 어느새부턴가 성준 씨가 내 마음속에 자리 잡았어요."

성준은 그냥 내 손을 잡고 있을 뿐 아무 말 없이 나를 사랑스러운 눈빛으로 바라본다.

"늘 기댈 수 있을 것 같고, 내가 어떤 선택을 먼저 하지 않아도 알아서 선택해 주는 성준 씨가 좋았어요. 늘 내 편이었고 늘 배려해 주고 늘 내 감정을 살펴 주고 늘 내 마음이 먼저인 남자였으니까. 하지만 아직 그 아이에 대한 제 마음이 모두 사라지지 않은 상태에서 성준 씨를 온전히 좋아할 수 없어요. 아니! 성준 씨 마음을 받아들이는 게 성준 씨에 대한 예의가 아니라고 생각했어요. 아직 그 아이를 마음에 남겨 둔 채 이 과분한 사랑 받아도 되나? 내게 그럴 만한 자격이 있나? 이제라도 거절해야 하는 건가. 나… 성준 씨 사랑, 받고 싶은데…. 근데 그러면 안 되는 거잖아요. 그래서 울었어요. 괴롭고 힘들고 또 너무 행복해서…."

김 대리가 내 머리카락과 얼굴을 쓰다듬는다.

"이렇게 여리고 착한 지수를 내가 힘들게 했구나. 미안해…. 지수를 힘들게 하고 싶은 마음은 없었는데…. 널 사랑하는 내 마음이 너무너무 커서 나조차 내 마음을 어찌할 수 없었어. 너 부담 주기 싫어서 아무리 힘들어도 괜찮다, 난 아무렇지 않다, 지수 하고 싶은 대로 하게 하자 다짐했는데…."

그러면서 이 남자는 또 눈물을 흘린다. 나도 그의 눈물을 닦아 준다.

"나… 아직 내 마음 온전히 다 주지 못해도 나 기다려 줄 수 있어요?"

그는 고개를 끄덕이며 내 얼굴을 만진다.

"미안해요. 성준 씨! 진짜… 그리고 고마워요."

"나도 고마워요. 지수 씨! 언제든 기다릴게요. 그러니까 너무 힘들어하지 마요."

도저히 잠을 이룰 수가 없어 새벽같이 일어났다. 내 양 손가락에 낀 두 개의 반지를 다 만져 본다.

'이 중 하나는 내 손가락과 내 마음에서 빼내야겠지? 인생은 왜 언제나 선택의 기로일까?'

내게 처음으로 선택이라는 기회가 주어졌지만, 지금은 아무것도 선택할 수가 없다. 가슴이 답답하다.

출근 준비를 하고 나갔는데 오후에 비가 내린다는 일기예보와 달리 이미 비가 내리고 있었고, 준비해 온 우산을 꺼내서 펼치고 걷는다. 우산 위로 떨어지는 빗방울은 마치 내 눈에서 흘러 내 뺨을 타고 흘러내려 턱에 잠시 머물다 내 옷깃에 떨어지는 눈물처럼 우산을 타고 내려와 우산 끝에 머물다 바닥으로 떨어진다.

늘 나를 기다리던 그곳에 우산을 들고 밝은 미소를 지으며 서 있는 그를 보니 울적했던 마음이 이내 풀린다. 한 걸음 한 걸음 그에게로 다가가는데 어제 그렇게 쏟아지던 눈물은 더 이상 흐르지 않는다. 비는 내리지만 한줄기 빛이 내 가슴속으로 들어오는 것같이 내 마음이 환해진다.

그는 차에 올라타서 나를 물끄러미 바라본다. 이 남자… 그냥 날 바라보고만 있다. 한참을 그렇게 서로 바라보았고, 그는 미소를 지으며 오랜만에 샌드위치를 내밀었다.

"난 지수 씨랑 아침 먹으며 출근할 때가 가장 좋더라."

그러고는 아무 일 없다는 듯 웃는다.

여느 때와 다름없이 일하고 있는데 김 대리가 컴퓨터 작업하는 내 손가락을 슬쩍 바라보면서 피식피식 웃는다. 오 대리가 와서 또 참견을 한다.

"형! 좋은 일 있어? 왜 이렇게 혼자 미친놈처럼 실실 쪼개?"

그러자 김 대리가 발로 오 대리 다리를 차며 "넌 일 안 하냐?"라고 말했고, 오 대리는 한쪽 다리를 올려 부여잡으며 콩콩 뛴다.

밖엔 여전히 장맛비가 내리고 축축해진 땅 위로 작은 물웅덩이가 생겨 다들 그 웅덩이를 밟지 않으려 이리저리 피해서 걷는다. 완연한 여름. 후텁지근한 습도가 말해 준다.

'작년 이맘때 알바 하느라 준호와 데이트도 못 하고 바로 취직하느라 신경도 못 써 줬는데….'

잠시 내 가슴속 깊은 곳에 숨겨 뒀던 준호에 대한 미안한 마음이 또 꿈틀꿈틀 몸부림친다.

'색깔도 다양한 우산들… 나의 마음속 색깔도 저 우산들 같다는 생각이 든다. 난 어찌해야 할까?'

이때 김 대리가 창가에 서 있는 내 옆으로 와서 내게 무슨 생각하고 있냐고 묻지도 않고 그냥 옆에 아무 말 없이 서 있다.

치열했던 6월 마감도 끝나고 본격적인 여름이 시작되었다. 저마다 옷도 얇아지고 에어컨도 바쁜 듯 이리저리 고개를 움직인다. 준호에게 전화를 걸어 보지만 준호는 여전히 전화를 받지 않는다. 이내 문자 한 통이 왔고, 그 문자는 나를 또 아프게 한다.

"나는 잘 있어. 내 걱정은 하지 마! 난 누나가 건강하게 잘 지내면 그걸로 됐어. 누나 생일인데 또 이렇게 그냥 지나가네. 지금은 좀 아파서 병원에 입원하니까 누나가 더 보고 싶다!"

문자를 보니 가슴이 내려앉는다.

'어디가 어떻게 아픈 거야…. 나는 착하디착한 준호 마음에 지울 수 없는 커다란 상처를 냈다. 어떻게 해야 할까?'

답답한 마음에 다시 전화를 걸어 보지만 준호는 작정이라도 한 듯 전화를 받지 않는다. 준호는 지금 얼마나 울고 있을까? 어디가 얼마나 아프기에 입원까지 한 건지 답답해 미치겠는데 이제는 아무리 문자를 보내도 답장이 없다. 가슴이 꽉 막혀 숨도 쉬기 힘들다.

'어차피 연락이 돼도 윤지수! 뭐 어떻게 할 건데? 그만해! 어떤 결정도 못 내릴 거면….'

7월 중순이 넘어가니 오 대리가 또 슬금슬금 의자를 끌고 내 옆으로 온다.

"우리 1주년 기념해야지!"

뜬금없는 오 대리의 말에 깜짝 놀란다.

"네?"

"긴장하기는…. 지수 씨 입사 1주년 기념!"

'난 또…. 기념… 참 많기도 하다.'

"형! 장소랑 시간은 내가 정해서 예약할 거야! 그리고 그날 운전할 생각하지 마!"

술 먹인다는 얘기인가? 그러고 보니 김 대리 술 마시는 걸 제대로 보지는 못했다. 한 잔 정도 앞에 놓고 사람들 챙기느라 바쁜 것만 봤는데, 취하면 어떤 모습일지 궁금하긴 하다.

드디어 입사한 그날이 왔다. 24일, 여직원들도 참석한다고 일찌감치 퇴근 준비를 하며 어디냐고 묻는다. 각출을 그렇게 싫어하는 여직원들이 이렇게 적극적으로 가고자 하는 건 팀장님이 법인카드로 회식하라고 해서인가?

저녁은 간단히 먹고 바로 호프집으로 향한다. 넓은 탁자에 자리를 잡았는데 내 옆엔 항상 우오좌김, 아무도 내 곁으로 올 수 없다. 터보, 조성모, Ref 등등… 신나는 노래가 계속 흘러 나오자 다들 들썩들썩 신이 났다.

난 이런저런 이유로 술을 마시지 않는다. 매번 건배만 하고 내려놓으니 오 대리는 이번에도 끈질기게 날 술 먹이고 싶어 안달이다. 김 대리는 그런 오 대리를 항상 끌어내서 다른 자리로 앉혔고, 다들 시원한 에어컨과 시원한 맥주에 푹 빠졌다.

10시. 하나둘씩 자리를 빠져나가고 몇 남지 않았다. 김 대리가 이상하게 오늘 평소보다 술을 좀 많이 마신 듯해 걱정이 된다. 오 대리는 완전히 꽐라가 돼서 누워,

"윤지수! 지수야! 내가 너 얼마나 사랑하는지 알지? 음… 지수야! 어디 있어?"

하며 나를 계속 찾고 있다. 더는 안 되겠다 싶었는지 강 과장님이 카드를 긁고 와서 오 대리를 부축한다.

"내가 오 대리 데리고 갈 테니까 지수 씨는 김 대리 좀 부탁해요."

엎드려 있는 김 대리를 흔드니 그는 겨우 고개를 들어 비틀거린다.

"김 대리님! 집에 가셔야죠. 일어나 보세요! 걸을 수 있죠?"

그는 힘겹게 몸을 일으켜 부축해서 택시를 잡아타 나란히 앉

는다. 갑자기 김 대리가 내 어깨에 머리를 기댔는데 내 심장이 또 빠르게 뛰기 시작한다.

'잠들면 안 되는데….'

걱정하는데 그가 내 손을 살며시 잡는다. 갑자기 내 어깨가 축축해지는 느낌이 들어 어깨를 만져 보니 내 옷이 젖어 있다. 자세히 보니 이 남자… 울고 있다. 많이 힘든가 보다. 진짜 못할 짓이다.

집 주소를 강 과장에게 연락해 확인하고 택시에서 내려 그를 힘겹게 부축해서 집 앞까지 왔는데, 키를 찾으려 어쩔 수 없이 바지 주머니에 조심스레 손을 넣었다. 어렵게 키를 꺼내 열고 집에 들어가니 내 온몸에서는 땀이 줄줄 흐른다.

김 대리를 침대에 눕혀 놓고 에어컨을 켠 후, 나도 바닥에 앉아서 한숨 돌리며 집 여기저기를 둘러본다. 벽에 걸린 회사 달력에 동그라미 하트가 여러 개 그려져 있어 들여다보았다.

18일에 하트, 지수 처음 만난 날. 24일에 하트, 지수 입사날. 7월 달력을 들어서 8월 달력을 보니 15일 첫 여행, 처음 고백한 날.

'이 남자 마음속엔 온통 나뿐이구나!'

뒤를 돌아 그를 바라보는데 옆으로 웅크리고 돌아누운 김 대리는 예전 준호의 모습과 닮아 있다. 그가 갑자기 날 부른다.

"지수야… 윤지수!"

달려가 옆에 서서 그를 자세히 들여다본다.

"김 대리님, 정신이 좀 들어요?"

그런데 나를 불렀던 그는 아무 말도 없다.

'정신을 차린 게 아니고 잠꼬대한 건가? 이대로 잠들어 깨지는 않겠지?'

에어컨을 끈 후, 창문을 열고 책상에 있는 포스트잇에 글을 남긴다.

"내일 아침에 저는 혼자 회사로 갈 테니까 신경 쓰지 마시고 택시 타고 출근하세요."

메모를 쓰고 일어나자 창문을 통해 빛이 살짝 들어와 어두운 방을 비춘다. 그런데 언제 일어났는지 그가 침대 위에 멍하니 앉아 있어 깜짝 놀란 나는 외마디 비명을 지른다.

"엄마야! 깜짝이야! 깼어요? 깼으면 씻고 자요. 땀 많이 흘렸는데…."

그 순간 침대에 다리를 걸치고 가만히 앉아 있는 김 대리의 심장 소리가 쿵쿵 들려왔고, 덩달아 내 심장도 뛴다.

"저… 갈게요. 씻고 주무세요."

서둘러 현관 쪽으로 걸어가는데 그는 그대로 아무 말 없이 앉아 있다.

'정신이 든 거야? 아닌 거야? 하… 진짜 이럴 땐 어떻게 해야지? 집에 안전하게 데려다줬으니 괜찮겠지? 그렇지만 걱정

된다.'

다시 침대로 다가가 김 대리의 얼굴을 자세히 바라보니 깬 것 같아 조심스럽게 그를 불러 본다.

"김 대리님!"

그런데 그가 나를 보며 씩~ 웃으며 중얼거린다.

"꿈인가? 나 술 취해서 환상을 보는 건가?"

김 대리의 심장 소리는 아까보다 더 커져서 방 안에 가득하다. 덩달아 내 심장도 또 널을 뛰듯 뛰기 시작해 나는 그곳을 벗어나고자 다시 현관으로 가려 돌아선다.

그때 갑자기 그가 내 팔을 잡았다. 너무나 놀란 나는 어찌할 바를 몰라 그대로 얼음이 되어 서 있는데 그의 팔이 파르르 떨린다.

"지수야!"

순간 오만 가지 생각에 사로잡혀 어쩔 줄 모르는데 그는 또 아무 말이 없다. 그는 수십 초를 그렇게 가만히 있다가 내 팔을 잡고 있던 손을 놓으며 힘겹게 말한다.

"지수 씨! 고마워요. 잘 가요!"

'이 남자 진짜 나 사랑하는구나….'

이 상황에서 내 손끝 하나도 건드리지 않는 그를 보며 내 심장이 고장 난 것처럼 미친 듯이 뛴다. 나는 잠시 머뭇거리다 이내 마음을 가다듬고 신발을 신고 나와 현관문을 닫고 문에

어느 봄날, 그가 내게로 왔다

기대어 서서 또 잠깐 망설인다.

'나 지금 무슨 생각을 하는 거야?'

밖으로 나와 집으로 향해 걷는데 많은 생각들이 밀려온다. 나도 김 대리를 사랑하고 있는 것 같다. 준호처럼 불꽃같이 사랑하는 건 아닐지 몰라도 사랑하는 건 분명하다.

아침이 오고 있다. 그는 어쩌고 있나 걱정되지만 출근이 먼저라 서둘러 준비해서 집을 나와 버스정류장을 향해 걸어가는데! 저 멀리… 늘 나를 기다리던 그곳에 여전히 서 있는 그를 보자마자 내 심장은 약속이나 한 듯 마구마구 뛴다. 그에게 점점 가까이 갈수록 내 심장은 또 고장 나 버렸다.

"몸은 괜찮으세요?"

김 대리는 내 얼굴을 제대로 바라보지 못하고 대답한다.

"어제 고마워요. 그리고 미안해요. 몸도 제대로 가누지 못할 정도로 마셔서는 지수 씨 힘들게 했네요."

"버스 타고 가실래요?"

"아, 네…."

바로 버스가 왔는데 그가 버스 앞에서 타지도 못하고 머뭇거린다.

"제가 김 대리님 요금도 낼게요."

그는 머리를 긁적인다.

"요즘 버스요금을 몰라서…."

나는 그의 귀여운 모습에 웃었고 나란히 맨 뒤에 같이 앉았는데 그에게선 여전히 술 냄새가 가시지 않았다.

'술도 잘 마시지도 못하면서 무슨 술을 그렇게나…. 어제 얘기는 안 하는 게 좋겠지?'

나는 그냥 아무 말 없이 창밖을 바라보았고, 김 대리도 아무 말 없이 이리저리 바라보다 창밖을 응시한다. 그렇게 회사에 도착할 때까지 서로 아무런 말도 하지 않는다.

사무실에 도착해서 오 대리를 봤는데, 얼굴이 거의 얼굴이 폐인 수준이다. 수염도 깎지 않고 씻지도 않았는지 꼭 산적같이 생겨서 웃음을 참느라 죽을 뻔했다.

곧 휴가철이다. 나… 은근히 이번 여름휴가를 기대하고 있는 것 같다.

그런데 가슴 한쪽은 늘 준호의 걱정으로 아리고 또 아려 온다. 전화기를 들고 바깥으로 나가서 화장실 안으로 들어가 전화를 걸었지만 여전히 전화를 받지 않았고 바로 준우에게 전화를 건다.

"준우야! 최근에 형하고 연락해 봤어?"

"네, 형 집에 왔어요. 근데 누나! 형이랑 헤어졌어요?"

"아니… 우선 알겠어!"

'내가 지금 준호에게 연락하면 준호를 더 힘들게 하는 거야. 다시 준호에게 갈 게 아니라면 이대로 놔두는 게 맞을 거야! 그래….'

난 오늘도 내 마음속 깊은 곳에 있는 준호를 천천히 지워 가고 있다. 하지만 문신처럼 박혀 버린 준호는 완전히 지워지지 않는다.

휴가 시즌. 매번 그렇듯 다들 들떠 있다. 이번 휴가는 바쁜 일도 없고 어음 처리만 하면 돼서 나와 김 대리 둘 다 같은 때로 정했다. 8월 11일부터 19일까지, 나도 올해는 길게 갈 수 있다.

오 대리가 또 의자를 끌고 우리 옆으로 온다.

"이번에도 우리 뭉쳐야지~"

그가 아무 말 하지 않고 나를 바라보자, 난 쭈뼛거리다가 말을 꺼낸다.

"네, 다 같이 가요."

그 얘기를 들은 오 대리가 춤을 췄고, 김 대리는 또 아무 말이 없다.

"우리 이번엔 동해로 가자. 경포대 어때?"

날짜는 13~14일로 정해졌다.

13일 아침, 그는 여전히 나의 집 앞에서 기다리고 있다. 24일 이후로 부쩍 말이 줄어든 김 대리의 눈치를 보느라 가는 내내 대화 없이 음악만 들었다.

회사 앞에 도착해 짐도 다 싣고 출발! 점심은 대충 휴게소에서 때우고 간식도 사서 먹었다. 힘들게 도착한 경포대 해수욕장은 사람도 많고 바다도 넓어 백사장의 모래알은 셀 수도 없다.

바다에서 실컷 놀다가 숙소에 돌아와 다들 피곤했는지 씻고 잠에 빠졌다. 나는 콘도 뒤로 산책로가 있는 것을 확인하고 숙소에서 나와 산책로를 따라 걷는다. 날씨는 덥지만 도심에서 벗어나 한가로이 숲을 걸으니 너무 좋다.

하늘은 푸르고 매미가 '맴맴' 큰 소리로 울어 댄다. 7년 동안 갇혀 있다가 길어야 한 달 정도밖에 살지 못한다는 걸 아는지 구슬프고도 힘차게 울고 있다. 걷다가 뒤로 돌았는데, 성준이 저만치서 나를 바라보고 서 있다.

'자기도 운전했으면서 피곤할 텐데 좀 쉬지.'

그에게 가까이 다가가서 묻는다.

"좀 쉬시지 왜 나오셨어요? 아까 물에도 안 들어가고….."

"지수 씨는 안 피곤해요?"

"제가 뭘 했다고 피곤해요. 운전한 김 대리님이 피곤하지요."

한참 동안 침묵이 흘렀고 그는 망설이다가 힘겹게 침묵을 깬다.

어느 봄날, 그가 내게로 왔다

"그때! 정신이 들었을 때 나, 지수 씨에게 가지 말라고 붙잡고 싶었어요."

갑작스러운 그의 말에 내 가슴이 요동친다.

"그런데 그럴 수 없었어요. 그러면 안 되는 거라서…. 그리고 용기도 나지 않았어요."

"….."

"그냥 제가 참 초라해 보이더라고요."

당황한 나는 어찌할 바를 모르겠어서 말을 돌린다.

"우리 들어가요. 저녁 준비도 해야 하고…."

이렇게 말하고 그의 손을 잡았더니 그가 깜짝 놀랐고, 내 손에 이끌려 숙소로 돌아온다. 한 명씩 잠에서 깨어나 바비큐장은 없지만 숙소 안에서 고기도 굽고 밥도 하고 TV도 보면서 맛있게 밥을 먹었다.

8시. 다들 배부른지 바닥과 소파에 널브러져 있다. 나는 방으로 건너와서 겉옷을 하나 걸치고 엘리베이터를 탄다.

'동해까지 왔는데 일출은 못 봐도 밤바다 구경은 해 줘야지!'

바다로 성큼성큼 걸어가 드넓은 바다 앞에 서니, 인간이 참 아무것도 아닌 것 같다는 생각이 든다. 찰싹거리며 모래사장 위로 넘실거리는 파도. 모래사장 위엔 조개, 소라 껍데기들…. 저 멀리 희미하게 보이는 배 위의 불빛, 저마다 팔짱을 끼고 걷는 연인들…. 다들 자기 위치에서 이 여름을 보내고 있다.

이십여 분쯤 걸었나? 저기 멀리 성준이 나를 바라보며 내게로 걸어온다. 그는 내게로 점점 가까이 걸어오고 있다. 난 그대로 멈춰 선 채 그가 내게 걸어오는 것을 바라본다.

그는 내 앞에 서서 나를 바라보았고 나도 그를 응시하고 있다. 그 순간 시간이 멈춘 듯 아무 소리도 들리지 않았고 이 공간에는 내 심장 소리만이 가득하다. 그가 다가와 내 손을 잡고 걷기 시작해 나는 그의 손에 이끌려 걷는다.

우리는 바다를 보며 나란히 섰다. 잠시 망설이던 나는 김 대리의 팔을 들어 내 어깨에 얹고 그의 옆구리 속으로 파고들었다. 나의 갑작스러운 행동에 그의 심장은 이미 터질 듯이 뛰기 시작했고, 내 가슴도 덩달아 두근두근 뛴다. 그렇게 서 있다가 용기를 내 그의 볼에 입을 맞추지만 그는 가만히 서서 굳어 버렸다.

그의 품에서 벗어나 앞으로 가서 발뒤꿈치를 들고 그의 목에 내 두 팔을 감싸 안았는데도 그는 여전히 눈을 감고 그대로 굳어 있다. 그의 입술에 입술을 맞대자 그제야 그도 떨리는 손으로 나의 허리를 감싸고 고개를 살짝 숙여 내게 입을 맞춘다.

그의 입술이 나의 입술을 파고들며 뜨거운 그의 콧김이 내 콧속으로 깊숙이 들어왔다. 그의 달콤한 혀가 내 혀를 부드럽게 감싸자 나는 그의 움직임을 따라 그를 느끼며 뜨거운 눈물을 흘린다. 조금 떨어져 내 얼굴을 살피던 그가 내 눈물을 닦

어느 봄날, 그가 내게로 왔다

으며 말한다.

"왜 울어?"

그의 품에 안기며 말한다.

"성준 씨에게 미안하고 고마워서요."

그렇게 말하고 그의 얼굴을 쓰다듬자, 그는 내 머리에 입을 맞춘다.

"고마워, 내 마음 받아 줘서. 그리고… 사랑하니까 나 너 끝까지 지켜 줄 거야. 약속해! 그리고 지수야, 사랑해!"

살 이유를
못 찾겠어서…

그렇게 우리는 서로의 마음을 확인한다. 그가 나를 따뜻하게 끌어안자 파도 소리도 들리지 않고 오직 그의 심장 소리만이 내 귀에 들린다. 그의 품은 넓고 따뜻하다. 이 행복이 깨지지 않으면 좋겠다는 바람을 안고 숙소로 향했는데, 그는 숙소로 오는 내내 내 손을 잡고 놓지 않는다.

'너 정말 준호를 지워 낸 거야? 후회하지 않겠어? 나 이대로 정말 이 남자에게 가도 되는 거야?'

준호 생각을 하니 또 마음이 복잡해지며 쉽게 잠을 이루지 못한다.

다음 날, 간단하게 컵라면을 먹고 회사로 향한다.

회사 앞, 다들 내려주고 차에 다시 올라타니 타자마자 그는 내 손을 잡는다.

"오는 내내 지수 손잡고 싶어서 죽을 뻔했네!"

미소 가득한 그의 얼굴을 보니 나도 행복해진다. 그는 또 내 손을 잡고 집에 도착할 때까지 놓지 않는다.

집 앞에 도착해서 차에서 내렸는데, 아직은 여느 연인들과는 다르게 어색함이 흐르고….

"저… 갈게요. 고생하셨어요!"

이 말을 뒤로하고 걷다가 뒤를 돌아보니 이 남자, 손을 흔들고 있다. 집에 들어와서 짐 정리를 하고 침대에 누웠는데 어젯밤 바닷가가 자꾸 생각이 난다. 하지만 이내 알 수 없는 두려움이 나를 감싼다.

'나 후회하지 않을까? 그리고 불안한 이유는 뭘까?'

다음 날 아침, 몰려오는 피로에 계속 아무것도 하지 않고 침대에 누워 있는데 지우가 방으로 들어온다.

"언니! 준호 오빠랑 헤어졌다는 거 사실이야?"

지우의 질문에 나는 벌떡 일어나며 대답한다.

"헤어진 건 아니지만 올해 말에 군대 간대서 2년간의 이별 연습 중이야. 안 그럼 군대에 있는 동안 보고 싶어서 못 견디잖아."

지우는 아쉬운 눈빛으로 대답한다.

"그렇구나. 쉬어, 언니!"

지우는 준호가 좋은가 보다. 몇 번 보지도 않았는데…. 내 첫 남자 친구라 그런가? 또 한숨이 가득하다. 그때 갑자기 문자가 온다.

"누나, 저 준우예요. 누나 오늘 쉬시죠? 형이 좀 이상해요."

바로 전화를 건다.

"왜? 뭐가 이상한데?"

"아픈 뒤로 밥도 안 먹고 말도 안 하고 계속 누워만 있어요."

나는 전화를 끊고 갈등에 휩싸였고 '어쩌지? 나 어쩌지?' 하며 발을 동동거렸다. 하지만 갈등도 잠시…. 옷을 갈아입고 무작정 밖으로 나와 택시를 잡아타고 준호의 집으로 간다. 가는 내내 두려움이 내 가슴을 망치질하듯 두드렸고 온몸이 떨려 와 불안으로 가득하다.

준호네 집 앞, 그 앞에 서서 또 갈등하고 생각해 본다.

'들어가서 준호의 얼굴을 보면 나 또 흔들릴까? 아닐 거야. 준호는 곧 군대도 가고 흔들려도 소용없겠지? 아니야. 들어가지 마! 분명 너 흔들릴 거야!'

계속 생각하고 또 생각한다. 그것도 잠시, 벨을 누른다.

나는 준우에게 인사를 하고 바로 2층으로 올라가서 방문을 열고 들어갔는데, 준호는 벽을 보고 침대에 누워 있다. 아직 날이 더운데 이불을 머리까지 덮고 있는 그 모습을 가만히 서서 바라보며 생각한다.

'나 까짓 게 뭐라고 너처럼 예쁜 아이가 이러고 있니….'

망설이다가 침대에 걸터앉았지만, 준호는 미동도 없다. 준호의 어깨와 등을 만져 보니 안 그래도 마른 몸이 뼈밖에 남지 않았다. 너무 충격적이어서 아무 생각이 나지 않는다. 이불을 살짝 내려 머리에 손을 얹어 보니 다행히 열은 없다. 근데 팔에 깁스가!

조용히 준호를 부른다.

"준호야, 나야!"

그런데 여전히 미동이 없어 준호의 어깨를 잡아 바로 눕혀 보았는데 며칠을 안 씻었는지 머리는 흐트러져 있고 수염은 덥수룩하게 나 있다. 입술은 굳어 있고 불러도 눈을 뜨지 않자 갑자기 가슴이 두근거린다.

'설마….'

급한 마음에 준호를 흔들어서 깨운다.

"박준호! 눈 떠 봐!"

긴장했던 나는 눈을 반쯤 뜬 준호를 확인하고서야 침대 밑으로 주저앉는다.

다시 정신을 차리고 침대 위로 올라간다.

"준호야~ 눈 좀 떠 봐! 너 왜 이러고 있어? 왜 이렇게 말랐어?"

눈물이 쉼 없이 쏟아져 나온다.

"야! 너 도대체 어쩌려고 그래? 팔은 왜 그러는데?"

준호는 말을 하려고 하는데 도대체 얼마나 오래 말을 안 했는지 목소리가 나오지 않는다. 기침을 몇 번을 해도 가라앉지 않는다. 그 멋졌던 목소리는 갈라졌고 그 귀여웠던 얼굴은 온데간데없이 사라져 버렸다. 나는 눈물을 훔치며 준호의 차갑게 굳어 버린 얼굴을 만져 주고 몸을 주물러 준다.

"네가 이러면 내가 마음대로 어딜 가…. 널 어떡하면 좋니…."

준호가 겨우 말을 꺼낸다.

"누나… 어떻게 왔어?"

겨우 말을 꺼낸 준호는 참았던 눈물을 쏟아 낸다. 나도 눈물을 계속 쏟으며 준호의 목을 끌어안고 목 놓아 운다. 연민도 아니고 죄책감도 아니었다. 준호와 헤어지고 그동안 숨겨 왔고 쌓아 놓기만 했던 모든 감정들을 쏟아 내고 있었다.

그렇게 한참을 울며 감정을 토해 내자, 곧 준호의 몸에도 온기가 돈다. 그냥 누워 있으라고 해도 준호는 또 말을 안 듣고 기어이 일어난다.

"누나, 이거 꿈 아니지?"

다리를 꼬집어 주고 묻는다.

"꿈 아니지? 대체 팔은 왜 그러는 거야?"

"일하다가 다쳤어."

"밥은 언제부터 안 먹은 거야? 엄마는 왜 널 이렇게 놔두셨어?"

"엄마도 걱정 많이 하셨지. 내가 먹지를 않으니 억지로 먹일 수도 없고…. 교회 누나가 간호사라 링거 놔줬어."

"그래도 밥은 먹어야지. 그래야 팔도 빨리 낫지."

갑자기 준호가 고개를 떨구고 흐느낀다.

"살 이유를 못 찾겠어서…. 살고 싶지 않았어. 그냥… 이러다가 죽으면 다 끝날 거니까…."

준호의 말에 나는 너무나 당황스러웠고 가슴이 갈기갈기 찢겨져 나가는 느낌이다.

"너 왜 이렇게 바보 같니? 내가 네 인생을 좌지우지하는 사람이야?"

약속했었다. 끝까지 함께하겠노라고…. 철석같이 했던 약속도 지키지 못하고 도망쳤다. 그런데 이 착하디착한 바보는 자기 탓을 한다.

"내가 못나서 누나 하나 지키지 못했는데 나 같은 놈 살아서 뭐해…."

너무 슬프고 당황스러워서 무슨 말을 어찌해야 좋을지 생각이 나지 않지만 무조건 준호를 살려야 한다는 생각만이 나를 덮친다.

"너 이러면 내가 너한테 돌아갈 수가 없어. 내가 시간을 갖자고 했잖아. 너 군대 가 버리면 2년인데…. 그 긴 시간 동안 나 힘들 거라는 거 생각 안 해? 내가 너 제대하고 어른 될 때까지 기다릴지 그건 아무도 모르는 거잖아! 바보처럼 이게 뭐야? 이렇게 그냥 죽을 거야? 너 잘못되면 나는 어떻게 살라고…. 그리고 엄마는? 엄마 생각 안 해? 네가 엄마 지켜야지. 그리고 너 잘못되면 엄마가 날 얼마나 미워하시겠어!"

"누나! 그럼 나… 누나 기다려도 돼?"

나는 준호의 말에 순간 숨이 멎는 듯하며 머릿속은 백지가 되어 고민에 잠겼다.

"네가 군대도 잘 다녀오고, 멋진 남자가 돼서 나타나면 생각해 볼게."

이 말, 진심일까? 단지 이 아이 살리려고 그냥 하는 말은 아닐까? 2년 후는 나도 알 수 없다. 내 모습이 내 마음이 어떻게 변해 있을지….

"나 너 이런 모습 싫어! 씩씩한 모습이 좋아. 그리고 내가 옆에 없더라도 넌 잘할 수 있을 거야."

내 말을 들은 준호는 금세 얼굴에 화색이 돌았고 고개를 끄덕이며 눈물을 훔친다. 준호의 얼굴을 보고 있자니 모든 게 다 내 탓인 것만 같아 죽을 것 같다.

'가슴이 미어 온다. 난 참 나쁜 년이다. 너를 어쩌면 좋을까?

준호야….'

엄마 오시기 전에 가야 한다는 생각이 들어 준호에게 서둘러서 말한다.

"나 갈게. 군대 가기 전에 한번 보자. 그땐 이런 초라한 모습 안 돼. 알았지?"

이렇게 말하며 준호의 손을 잡으니 또 눈물이 나온다. 눈물을 꾹 참아 내며 그를 등지고 돌아서자 또 가슴이 답답해 온다. 그러나 나는 뒤를 돌아보지 않는다. 그래야 할 것 같아 방문을 나서려는데, 준호가 침대에서 내려와 뒤에서 나를 안는다. 준호의 앙상한 팔이 나를 감싸자 순간 꾹꾹 참았던 눈물이 쏟아진다.

한참을 그렇게 서서 서로를 느끼지만 나는 또 흔들릴까 봐 준호의 손을 억지로 떼어 내고 팔을 놓으며 뒤돌아서서 매정하게 말한다.

"나 갈게. 얼른 밥도 먹고 씻어! 알겠지?"

"응! 누나….'

준호를 뒤로하고 무거운 발을 끌고 집에서 나와 끊임없이 한숨을 쉬며 버스 정류장으로 힘겹게 걸어간다. 걸어가는 동안에도 버스정류장에 도착해서 버스를 여러 대 보내고도 생각하고 또 생각한다.

'내 마음은 도대체 뭘까? 그냥 준호가 저러다 큰일 날까 봐?'

머리가 터질 것처럼 통증이 밀려오며 눈물이 멈추지 않는다.

그때 그에게서 전화가 왔고, 내 목소리를 들은 그가 목소리가 왜 그러냐고 대답을 종용하는 통에 어쩔 수 없이 솔직하게 대답한다.

"사실은⋯."

"거기가 어딘데? 지금 갈게."

저기 건너편에 김 대리가 나를 보고 유턴을 한다. 차에 올라탄 나의 얼굴을 본 그가 깜짝 놀란다.

"많이 울었어요? 어디에 있었기에 이렇게 땀을 흘리고 있어요?"

그리고 에어컨을 올리며 말한다.

"지수 진짜 바보 맞네! 여긴 버스정류장이니까 안전한 데로 가자."

그러곤 차를 몰아 그 동네 골목에 정차하고 묻는다.

"그래서 그 친구는 어쩌고 있어요?"

"송장처럼 누워 있어요. 씻지도 않고 먹지도 않고⋯. 얼마나 오랫동안 밥을 안 먹었는지 살이 10킬로는 빠진 것처럼 정말 송장 같았어요. 나 어떡하죠? 시간이 지나면 해결될까요?"

"지수 마음은 어떤데?"

한숨을 쉬며 정곡을 찌르는 그의 말 한마디에 돌처럼 굳어 버린 나의 입은 그대로 얼어 버렸다. 그리고 그의 한숨은 내 가슴에 커다란 돌덩이를 얹어 놓는다. 그 순간 내 시간은 멈추었고 밖에 아이들이 뛰어노는 소리만이 크게 들려온다. 한참 동안 밖을 응시하던 그는 또 크게 한숨을 쉰 후 침착하지만 냉정하게 내 가슴에 놓인 돌덩이에 망치질을 한다.

"시간이 지나면 좋아질 거예요. 군대 다녀오면 그 사람도 어른 될 거고…. 2년 뒤에는 우리의 모습도 달라지겠죠."

나는 그의 모습에 한마디도 뗄 수가 없다. 뭐랄까. 그의 차가운 듯한 표정과 말투…. 처음 보는 그의 낯선 모습에 뭐라고 말을 해야 할지 모르겠다. 불과 어제만 해도 우리는 사랑을 확인했고 좋았는데…. 하루밖에 지나지 않았는데 어떻게 이렇게 될 수 있을까?

나를 바라보는 그의 흔들리는 눈빛에 그의 손을 잡고 싶지만 용기가 나질 않는다.

"애쓰지 말아요. 아무것도…. 그런다고 달라지는 건 없을 거니까. 그리고 내일도 혼자 있고 싶으면 혼자 있어도 돼요. 난 괜찮아요."

'거짓말! 또 혼자 괴로워할 거면서…. 성준 씨, 힘들면 지금이라도 나 놓아도 돼요. 나 때문에 힘들어하지 마요!'

그가 내 얼굴을 만지지만 만지다가 다시 손을 내린다.

'당신도 바보네. 나도 바보, 준호도 바보…. 우리 세 사람 어

쩌면 좋을까? 나… 첫사랑이라 그런 걸 거예요. 아파하지 마요.'

시계를 보니 3시였고 나는 아무렇지 않은 듯 행동한다.

"나 밥 안 먹어서 배고파요. 성준 씨도 안 먹었죠? 우리 밥 먹어요."

성준은 나를 다시 바라보고 힘없이 말한다.

"애쓰지 마라니까…."

"진짜 배고파요. 나 아침도 안 먹었어."

나는 아무렇지 않은 듯, 마음에도 없는 소리를 한다. 그는 빙긋이 웃으며 운전을 시작했고 우리는 소바를 먹으러 갔다.

'아무렇지 않게 행동해야 그도 좋아지겠지?'

이렇게 나는 그의 눈치를 보는 수동적인 사람이 되어 가기 시작했다.

집 앞. 아무렇지 않게 행동하고 차에서 내려 성준을 뒤로하고 그렇게 집으로 들어왔는데 힘이 쭈욱 빠져 그대로 침대에 눕는다.

'정말 그의 말대로 시간이 지나면 해결되고 달라질까? 그럴까? 그런데 왜 이렇게 가슴이 답답한 거지?'

지겹던 여름이 지나가고, 하늘이 높고 푸르른 가을이 내게로 왔다. 시간이 흐르면서 준호의 걱정도 점점 사라져 간다.

임금 협상으로 연봉이 7% 올랐는데 그래 봐야 얼마 안 된다.

협상은 올 초에 했는데 집행은 이번 달부터고 소급분이 들어온다며 다들 한껏 들떠 있다.

따뜻한 우유 한 잔을 가지고 창가에 서니 또 마음이 이상해진다. 다른 사람들도 그렇겠지만 나는 항상 가을이 되면 이상하게 쓸쓸해진다. 곁에 누가 있어도 즐거운 일이 가득해도 왠지 모를 쓸쓸함이 나를 감싸고 괜히 감성적으로 변한다. 나무도 점점 앙상해지고 차가운 바람이 불어 나의 마음을 시리게 한다.

'김 대리와 가까워지고 사랑하고 있지만 왜 이렇게 마음이 답답한 걸까? 그날 이후로 단 하루도 그러지 않은 날이 없네.'

이 사람과 함께라면 너무나 행복할 것 같다가도 조금이라도 불안한 마음이 들거나 조금만 서운하게 해도 그 모든 마음들은 아무짝에도 쓸모없는 쓰레기와 같이 변해 버린다. 그리고 막상 이별을 하고 나면 왜 또 그 사람이 걱정되고 그리운 걸지….

'만약 성준과 이별하고 준호가 아닌 다른 사람에게 가도 이런 마음이 들까?'

이때 그가 날 혼자 두지 않고 옆으로 온다.

"뭘 그렇게 뚫어져라 보는지 나도 함께 봅시다."

이때 오 대리도 커피 한 잔 입에 물고 눈치 없이 끼어든다.

"캬~ 천고마비의 계절이구만!"

눈치 없는 오 대리를 흘겨보던 그가 답한다.

"천고오비가 아니고? 넌 여기서 더 살찌면 안 돼. 그 믹스커피나 좀 끊어라!"

그의 유머에 나는 웃음이 터졌고, 오 대리는 쭈뼛거리며 자기 자리로 가서 앉는다.

이때 모르는 사람이 사무실로 들어온다. 누군가 했더니 경리팀 여직원 하나가 임신을 해 그만두게 돼서 신입사원 한 명을 뽑았다고 한다.

'여자는 임신을 하면 원래 그만두는 건가? 그래서 정 과장은 결혼도 안 하고 저렇게 노처녀가 된 걸까? 불공평해. 왜 여자는 임신하면 회사를 다닐 수 없는 걸까?'

말로는 우리 회사가 외국계회사라서 복지가 잘되어 있어 출산 휴가, 육아휴직 다 쓰고 다시 복직할 수 있단다. 그런데 야근도 많고 일이 힘든 회계팀은, 임신 기간도 다 버티지 못하겠지. 임신 기간에 휴직까지 단기 계약직으로 사람을 써서 일을 하기 힘든 시스템이라 그러기도 힘들다고 한다.

'나는 꼭 집에 노트북 가지고 가서라도 회사 안 그만두고 일해야지!'

신입사원이 여자가 아니라 남자다. 그것도 아주 젊은 남자. 외모는 키도 크고 얼굴도 준수한 호남형. 남직원들이 경계의 눈빛을 보낸다.

내가 입사했을 때 나를 바라보던 여직원들의 눈빛과 너무나 똑같다. 그 남자는 어리바리한 모습으로 멀뚱히 서 있고 팀장이 소개를 한다.

"오늘부터 경리팀에서 일하게 된 유연수 씨!"

"안녕하십니까? 유연수입니다. 잘 부탁드립니다!"

여자들은 음흉한 눈빛으로 박수를 치고, 남직원들은 박수를 치다가 말고 돌아앉는다.

'나도 저런 때가 있었는데…. 그땐 여름이었지.'

기억이 새록새록 떠오른다. 정 과장이 이 팀 저 팀 인사시키러 그를 데리고 나간다. 나보다 4살 많지만 그래도 내가 선배니 좋다. 드디어 내게도 후배가 생겼으니…. 혼자 피식피식 웃자 김 대리가 당황한 눈빛으로 내 얼굴을 계속 바라보고 있었고, 나는 그를 바라보며 메롱하며 놀린다.

여름을 밀어내고 쓸쓸함을 데리고 쳐들어왔던 가을이 이제 추위를 데리고 쳐들어온 겨울에 밀려 조금씩 도망치고 있다.

원래 살이 없는 나는 가을부터 "추워"라는 말을 달고 산다. 학교 시험도 끝났고 졸업도 이제 진짜 딱 1년 남았다. 시간은 가지 말래도 어쩜 그렇게 잘도 흘러가는지….

12월 어느 날 아침, 준호에게서 문자가 왔다.

"누나… 나야. 잘 지내지? 나 다음 주에 군대 가. 혹시 토요일에 만날 수 있어?"

내내 잠잠했던 가슴이 또 뛴다.

'그래도 군대 가기 전에 얼굴 한번은 봐야겠지?'

한참을 망설이고 있는데 그가 의자를 끌고 내 옆으로 오는 소리가 들리자 휴대폰을 덮으며 아무 일 없다는 듯 방긋 웃는다. 점심을 먹고 옥상으로 올라가서 준호에게 전화를 건다.

"나야. 우리 토요일에 얼굴 보자."

"정말?"

준호의 목소리가 한껏 상기되어 있다.

"어. 학교 앞으로 갈게. 12시에 보자."

전화를 끊고 저 멀리 서울시 한복판을 바라본다. 한참 서 있다가 근무 시간이 다 돼 사무실로 들어가니 그가 기다렸다는 표정을 짓는다.

"어디 다녀와요? 찾았는데 아무 데도 없던데?"

"요 앞 편의점이요."

나는 결국 두 번째 거짓말을 한다. 정말 거짓말하기 싫지만 그의 마음을 상하게 하고 싶지 않다.

신입 환영회 겸 회식을 하고 2차를 갔는데, 처음 들어가 본 성인나이트는 모든 것이 낯설다. 화장실에 갔다가 밖으로 나왔는데 김 대리가 그 앞에 서 있었고 그는 나를 바라보며 입 모양

　　　　　　　　어느 봄날, 그가 내게로 왔다

으로 "사랑해!"라고 속삭인다. 나는 그의 앞을 스치며 손을 살짝 잡아 주고 "오빠!"라고 속삭이며 테이블로 돌아온다.

다들 앞에 나가서 춤을 추는데 나는 '팀장이 술을 조금만 마셔야 할 텐데….'라는 걱정을 하며 그냥 테이블에 멍하니 앉아 있다. 그런데 갑자기 그가 내 손을 붙잡고 무대로 나가 용기 내어 내 손을 잡고 한 손은 내 허리에 둘렀다. 블루스를 춰 본 적 없는 둘은 엉성하게 추기 시작하고…. 그가 내 귀에 대고 속삭인다.

"아까 나한테 오빠라고 했을 때 심장이 터질 뻔했어. 오빠라는 말… 얼마나 기다렸는지 몰라!"

나도 따라서 귓속말로 그에게 속삭인다.

"오빠!"

그랬더니 그는 나를 더 꼬옥 끌어안는다.

11시가 지나니 서로 집에 가자고 해서 나왔는데 다들 취해서는 비틀비틀 인사를 하고 각자 집으로 향한다. 밖으로 나온 그와 나는 다시 회사로 가서 차를 탔고, 그가 차에 타자마자 나를 사랑스럽게 바라보며 말한다.

"둘이 있을 때는 오빠라고 해 주면 안 돼?"

"알겠어요. 오빠!"

"요도 빼고. 응?"

곧 집 앞에 도착했고 내가 그의 볼에 입을 맞추자 그가 나를 끌어안으며 내 몸을 흔든다.

"아~ 진짜 헤어지기 싫다. 진짜로⋯. 내일은 뭐 해?"

"집에 일이 있어서요. 집에 있어야 해요."

난 또 거짓말을 하고 만다.

그와 결혼까지
생각했다

다음 날 토요일 아침, 어제 늦게 잠들었지만 아침 일찍 눈이 떠졌고 아침부터 분주하게 움직이며 이 방 저 방을 왔다 갔다 정신이 없다.

'나 설레는 건가? 아님 이 기분은 뭘까?'

설레는 가슴을 쓸어내리며 준호를 만나러 나가는 길. 1시간이나 일찍 나왔다. 밖에는 눈이 내리고 있었고 그 내리는 눈을 바라보고 있으니 눈이 어찌나 슬프게 내리는지 또 가슴이 먹먹해 온다. 눈은 내 어깨에 살포시 앉았다가 어느새 눈물이 되어 내 옷에 스며들어 사라져 버린다.

갑자기 이유 모를 눈물이 흘러나오는데 눈물은 칼이 되어 눈과 얼굴 곳곳에 흠집을 내며 나를 아프게 한다. 눈물이 나오는 이유는 모르지만 분명한 건 아직도 준호를 지워 내지 못했다는 것이다. 버스를 기다리는 동안 준호와 걸었던 그 길, 함께 먹었던 음식, 버스 안에서 나눴던 입맞춤…. 모든 것이 떠오르며 흐르는 눈물은 멈출 생각이 없는지 내 턱밑으로 염전을 만든다.

'무엇이 나를 변하게 한 것일까? 난 무엇 때문에 착하디착한 준호의 마음에 깊은 상처를 냈던 것일까? 내가 밉다. 지금이라도 원래 그 자리로 돌아가야 하는 건가? 아니지. 나는 다시 돌아간다고 해도 또 후회하며 또다시 성준에게 돌아가겠지….'

가슴이 또 답답해 온다. 버스에 올라타서 창밖을 보는데 눈이 흩날리자 나와 준호의 추억도 흩날려지는 것 같다.

학교 앞, 10시 50분. 버스에서 내려 학교 정문 앞으로 걸어간다. 1시간을 어디서 기다리나 걱정하던 찰나! 저 멀리 정문 앞에 서 있는 준호의 모습이 보이자 내 가슴이 요동치며 쿵쿵쿵, 뛰기 시작한다. 심장의 진동은 걸음도 멈추게 했고, 날 보던 준호도 그대로 멈춰 서 있다. 우리는 수십 초간 그렇게 멈춰서 바라만 보다가 서서히 서로를 향해 걷기 시작한다.

그러다 준호가 갑자기 뛰기 시작한다. 그런 준호를 보는데 내 심장도 준호가 뛰듯이 뛰고 있다. 어느새 둘은 마주하게 되었다. 우리는 그대로 멈춰 서서 서로를 바라만 볼 뿐 아무런 말도 하지 않는다. 애처로운 준호의 눈빛… 그리고 여전히 마른 몸. 가슴이 무너진다.

"누나, 울었어? 눈이 왜 이렇게 부은 거야?"

그 말을 듣자마자 또 내 눈엔 눈물이 흘러나오기 시작한다. 준호의 애달픈 손은 하염없이 흘러내리는 내 눈물을 닦아 준다. 그의 손은 여전히 따스하다. 그 순간 나는 알 수 없는 감정에 휩싸이며 머리끝에서부터 발끝까지 전율이 흐른다. 나의 눈물을 닦아 주던 그도 눈물을 참지 못해 뒤를 돌아 눈물을 훔친다.

"추운데 왜 이렇게 일찍 나왔어, 누나. 감기 걸리면 어쩌려고…."

정신이 없는 나는 아무 말 없이 그냥 눈물을 흘리며 멍하니 준호의 얼굴만 바라본다.

준호는 내 손을 잡고 문 연 곳을 찾아다니다가 이제 막 오픈한 레스토랑이 있어 들어간다. 준호는 나 감기 걸리면 안 된다며 찬바람이 불지 않는 곳을 찾아 안쪽으로 더 걸어 들어간다. 따뜻한 코코아 두 잔을 주문하고 마주 앉았는데, 우리 사이엔 이상한 침묵만이 가득하다.

잠시 머뭇거리던 준호는 주머니에서 조심스럽게 작은 케이스를 꺼낸다. 케이스에서 전에 걸어 주지 못한 목걸이를 꺼내 내게 건넨다.

"지난번에 주지 못한 목걸이야. 난 어차피 필요 없어. 누나가 갖고 있어. 누나 거니까…."

나는 목걸이를 가만히 바라보고 있다가 집어 들어 손에 꼭 쥔다. 그 모습을 보던 준호의 표정이 한결 가벼워졌고 준호의 옅은 미소에 내 마음도 조금은 편안해졌다. 그사이 점원이 가지고 온 코코아를 들고 호호 불며 마시니 몸이 따뜻해진다.

"누나! 나… 군대 잘 다녀올게. 휴가 나오면 연락해도 되지? 그리고 편지도 해도 돼?"

"응. 그렇게 해."

오랜만에 환하게 웃는 준호의 모습을 보니 가슴이 또 두근거리고 아려 온다.

"누나! 나 아직도 누나 사랑해. 아마… 평생 그럴 것 같아. 내가 군대에 다녀오고 복학하고 직장에 가면 뭐 나도 변할 수도 있겠지. 근데 그럴 것 같진 않아. 누나 말대로 누나가 내게 다시 올 때까지 나 힘들더라도 견디고 건강하게 잘 있어 보려고."

'그래… 2년 동안 잘 있다가 와. 나도 잘 지낼게.'

점심시간이 다 됐지만 배가 고프지 않아 아무 말 없이 가만히 창밖을 바라보고 있으니 준호가 내 옆으로 와서 앉는다. 깜짝 놀란 나는 그대로 앉아 복잡해진 머릿속을 어찌해야 할지 몰라 망설인다.

그사이 준호가 조심스레 내 손을 잡았는데 준호의 손엔 커플링이 그대로 끼워져 있지만 내 손가락엔 아무것도 끼워져 있지 않다. 나는 그의 손길을 거부하지 않고 가만히 앉아 있다.

'이러면 안 되지만 나 지금 이 순간만큼은 아무 생각도 하기

어느 봄날, 그가 내게로 왔다

싫다!'

"누나! 보고 싶을 거야. 우리 함께 찍었던 사진이 닳고 닳았어. 군대 가서도 잘 간직하고 매일 볼게."

"너도 아프지 말고 항상 건강 조심하고…. 내 걱정은 하지 마! 그리고 지난번처럼 그런 짓 하면 다시는 너 안 봐!"

"알았어. 절대 그러지 않을게. 미안해."

"점심 먹어야지. 밥 먹자."

파스타 두 개를 주문하고 어색하게 앉아 있으니 준호가 망설이다가 내 어깨를 팔로 감싼다.

'나… 이러면 안 되는데….'

순간 당황스럽고 슬픈 감정이 파도가 밀려오듯 내게로 끝도 없이 몰아친다. 그때! 보보의 〈늦은 후회〉가 흘러나오는데 가사도 선율도 너무 슬프다.

"내가 어떤 사랑 받았었는지 내가 어떤 아픔 줬는지. 이제야 널 보낸 후에야 돌아선 후에야 다시 후회하고 있잖아. 그렇게 사랑이 온지 몰랐어. 기대어 울기만 했잖아. 그런 내 눈물이 너의 가슴으로 흘러 아파하는 널 나는 밀어냈었지. 사랑은 떠난 후에야 아는지 곁에 두고서 헤맨 건지 이제야 알겠어. 너에게 기대어 울던 그 순간들이 가장 행복했었던 나를…."

'나도 후회하겠지? 내 마음대로 되는 것이 하나도 없다. 심지어 내 마음도 내 마음대로 되지 않으니 이렇게 화가 나는 일

이 또 있을까?'

가슴속에 밀려드는 슬픔이 내 온몸을 지배하고 있는데 준호가 내 머리에 입을 맞춘다. 그의 입맞춤은 슬픔을 갈기갈기 찢어 내듯 깊이 파고들었고, 나는 준호의 품에 안겨 가만히 준호의 숨결을 느낀다.

그런데 갑자기 준호의 몸이 떨린다. 준호가 흐느끼고 있다. 나는 내 팔을 빼고 옆으로 돌아앉으며 준호의 어깨를 감싸고 준호를 끌어안는다. 준호는 내 품에 안기어 소리 내며 울기 시작했고 나도 덩달아 울기 시작한다.

'언젠가 준호의 품에 이렇게 안겨 울던 지금을 그리워하겠지? 이때가 가장 행복했었다며…. 제발… 이 순간이 가장 행복했었다고 회상하지 않길 바라본다.'

그렇게 한참을 울고 있으니 파스타가 나왔다.

"준호야! 그만 울어. 죽으러 가는 것도 아니고 남들 다 가는 거잖아. 응? 뚝!"

"나… 너무 두려워. 나 군대에 있는 동안 누나가 어디로 가 버릴까 봐 무서워!"

'나… 이 아이 잘 보내 주고 싶고, 가는 날까지는 마음 편하게 해 주고 싶다.'

"나, 어디 안 가. 그니까 걱정하지 마. 알았지? 그리고 휴가도 나와서 얼굴 보면 되잖아! 어서 밥 먹자."

밥을 먹는 둥 마는 둥 했고 둘 다 반도 못 먹었다.

"우리 나가자."

걷기 시작했는데 해가 구름에 가려져서 쌀쌀해 저절로 몸이 움츠러들며 눈이 그쳤다 내렸다를 반복한다. 우리는 버스정류장으로 향한다.

"이렇게 추울 때 가서 고생하면 어쩌냐."

"난 괜찮아. 누나… 기다려 준다고 해 줘서 고마워."

준호의 따뜻한 손, 준호만의 향기. 절대 잊지 못할 것 같다.

버스정류장.

"누나! 마지막으로 누나네 집까지 데려다주고 싶은데….

"그냥 바로 집으로 가. 그럼 나 너무 가슴 아플 것 같아."

"알겠어. 고마워. 오늘 나와 줘서."

나는 망설이다가 먼저 준호의 손을 끌어당겨 준호의 입에 입을 맞춘다. 준호는 갑작스러운 나의 행동에 놀랐지만 이내 나를 받아들이고…. 우리는 뜨거운 키스를 나눈다. 그 어느 때보다 더 깊이 서로에게 빨려 들어간다. 이내 눈에서는 뜨거운 눈물이 흐른다. 나는 준호의 숨 향기를 가슴에 담고 또 담는다.

'준호야… 잊지 않고 싶어. 이 순간, 이 느낌 평생 기억할게!'

이렇게 우리는 마지막 뜨거운 이별의 키스를 나누고 기약 없는 이별을 맞았다.

12월도 어느덧 끝나 가고 마감이다. 작년과 같이 연말결산도 병행하느라 매일매일이 전쟁이다. 야근 8일째 다들 지쳐 있고 예민하다. 이렇게 힘들 때면 그만두고 싶은 생각이 간절하다.

연말결산도 회계감사도 마무리에 접어들었고 다들 고생했다고 서로를 격려한다. 한둘씩 일주일 돌아가며 쉬기로 했다. 나도 이제 스물세 살이 되었고, 시간은 참 잘도 간다.

'준호는 적응 잘하고 있겠지? 훈련소 퇴소는 했나? 동훈이도 이제 상병 달았으려나?'

떠난 나의 남자들이 걱정된다. 동훈이는 일병 달 때 전화도 오고 편지도 세 통이나 보내 줬지만, 나는 한 통의 답장도 못 해 줬다. 휴가 나왔다고 연락도 왔었는데 그때 바빠서 보지도 못했다. 한가해지니 이 생각 저 생각에 잠긴다.

퇴근 시간, 차에 타니 성준이 묻는다.

"쉴 때 뭐 할 거야?"

"아직 생각 안 해 봤는데요. 아직 일주일 넘게 남아서….."

"다른 계획 없으면 나랑 만날래?"

그가 데이트 신청을 했는데도 이상하게 별로 기분이 좋지도 않고 괜히 심란하다.

'나 왜 이러는 걸까?'

나는 내가 왜 이러는지 다 알면서도 그 이유를 모른다는 듯 내게 자꾸만 질문을 던진다.

어느 봄날, 그가 내게로 왔다

오지 않을 것처럼 길었던 일주일이 지나고 토요일이 왔다. 성준과 놀러 가기로 해서 준비하고 나갔는데, 깜빡하고 목걸이와 반지를 놓고 나와서 다시 들어갔다 나왔다.

기다리고 있던 그가 차문을 열어 주었고 차에 타니 따뜻하다. 나는 내키지는 않지만 코에 힘을 주고 애교도 섞어서 묻는다.

"어디 갈 곤데용?"

그는 내 얼굴을 쓰다듬은 뒤 말한다.

"일단 출발합시다!"

도착한 곳은 전에 갔던 레이크힐. 자주 오는 것 같아 묻는다.

"여기 자주 오나 봐요. 벌써 몇 번째야?"

머뭇거리던 김 대리가 어렵게 말을 꺼낸다.

"여기 아버지 가게야."

'헉! 부자라더니…. 부자긴 부자구나!'

그가 주문을 하고 나를 빤히 바라보다가 내 앞에 통장 두 개를 내민다.

"이거 뭐예요?"

"이거… 하나는 지금까지 내가 회사 다니면서 모은 돈이랑 다른 하나는 지수 입사할 때부터 부었던 적금이야. 크리스마스 때 주려고 했는데 망설이다가 주지 못했어."

"그런데 이건 왜요?"

"이거 얼마 안 돼. 예금은 부모님 빚 갚고…. 그리고 적금은 동생들 대학 등록금에 보태."

갑자기 내 머릿속이 하얗게 변해 버린 나는 통장을 다시 김 대리 앞으로 민다.

"이건 아니죠. 결혼을 한 것도 아니고…."

나의 말에 기다렸다는 듯 그가 내게 묻는다.

"그럼 올해 안에 나랑 결혼할래?"

갑작스러운 그의 청혼에 당황하고 놀란 나는 입을 꾹 다문다.

'왜 이렇게 서두르는 걸까? 준호가 군대에 있을 때 결혼하려 는 걸까? 나 아직 결혼할 마음이 없는데…. 어쩌지?'

내가 망설이자 성준이 내 옆으로 와서 앉는다.

"나… 너무 불안해. 네가 어디로 가 버릴 것 같고 날 떠날 것 같아서…."

"불안해하지 말아요. 나 어디 안 갈 거고 이런 거 주지 않아 도 내 마음 변치 않을 거니까."

그러나 성준의 불안한 눈빛은 여전히 떨고 있었고 떨리는 목 소리로 내게 말한다.

"아버지가 한번 보자셔. 궁금하시다고…. 나도 지수 부모님 빨리 만나 뵙고 싶어."

그래도 아직 내 나이 이제 스물셋인데…. 부모님께 인사를 한다는 건 준호를 소개했던 거랑은 또 다르다. 결혼을 전제로 인사하는 건데 너무 급하고 이른 것 같다.

"우리 만난 지 1년도 채 되지 않았어요. 결혼도 부모님께 인사드리는 것도 너무 이른 것 같아요. 아직 마음의 준비도 되지 않았고요. 미안해요."

놀란 듯 당황하는 김 대리가 아무 말 없이 앉아 있다가 머리를 긁적이며 말한다.

"내가 너무 서둘렀나? 하하하!"

음식이 나왔는데 먹지도 못하고 어색하게 앉아서 생각한다.

'난 김 대리를 당장 결혼할 만큼 사랑하나? 사랑하면 결혼도 할 수 있는 거겠지? 통장 내밀며 프러포즈하는 남자 싫다는 여자 없는데…. 나도 저 통장 갖고 싶다! 빚도 다 갚아서 멍에도 벗고 새 인생을 살고 싶다. 그런데 빚 다 갚고 나면 내가 살고 싶은 새 삶을 살 수 있을까?'

나는 깊은 생각에 잠긴다.

'이대로 성준과 결혼을 한다면… 나 후회하지 않을까? 전엔 성준이 마음도 넉넉하고 여유가 있었다. 늘 내가 먼저였고 나를 먼저 배려했던 그였지만 그때… 아마도 그때부터였던 것 같다. 준호 아팠을 때…. 그때부터 그의 불안함을 보았던 것 같다. 전엔 술 취했을 때나 그의 진심을 알았는데 이젠 눈에 보인다. 그래서 신입 들어왔을 때도 그렇게 예민했던 건가? 나어떻게 해야 하지?'

어쩔 줄 몰라 하는 나를 보던 그는 애써서 미소 짓는다.

"지수가 부담되면 안 되지. 기다릴게. 그렇지만 나… 너무 오래 기다리게 하면 안 돼!"

그와 결혼까지 생각했다. 결혼하면 마음이 크게 변할 것 같지도 않고 평생 날 배려하며 나만 사랑할 것 같았다. 또한 넉넉한 삶을 살 수 있을 것 같았으니까…. 그런데 내 마음속 준호의 자리가 아직도 남아 있고 요즘 성준의 초조한 모습은 날 머뭇거리게 한다.

"우리 밥 먹어요. 이러다 체하겠어."

어색하게 웃으며 한 숟갈 한 숟갈 먹긴 하는데 둘 다 시원치 않다.

후식도 먹지 않고 일어나 주차장으로 가서 차에 탔는데 가슴도 답답하고 나의 모습에 그도 한숨만 계속 쉬고 있다. 히터를 켜고 한참을 그렇게 차에 앉아 있으니 그의 한숨 소리도 잦아들었고 나는 그의 손을 잡는다.

"뭐가 그렇게 불안해요? 불안해하지 마요. 난 여유 넘치고 남자다운 오빠가 좋았던 거지, 이렇게 불안해하고 서두르는 오빠 별로거든요?"

이렇게 말하며 그의 얼굴을 옆으로 돌려 애교를 부리자, 이내 얼굴이 편안해진 성준은 나를 안는다.

'아… 나 어떻게 하지? 이대로 이 남자 놓치면 후회할 것 같

긴 한데…. 그렇다고 스물셋에 결혼을 할 수는 없잖아!'

그의 떨려 오는 몸은 고스란히 내게로 전해졌고, 불안 가득한 목소리로 내게 말한다.

"지수야! 나 너 없으면 안 돼! 내가 힘들어서 살고 싶지 않을 때 기적처럼 내게 왔어. 그때부터 살고 싶어졌고 이제야 네 사랑을 얻었는데…. 나 왜 자꾸 불안하니? 그 애도 군대 갔는데 불안해 미치겠어."

'나… 진짜 어떡하지?'

그의 말에 한참을 고민하다가 한 손은 그의 손을 잡고 나머지 한 손은 그의 얼굴을 만지며 말한다.

"우리 부모님께 인사드리러 가요."

성준이 놀라며 묻는다.

"정말? 진심이야?"

난 고개를 끄덕인다. 지금까지 나 지켜 주고 사랑해 주고 아껴 주던 사람인데 이렇게 힘들어하는 모습을 보니 내가 어쩔 도리가 없다. 그가 다시 통장을 꺼내 주며 말한다.

"지수야! 이거 받아 주라. 널 위해 내가 마음을 다해 준비한 거야. 응?"

어쩔 수 없이 통장을 받아 든다.

"고마워. 오빠…."

그날 밤 집에 오자마자 안방에 들어간다.

"엄마, 아빠! 할 얘기가 있어."

갑작스러운 나의 행동에 엄마가 걱정스러운 듯 바라본다.

"무슨 일이야? 무슨 일 있어?"

"있지. 준호는 군대 갔어. 그리고…."

엄마와 아빠는 걱정스러운 듯 나를 바라보았고 나는 통장을 내밀며 말한다.

"나 결혼하고 싶은 사람이 생겼어. 같은 팀 동료인데 그 사람이 이거 선물로 줬어. 아빠 빚 갚을 돈이랑 지우, 지호 대학 등록금이래."

엄마는 깜짝 놀라며 통장을 열어 보았고 금액을 보고 더더욱 놀라며 나를 멍하니 바라보신다.

"너, 이 사람 사랑하는 거야?"

갑작스러운 엄마의 질문에 잠시 말문이 막힌다.

"사랑하니까 결혼하지. 이깟 돈에 팔려 가기라도 하겠어?"

갑자기 아빠의 눈에 눈물이 맺히며 더 이상 듣기 힘든지 이내 자리에서 일어나 밖으로 나가신다. 엄마도 걱정스러운 눈빛으로 바라본다.

"결혼은 네가 정하는 거야. 우선 네 마음에 확신이 설 때까지 이 통장은 가지고 있어."

나는 통장을 가지고 내 방으로 와서 침대에 앉아 생각에 잠

어느 봄날, 그가 내게로 왔다

긴다.

'무엇이든 선택을 해야 한다면 이게 맞겠지?'

아니, 선택이 아닐 수도 있다. 이 모든 상황들은 이미 정해진 듯하다. 내 명에도, 준호의 부재도, 성준의 청혼도…. 분명 그를 사랑하지만 이상하게 꼭 빚더미에 묶여 돈에 팔려 가는 것 같은 이 기분은 뭘까?

'아니야. 아니야. 아닐 거야. 무슨 돈에 팔려 가? 내가 선택한 거잖아! 그리고 성준도 사랑하니까 그런 걸 거야. 결혼하면 그의 불안함도 멈추겠지. 준호에 대한 마음이 아직 정리되지 않았지만 살다 보면 그 사랑도 그 기억들도 모두 추억으로 남을 거야. 그래, 나… 분명 행복할 거야!'

그렇게 우리는 각자 부모님께 인사를 드리게 됐고, 김 대리가 먼저 우리 집으로 인사 오기로 했다. 너무너무 긴장을 많이 해서 얼굴이 누렇게 뜬 그의 얼굴을 걱정스럽게 바라본다.

"청심환이라도 먹어야 하는 거 아녜요? 괜찮아요? 무슨 긴장을 이렇게 해요? 괜찮아요. 편하게 생각해요."

차 뒷좌석에 실린 선물을 함께 들고 집으로 들어가니 엄마 아빠, 지우, 지호가 우리를 맞이했다. 손에 들린 선물을 보자 지호의 얼굴에 화색이 돌고 엄마는 조심스럽게 그를 맞이한다.

"어서 와요. 들어와요."

성준은 부모님께 꾸벅 인사를 하고 떨리는 목소리로 인사를 한다.

"처음 뵙겠습니다. 김성준이라고 합니다."

그가 신발을 벗고 들어가자 다들 소파에 앉아 뚫어져라 바라보았고, 성준이 선물을 앞에 놓자 엄마는 좋으면서 마음에도 없는 말을 한다.

"아이고, 그냥 오시지. 뭘 이렇게 많이 사 오셨어요."

그리고 지우와 지호에게 선물을 건넨다.

"선물이 맘에 들지 모르겠어요."

시무룩한 지우는 그냥 방으로 들어갔고 신난 지호는 선물을 가지고 방으로 들어가고 아빠는 조심스럽게 우리를 바라본다.

"둘이 결혼하기로 했으니 우리도 축복해 줘야겠지? 둘이 알아서 잘 준비하도록 해!"

아버지의 얼굴이 준호를 볼 때와 사뭇 다르다.

'가볍게 남자 친구 인사할 때와 결혼할 예비사위를 보는 게 다른 거겠지? 아니면 나를 걱정하시는 거겠지?'

엄마가 나름 애써서 준비하신 점심 식사를 함께하고 과일을 먹는다.

"지수가 아직 어리고 애기 같지만 일찍이 철이 들어 안타까운데, 거기다 경제적인 짐까지 지게 해서 항상 마음이 아픈 자식이에요. 아껴 주고 많이 사랑해 줘요."

"어머니! 말씀 편하게 하세요. 그리고 지수 많이 아끼고 사랑하겠습니다. 걱정하지 마세요."

믿음직스러운 성준의 말에 안심한 듯 말을 이어 가신다.

"그리고 보내 준 통장은 고맙지만 받지 않으려고 해요."

그는 놀라기도 하고 서운한 듯 엄마에게 말한다.

"어머니! 저 이제 이 집 사위예요. 빚은 함께 갚을 수 있잖아요. 우리 가족 일이고 앞으로 돈은 벌면 되고요."

엄마는 극구 사양하시다가 진심으로 말하는 그의 설득에 받기로 하신다.

'아… 기분이 이상하다. 진짜 이제 나….'

"엄마, 아빠! 우리 이제 나가 볼게."

그렇게 밖으로 나오니 성준이 크게 한숨을 쉰다.

"오빠, 고생했어. 많이 긴장했지? 나도 오빠네 부모님한테 인사드리는 날, 이렇게 긴장하고 밥도 잘 못 먹고 그럴까?"

"우리 지수는 그러면 안 되지. 괜찮아. 나만 믿어!"

나는 궁금한 게 있어 조심스럽게 그에게 묻는다.

"근데 자기 왜 죽을 만큼 힘들었어?"

"응. 사실… 우리 엄마 3년 전에 돌아가셨어. 근데 엄마가 아파서 돌아가신 게 아니고 자살로…."

나 진짜
잘하고 있는 걸까?

──))
──))

깜짝 놀란 나는 무슨 말을 어찌해야 할지 모르겠어서 그냥 그대로 아무 말 없이 앉아 있었고, 성준은 침착하게 말을 이어 간다.

"사실 아버지와 엄마가 결혼하시고 내가 태어났고 우리 집은 뭐… 다른 집들과 다르지 않게 평범했고 나름 행복했어. 내가 초등학교 입학하고 어느 날, 아버지한테 따로 만나는 여자가 생겼어. 따로 자식도 낳았고. 그 사실을 알게 된 엄마는 내게 내색은 안 하지만 괴로워하셨고 매일 나 몰래 우셨어. 그런데 갑자기 아버지가 그 아이를 아버지 호적에 올린다고 했고, 그 후… 그 여자는 매일같이 우리 집을 자기 집처럼 들락거렸어. 그래서 엄마는 더 이상 견디지 못하고…."

그러더니 이 남자… 운다.

어느 봄날, 그가 내게로 왔다

'그래서 그렇게 내가 떠날까 봐 전전긍긍했구나.'

나는 성준의 눈물을 닦아 준다.

"난 안 떠나요. 성준 씨가 걱정할 일은 생기지 않아요."

성준은 눈물을 훔치며 말을 이어 간다.

"처음엔 내가 아버지의 그 여자같이 그 친구와 지수 사이를 갈라놓는 것 같아서 아무것도 안 하려고 했어. 그런데 시간이 갈수록 안 된다, 이러지 말자, 아무리 노력해도 지수를 좋아하는 마음이 점점 깊어졌고 지수가 내 사람이라면 소원이 없을 것 같았어. 죄책감에 나도 힘들었어. 말은 지수 마음 가는 대로 하라고 해 놓고. 나, 나쁜 사람이지? 끊임없이 네게 사랑을 갈구했던 것 같아. 미안해."

"그랬구나. 그래서 나와서 혼자 사는구나. 너무 많은 생각과 걱정이 성준 씨를 더 힘들게 할 거예요. 앞으로는 안 좋은 모든 기억은 나와 함께 지워 가요. 그리고 내가 선택한 거니까 미안해하지 말아요."

그는 나를 사랑스러운 눈빛으로 바라보았고 나도 그의 얼굴을 쓰다듬어 준다.

"아버지한테는 따로 인사 가긴 해야 하는데 잘 모르겠어. 아버지 허락은 없어도 상관없어. 그냥 예의상 얼굴은 보여 줘야 하니까 간단히 인사만 하면 돼."

나는 고개를 끄덕인다.

"자기, 오늘 너무 고생했어요. 오늘은 집에 가서 쉬고 우리 월요일에 봐요."

이렇게 그를 보내고 집에 들어왔더니, 엄마가 상기된 얼굴로 말한다.

"어쩜 키도 크고 말도 점잖게 잘하고 어른이더라. 마음도 착해 보이고, 너 많이 사랑하는 것 같아. 자기 전 재산도 아낌없이 주는 거 보면…. 그냥 고맙다, 그 사람."

그때 지호가 방에서 나오며 소리친다.

"언니! 우리 지갑이랑 시계야. 시계 완전 예뻐!"

지우는 방에서 나오지도 않고 별말이 없었고, 나는 내 방으로 들어와 잠시 또 생각에 잠긴다.

'아! 나… 진짜 잘하고 있는 걸까? 잘하고 있는 거겠지?'

일요일 오후, 성준에게 문자가 온다.

"우리 내일 인사 갈까? 빨리 한집에 살고 싶어. 너 기다리는 동안 초조하지도 않고 만나고 헤어지지 않아도 되잖아."

나는 잠시 망설이다가 묻는다.

"그래요! 내일 몇 시?"

"인사는 오후 3시쯤? 우리는 점심 같이 먹자. 11시까지 데리러 갈게."

어느 봄날, 그가 내게로 왔다

'기분이 이상하다. 분명 이 사람 사랑하는데 왜 내 마음이 편치 않을까?'

다음 날 아침, 씻고 나와 머리를 말리며 거울을 보니 뒤에서 준호가 나를 사랑스럽게 바라봤던 게 생각났고, 이상하게 오늘 유독 준호가 보고 싶다.

'두 달 넘었는데 퇴소했겠지?'

그 생각도 잠시, 성준이 준 목걸이를 걸고 반지도 끼고 준비를 하지만 가슴이 답답해서 자꾸 한숨만 나온다. 약속 시간이 되어 밖으로 나가니 성준이 기다리고 있다가 나를 바라보며 문을 열어 준다.

"우리 지수 오늘따라 더 예쁘다!"

"선물은 뭘 사야 할지 몰라서 아직 준비 못 했어요."

"그럴 줄 알고 내가 미리 샀어."

집 앞에 도착해서 차에서 내려 그의 집을 보니, 그의 집은 담도 높고 TV에서나 봤던 그런 멋진 집이다. 내가 더 긴장하자 성준은 내 어깨를 감싸 안으면서 괜찮다며 자기만 믿으라고 말한다.

집 안으로 들어가니 도우미 아주머니가 인사를 하고 주방으로 갔고, 아버지는 젊은 여자와 함께 걸어 나온다. 나는 떨리는 목소리로 인사를 한다.

"안녕하세요? 윤지수라고 해요."

"반가워요. 이리로 앉아요."

여자는 아버지를 따라 소파에 앉으며 나를 재수 없는 눈빛으로 위아래를 훑어보았고, 아버지는 나를 잠시 바라보며 말한다.

"우리 성준이가 결혼하고 싶은 사람이 생겼다기에 궁금해서 얼굴 보자고 했어요. 참하고 예쁘네."

"과찬이세요. 감사합니다."

여자가 못마땅한 눈빛으로 나를 쏘아본다. 아버지가 여자에게 눈치를 주자, 여자는 고개를 홱 돌린다.

"아버지는 뭐 하시는가?"

"자동차 수리하는 일을 하세요."

내 대답에 갑자기 분위기가 싸늘해졌고, 아버지는 성준을 한심하다는 듯 바라본다. 여자가 코웃음을 치며 혀를 차자, 성준은 내 손을 잡고 벌떡 일어난다.

"그래도 며느리 될 사람 얼굴은 보여 드려야 할 것 같아서 온 거예요. 그럼 이만 갈게요. 일어나요!"

그가 내 손을 잡고 나를 데리고 나가려고 하자 아버지가 소리친다.

"이거 어디서 배워 먹은 버르장머리야?"

"아버지가 하실 말씀은 아닌 것 같은데요?"

"뭐야? 저 자식이!"

어느 봄날, 그가 내게로 왔다

당황한 나는 성준의 손을 빼며 그를 바라본다.

"이러면 내가 뭐가 돼요…."

그 여자가 혀를 차며 말한다.

"여자가 집에 잘 들어와야 되는데…. 가진 것도 없고 내세울 건 몸뚱어리밖에 없으면서 언감생심!"

'당신이 내게 할 소리는 아닌 것 같은데?'

우리는 그대로 집에서 뛰쳐나왔고, 성준은 차에 타고 씩씩거리며 시동을 건다.

"다시는 여기 오지 말아요. 결혼도 신림동 부모님만 모시고 우리들끼리 해요."

"아버지가 나 마음에 안 드신가 봐. 우리 집이 너무 격 떨어져서…."

"우리 집 격이 떨어지지. 돈이 다가 아냐. 인간이 먼저 돼야지."

그때 아버지에게 문자가 온다.

"다시 들어오지 않으면 결혼 허락 안 한다!"

성준은 문자를 보고도 답장도 하지 않고 나를 바라본다.

"우리 아버지 없이 결혼하자. 어차피 그 여자 때문에라도 부모 없이 결혼하려고 했었어."

그의 단호한 말에 나는 아무 말도 못하게 돼 버렸다.

집 앞에 도착해서 어렵게 말을 꺼낸다.

"그래도 우리 아버지 축복받고 결혼해요. 급할 거 없잖아요. 네?"

"그래도 올해 안에 할 거야. 올봄에 하면 좋겠어."

"좀 더 생각해 봐요. 그래도 미우나 고우나 아버지잖아요."

성준은 고개를 끄덕이며 내게 사랑을 속삭인다.

"오늘 고마워. 그리고 많이많이 사랑해."

그리고 내 손등에 키스를 하지만…. 그런데 이상하게 가슴이 별로 뛰지 않고 한숨만 나온다.

'내가 왜 이러는 걸까?'

그날, 준호 아팠을 때… 그때 이 사람의 표정을 본 뒤부터 그런 것 같다. 그리고 유 신입이 들어왔을 때도 아닌 척했지만 계속 신경 쓰고 까칠하게 굴었지. 그때부터 내 마음에는 불안이 자리 잡았고, 그를 볼 때마다 마음이 불편했다. 그래서 사랑한다고 속삭여도, 안아 주며 키스를 해도 예전처럼 가슴도 뛰지 않고 아무런 느낌이 들지 않는다.

어떤 사람은 말한다. 만난 지 1년이 넘었는데도 상대방을 볼 때 계속 가슴이 뛰면 병이라고…. 맞는 말이긴 한데, 아직 결혼도 안 했는데 왜 이럴까? 이 사람이 요즘 내게 여유를 주지 않는다. 날 배려하는 모습도 예전 같지 않고….

집에 들어와 또 고민해 본다.

어느 봄날, 그가 내게로 왔다

'나 진짜 이 사람이랑 괜찮은 걸까? 누구와 상의라도 하면 좋을 텐데….'

그때 휴가를 나온 동훈에게서 전화가 왔고, 만나기로 해 서둘러 택시를 타고 피란체로 갔다.

"야~ 진짜 오랜만이다. 1년도 넘었네."

"그러게. 미안…. 내가 답장도 못 했다."

"여전히 넌 예쁘구나."

"뭐야… 토 나올 것 같아. 누가 보면 얼굴 못 본 지 10년 정도 된 줄 알겠다!"

이런저런 얘기를 하다가 준호와 성준 얘기를 했고, 동훈이 심각한 표정으로 나를 바라본다.

"음… 이건 내가 뭐라고 답을 줄 수는 없을 것 같아. 결정은 네 몫이고 내 말이 정답은 아니니까."

"그렇지! 나도 답답해서 얘기하는 거야."

잠시 생각에 잠기던 동훈은 어렵게 말을 꺼낸다.

"물론 결혼이라는 게 사랑이 가장 중요하지만 바탕엔 신뢰라는 큰 거름이 있어야 해. 그런데 그 사람은 너에 대한 신뢰가 부족한 것 같아. 그런 사람이 결혼하면 의처증 증세를 보일 수도 있고…. 하지만 준호를 기다리는 것도 사회생활 일찍이 시작한 너한테는 힘든 기다림이겠다. 준호 기다릴 자신 있으면 그 사람이랑 정리하고, 자신 없으면 네가 마음 가는 대로 해. 그것도 아니라면 네가 정말 결혼하고 싶을 때 좋은 사람 만나도 늦지 않지. 너 아직 젊잖아. 뭐가 급해서 이런 고민까지 해가며 결혼을 하려고 해?"

'너는 형제도 하나밖에 없고 돈 걱정 같은 거 해 본 적 없지? 엄마가 곰팡이 핀 떡이 아깝다고 먹는 거 봤어? 아니면 엄마혼자 과일 좀 팔아 보겠다고 트럭에 홀로 쪼그리고 앉아서 남에게 아쉬운 소리 하는 거 봤어?'

나도 다 안다. 하지만 결정을 확실히 내릴 수 없다는 게 함정이지. 그리고 지금 이 남자랑 헤어질 수도 없다. 돈도 다 받았고, 이보다 더 좋은 사람 만날 자신도 없고 살아 본 후에나 할 수 있는 후회일 것 같다.

"그래… 네 말이 맞아. 더 신중하게 생각해 볼게."

"그리고 멀리서 찾지 마. 나도 있어! 후보에 올라갈 수 있는 영광을 내게도 주길…."

나는 한번 노려보고 웃었고, 동훈은 주먹을 테이블에 치며 농담을 한다.

"준호 지금 자대배치 받았을 텐데 우리 부대로 오면 빡세게 잡도리할 수 있는데…."

"너 비 오는 날 먼지 나게 맞아 볼래?"

많은 생각들이 스치지만 결정은 이미 내려진 듯하다. 우리끼리 결혼식만 올리자는 성준을 설득해서 어렵게 3월에 상견례를 했고, 결혼 날짜는 5월 11일 토요일로 잡는다. 성준의 부모가 12일 일요일로 하자고 했지만 성준은 결혼 날짜만큼은 절대 양보할 수 없다며 그대로 토요일에 한다고 못을 박았다.

우리 부모님은 무슨 죄인인 것처럼 아무런 말씀도 하지 못하시고 화가 나도 화도 내지 못하셨다. 그 모습을 보는데 왜 이렇게 더 가슴이 답답해 오던지…. 새어머니 될 사람은 교양은 국에다 말아 먹었는지 또, 또!

'내가 이렇게까지 하며 이 결혼을 해야 하는 것일까? 왜 자꾸만 멈추고 싶은 건지…. 숨이 막혀 가슴이 터질 것 같다!'

회사 동료들한테도 말했는데, 오 대리는 거의 식음을 전폐하고 있지만 다들 눈치챘다는 표정으로 축하해 준다.

지우도 대학교에 합격해서 성준이 준 돈으로 대학에 들어갔고, 다음 학기 등록금은 자기가 알바나 과외해서 마련한다고 했다. 지우는 성준보다 준호가 더 좋은지 아직도 성준과 친해지지 못했다. 성준이 집으로 오면 공부한다고 나갔고, 성준이 말을 걸어도 대답도 시원찮다.

지호는 콩고물이라도 언어먹으려는지 "형부형부" 하며 애교도 부리며 여우 같은 짓을 골라서 한다.

바로 결혼 준비가 시작돼 웨딩 촬영 예약하고 예식장도 호텔로 잡았다. 혹여나 우리 부모님이 비용 걱정하실까 봐 예식비 전액을 성준이 낸다고 한다. 친구들은 하나같이 다 부럽다며 자기들도 성준의 친구들 좀 소개시켜 달라고 매일 연락을 해온다.

웨딩드레스 입어 보는 날, 잠시 외출계를 내고 샵에 갔다. 그는 최고로 예쁜 걸로 달라고 했고 하나씩 보여 주는데 하나같이 모두 다 너무 예쁘다. 그중 한 개를 입고 거울에 비친 나의 모습을 바라보는데…. 내 모습은 너무나 아름답지만 너무나 쓸쓸해 보인다.

그도 턱시도를 입고 밖에서 기다리고 있었고, 커튼이 열리자 성준이 나를 넋을 놓고 바라보며 기뻐한다. 그런데 난… 기쁘지 않다. 직원들이 우리 둘을 보며 선남선녀가 따로 없다고 부러운 눈빛으로 바라보지만….

'나 왜 이렇게 가슴이 답답한 걸까? 지금이라도 멈춰야 하는 걸까? 이대로 나 진짜 괜찮을까?'

드레스와 턱시도를 결정하고 회사로 가는 길,

"자기… 진짜 천사 같았어. 천사가 하늘에서 내려온 줄 알았어. 이거 꿈 아니지?"

그 순간, 준호가 내게 했던 말을 생각나더니 심장이 거짓말처럼 또 뛰기 시작했다. 내게 천사라고 말해 주며 얼굴을 붉히던 준호의 모습이 자꾸만 떠올라 옆에서 그가 무슨 말을 해도 대꾸를 하지 못한다.

"자기 내 말 듣고 있어?"

"어? 뭐라고 했어?"

퇴근 시간 즈음. 모르는 지역번호로 전화가 왔고, 혹시나 하는 마음에 그의 눈을 피해 화장실로 뛰어간다.

"여보세요?"

"누나, 나야."

전화기 속 음성은 그렇게 기다리던 준호였다. 가슴이 뛰어 말도 제대로 나오지 않는다.

"… ."

"누나? 여보세요?"

어느새 눈물이 내 뺨을 타고 흘러내리고….

"어! 얘기해."

"누나. 이제 연락해서 미안해. 자대배치 받고 전화하려고 했는데 전화하기가 하늘의 별 따기야. 편지는 몇 통 보냈는데, 편지는 받았지?"

'편지? 무슨 편지?'

"미안…. 정신이 없어서 답장도 못 보냈네."

"괜찮아! 나 4월 중순쯤 휴가 나가. 그때 볼 수 있지?"

다 예상했었지만 막상 오늘은 감당하기 힘들다.

'만약 내가 결혼한다고 하면 준호는 어떻게 될까? 탈영할 게 분명하다. 그렇겠지? 어떡하지?'

한참을 망설이다가 대답한다.

"어, 연락해. 그때 봐."

"누나! 지금 나 가 봐야 해. 잘 지내고 있어! 사랑해!"

준호는 급하게 전화를 끊었고 가슴이 진정되지 않는다.

'미치겠다. 나 어쩜 좋니….'

퇴근하는 길, 차에 타니 내 얼굴을 보고 이상하게 여긴 성준이 묻는다.

"오늘 지수 기분이 별로 안 좋은 것 같아…. 결혼 앞두니까 긴장되고 걱정되는구나?"

"그렇지, 뭐…."

"미안해. 나 때문에 너무 이른 나이에 결혼하게 됐네. 내가 더 잘할게."

"오빠 탓 아니야."

"어떻게 하면 우리 지수 기분을 풀어 주지?"

"상견례도 하고 결혼 준비에… 마감도 하느라 나 좀 피곤해. 집에 가고 싶어."

"그렇습니까? 알겠습니다. 댁으로 모실게요."

오는 내내 내 눈치를 살피는 성준에게 들키지 않기 위해 안 그런 척 애를 쓴다.

'어쩌다가 이렇게 수동적인 사람이 됐을까? 굿바이 키스도 이제 내게 의미가 사라져 간다.'

집에 들어와서 엄마에게 묻는다.

"엄마! 나한테 온 편지 혹시 어디다 뒀어?"

엄마는 놀라며 잠시 멈칫 하더니 내 눈치를 보며 대답한다.

"준호한테 연락 왔어? 엄마가 가지고 있어. 너 이제 결혼할 사람도 있고 그래서 혹시나 하는 마음에…."

나는 엄마의 말에 화를 내며 소리친다.

"그래도 그건 아니지! 판단은 내가 해! 왜 엄마 마음대로 내 우편물을 내게 주지도 않고 숨겨?"

엄마는 방에 들어가서 편지를 가지고 나와 건네주시며 말한다.

"지수야… 흔들리지 마! 그리고 흔들릴 거면 지금이라도 멈춰!"

방으로 들어와 문을 잠그고 멍하니 침대에 앉았는데 가슴이 터질 것 같이 답답하다. 준호의 편지를 하나씩 뜯어본다.

"사랑하는 누나에게… 누나, 난 잘 지내고 있어. 여기 생각보다 많이 춥지도 않고 금 갔던 팔이 조금씩 아프지만 견딜 만해. 누난 잘 지내지?"

"누나! 잘 지내? 바쁜지 답장이 없네. 나 훈련소 퇴소했고 자대배치 받아서 지금 의정부에 있어. 이제 봄이 오려나 봐. 목련이 피었어. 곧 벚꽃도 피겠지? 누나! 지금 누나가 사무치게 그립지만 나 견딜게. 더 이상 약해지지도 않을 거야. 그니까 걱정 말고 건강히 잘 지내. 많이 보고 싶고 많이 그립다. 지수를 진심으로 사랑하는 준호가…."

편지를 하나씩 읽어 보는데 계속 눈물이 난다. 다음 편지, 그다음 편지…. 읽는 내내 가슴이 아려서 끝까지 읽기도 힘에 겹다. 나는 이제 김성준의 아내가 될 건데…. 돌이키기엔 이미 늦었다.

'미안해… 준호야….'

4월 중순 어느 날, 준우에게 전화가 왔고 마침 성준이 자리에 없어서 탕비실로 뛰어가서 전화를 받는다.

"준우야! 웬일이야?"

"누나, 나야."

전화기에서 준호의 목소리가 들려온다. 내 심장은 빠르게 뛰었고 나는 뛰는 가슴을 부여잡는다.

"어? 휴가 나왔어?"

"응, 방금 집에 왔어. 혹시 오늘 볼 수 있어?"

가슴이 또 두근두근….

어느 봄날, 그가 내게로 왔다

"오늘은 안 되고 모레 보자. 7시에 학교 앞에서."

'오늘 내일은 결혼 준비해야 해서 바빠….'

"그래, 누나. 알겠어. 그때 봐!"

전화를 끊고 밖으로 나오니 성준이 바로 앞에 서 있었고, 그를 보자마자 너무나 깜짝 놀라 심장이 멎을 듯하다.

"누구랑 통화했어?"

"응… 친구. 결혼식 날 근무라서 못 올 수도 있다고…."

"결혼 전에 친구들 한번 나도 만나는 것도 좋은데…."

"친구들에게 말해 볼게."

나는 놀란 가슴을 쓸어내린다. 두 남자가 날 왜 이렇게 힘들게 하는 건지…. 괴롭다!

오늘은 퇴근하고 예물과 예복을 보러 백화점에 가기로 했고, 백화점 주차장에서 아버지가 예물, 예복 사라고 3천만 원을 주셨다고 보여 준다. 그런데 왜 기분이 좋지 않은 거니….

1캐럿 다이아반지 세트와 진주 세트, 순금 세트 모두 다 하라고 하지만 그냥 다이아만 한다고 한다. 성준은 고개를 갸우뚱했고 예복을 보러 갔는데 한 벌에 100만 원, 300만 원…. 진짜 딴 세상이다. 100만 원짜리 한 벌만 사니 또 성준이 고개를 갸우뚱하며 말한다.

"예쁜 거 많은데 몇 벌 더 사지."

"아니야. 한 벌이면 돼!"

그의 반지, 양복 세트와 구두는 엄마가 주신 돈으로 맞췄다.

'기분이 좋아야 하는데 왜 내 기분은 자꾸만 이러는 걸까?'

지쳐서 집 앞에 도착했고, 성준이 갑자기 봉투를 내민다.

"이거 오늘 쓰고 남은 거야. 자기가 가지고 있어."

"이걸 왜 내가 가지고 있어?"

"지수가 안 쓰고 남긴 거잖아."

"예단 비용 천만 원도 자기가 줘 놓고 이것까지? 이건 안 줘도 돼. 오빠가 갖고 있어. 오빠가 주고 또 돌려받은 500만 원으로도 충분해."

"착한 지수 공주님! 내가 가지고 있다가 잃어버리면?"

"자기가 그럴 리 없지~"

그렇게 말하고 웃자, 그의 얼굴도 환해진다.

"우리 지수 오랜만에 웃네! 지수 웃는 모습 보니까 너무너무 좋다. 내가 너 매일매일 웃게 해 주고 행복하게 해 줄게. 나 믿지?"

'그래, 이 남자 믿자!'

금요일 오후.

"오빠! 나 오늘 집에 일찍 들어갈래. 몸이 안 좋아."

"그래? 병원 안 가 봐도 돼?"

"그 정도는 아니고….."

난 또 거짓말을 하고…. 5시 반에 퇴근을 해서 도착한 집 앞.

"잘 들어가고 푹 쉬어."

볼에 뽀뽀를 해 주고 차에서 내려 성준이 가는 걸 확인하고, 준호를 만나러 버스정류장으로 간다.

○ ((——

진짜…
이 남자 왜 이러는 걸까?

——))

——))

버스를 타고 준호 만나러 가는 길, 가슴이 벅차오른다.

'오늘이 준호를 만나는 마지막이겠지?'

학교 앞에 30분 일찍 도착했는데 준호가 버스정류장에서 나를 기다리고 있다. 버스가 멈추고 자리에서 일어나는데 심장이 뛰며 이상한 기분이 든다.

준호가 달려와 나를 와락 끌어안는데 머릿속이 하얗게 변해버렸다. 그때 성준에게서 전화가 왔고 '왜 전화를 했지?' 망설이다 보니 그냥 끊어진다. 가슴이 두근두근 뛰고 식은땀도 나서 성준에게 전화를 걸지 않는다. 준호의 얼굴을 바라보니 얼굴에 살이 좀 올랐다.

"얼굴 좋아 보이네."

"규칙적으로 생활하니까 그런가 봐. 나 처음 훈련소에서 한 달 동안 화장실에 못 가서 죽을 뻔했어. 너무 긴장해서….”

준호의 말에 나는 웃음이 터졌고 오랜만에 큰 소리로 웃는다.

“하하! 어우~ 더러워! 치질 걸린 거 아냐?”

준호는 머리를 긁적이며 얼굴이 또 뻘건 고추처럼 변했다.

“그건 아니거든?”

준호는 자연스럽게 내 손을 잡고 걸으며 미소 지었고, 처음 준호에게 반했던 그 미소를 보자 가슴이 콩닥콩닥 뛰기 시작했다.

아무것도 모르는 준호를 보니 함께 있는 내내 가슴이 답답해 오지만 나는 아무런 말을 할 수가 없다. 우리는 저녁을 먹고 함께 버스정류장으로 향한다.

“누나! 누나 얼굴 보니까 살 것 같아. 하루에도 수십 번 탈영해서라도 누나 보러 오고 싶었어. 근데 꾹꾹 참았어.”

나는 준호의 머리를 쓰다듬는다.

“잘했어. 앞으로도 그렇게 하면 돼.”

“누나 얼굴이 안 좋아. 어디 아픈 건 아니지?”

준호가 걱정스러운 얼굴로 내 얼굴을 쓰다듬었는데, 준호의 손길은 여전히 따뜻하다. 준호는 내 손을 꼭 잡고 천천히 걷는다.

“벚꽃이 다 졌네. 휴가 나올 때 이미 벚꽃이 지고 있더라고…. 벚꽃만 보면 온 세상이 다 내 것 같은데…. 벚꽃 필 때 늘 누나가 보고 싶었는데….”

버스정류장에 도착했다.

"누나! 나 진짜 멋진 사나이 되어 나올게. 기다려 줄 거지?"

나는 준호의 물음에 아무런 대답을 하지 못한다.

"근데 나… 이렇게 누나 얼굴 보고 있는데도 왜 이렇게 불안하지? 나 불안하지 않아도 되지?"

나는 또 준호의 물음에 입을 닫는다.

"누나…."

"잘 들어가. 난 택시 타고 가야겠어. 좀 피곤해서…."

준호는 택시를 잡아 주며 묻는다.

"복귀하기 전에 우리 또 볼 수 있어?"

준호의 물음에 또 가슴이 뛰지만 이제 더 이상 준호를 만나는 것은 죄라는 생각이 든다.

"아마 시간이 안 될 것 같아. 요즘 좀 바빠서…. 나중에 또 보자."

"응, 어쩔 수 없지. 연락할게!"

그렇게 난 택시에 올랐고 그렇게 점점 준호는 멀어져 간다. 어둠 속에서도 선명하게 보이는 준호의 모습은 나를 더욱 힘들게 한다.

'오늘 이게 우리의 만남은 마지막이야. 준호야! 나 없어도 절대 흔들리지 말고 잘 살아야 해. 이제 너에게 가고 싶어도 갈 수 없어. 보고 싶을 거야. 준호야! 사랑해….'

눈물은 수도꼭지에서 물이 쏟아져 나오듯 쉼 없이 흘러 나왔고, 가슴은 터질 듯이 답답하다.

집 앞에 도착했는데 성준이 집 앞에서 기다리고 있다. 또 식은땀이 등에서 주르륵 흐른다.

"왜 전화도 안 받아?"

"진동으로 돼 있어서 몰랐어."

"어디 다녀와? 내려 주고 집에 들어갔다가 지수가 너무 걱정돼서 다시 네 집에 갔는데, 어머니가 너 아직 집에 안 왔다고 하셔서 전화했었어."

"지금까지 기다린 거야? 밥은?"

"어머니께서 올라오라고 하셔서 집에서 먹었어."

"그랬구나. 집 앞에서 초등학교 동창 친구 만났는데 친구가 결혼 축하한다고 저녁 산대서 다녀왔어."

"아! 지난번에 통화했던? 그런데 왜 얘기 안 했어?"

거짓말을 잘 못하는 나는 또 식은땀이 흐르고 온몸이 떨려온다.

"몸이 안 좋아서 다음에 보려고 했는데 집 앞에서 잠깐 보자고 해서…."

"집에도 없고, 전화도 안 받고…. 걱정했잖아!"

"미안…."

진짜… 이 남자 왜 이러는 걸까?

'난 언제까지 이렇게 거짓말을 하고 살아야 하는 걸까? 이제 그만해도 되겠지? 이제 다 끝났으니까… 다 끝났어!'

"집에 들어갔다가 가~"

"아냐. 몸은 괜찮은 거지? 집에 들어가서 쉬어. 내일 집 보러 가려면 바쁘고 피곤할 거야."

고개를 끄덕이며 집에 들어간다.

다음 날 그와 집을 보러 간다. 강남의 34평 아파트, 전망도 좋고 남향이라 해도 잘 드는 참 좋은 집이다. 여기저기 둘러보고 괜찮은 것 같다고 하니 성준은 바로 계약을 한다. 그런데 전세인 줄 알았더니 매매였고 얼마인가 봤더니 6억! 세상에 6억!

'이러니 몇 천의 우리 아빠 빚은 돈도 아니었겠구나. 참… 이상한 느낌이 든다. 너무나 동떨어진 이 이질감. 가난한 나의 자격지심인가.'

"너무 비싼 거 아니야?"

"나는 더 넓고 좋은 데로 가고 싶었는데 지수가 싫다고 할까 봐 고르고 고른 거야. 싫다고 하지 말고 여기로 하자. 응?"

또 그와의 괴리감에 그에게서 한 발짝 더 뒤로 물러나고 있었다. 이런 모든 것을 감당하기엔 내가 너무 어린 것 같다.

알록달록 철쭉도 이제 시들시들 지고 있고, 푸르른 잎들이

어느 봄날, 그가 내게로 왔다

여름이 시작되고 있음을 알린다.

 결혼식 당일, 사람들로 가득 차 있다. 난 신부대기실에 앉아 친구들과 친지들을 만났고, 친구들은 친구들 중 처음 하는 결혼이라 다들 신기하고 즐거운 듯 난리법석이다. 그의 친구들도 나를 보러 왔다 가고.

 거울을 보니 나, 정말 아름답다. 그러나 기쁘지 않은 이 헛헛함…. 어제 아빠랑 입장 연습했더니 그때 '아… 이제 진짜 결혼을 하긴 하는 구나!' 실감이 났다.

 '스물셋에 돈에 팔려 가는 것 같은 기분이 드는 이유는 무엇일까? 아직도 이러면 안 되는데….'

 자꾸만 드는 이런 생각들은 끊임없이 나를 혼란스럽게 한다.

 "지수야, 너 너무 예쁜 거 아니야? 연예인 같아! 그리고 결혼 축하해! 이렇게 빨리 결혼할 줄은 몰랐어. 부러워!"

 "부럽긴…. 영주 너도 좋은 사람 만나서 얼른 결혼해!"

 "그럴 수 있을까? 내 님은 어디에 있는지…."

 곧 예식이 시작되고 신랑 입장! 그는 멋지게 걸어가서 행복한 표정으로 나를 바라보고 섰다. 그다음은 내 차례!

 나… 이제 진짜 김성준이라는 남자의 아내가 된다. 준호는 이제 내 마음에서 완전히 지워 내야 한다.

 "딴딴따단! 딴딴따단!"

회사 사람들, 친구들과 친척들의 축하를 받으며 아빠의 손을 잡고 입장한다. 엄마는 예식을 시작하자마자 울기 시작했고, 내가 아빠의 손을 잡고 입장하니 고개를 숙이며 오열하신다. 지우도 울고 있지만 지호는 환호하며 우리의 결혼을 기뻐한다.

　"나 윤지수는 남편 김성준을 남편으로 맞아 평생을 사랑하고 존중할 것을 여기 계시는 모든 분들 앞에서 서약합니다."

　이렇게 가슴 답답한 예식이 끝나고 사진 촬영도 끝났다. 폐백은 성준의 고집으로 생략했고, 예식이 끝나도 계속 우는 엄마를 안아 준다.

　"엄마! 울지 마! 행복하게 잘 살게."

　우는 엄마를 뒤로하고 친척들과 회사 동료들에게 감사 인사를 하고나서야 호텔 객실로 올라갈 수 있었다.

　"지수야~ 이리 와 봐!"

　나는 그에게 다가가 앉는다.

　"오늘 힘들었지? 고마워! 내 신부가 돼 줘서."

　"오빠도 힘들었지? 내가 잘할게."

　우리는 한참 동안 서로를 바라보았다.

　'그래… 이렇게 시작하는 거야. 나 이 사람 사랑하잖아. 나만 잘하면 될 거야!'

　첫날 밤, 그가 먼저 씻으러 들어가고 나는 답답한 마음에 옷도 그대로 입은 채 바깥 야경을 물끄러미 바라본다. 도로 위의 차들이 환한 불빛과 빨간 불빛을 비추며 천천히 자기들이 가야 할 목적지를 향해서 움직이고 있다.

'나… 나의 행복을 위해 그곳으로 잘 가고 있는 거지? 유턴 따위는 없는 거지?'

그렇게 창밖을 바라보고 있으니 성준이 욕실에서 나와 뒤에서 나를 끌어안으며 말한다.

"무슨 생각을 그렇게 골똘히 하고 있어? 안 피곤해? 씻고 자야지!"

"그냥 이 생각 저 생각. 나 씻을게."

옷가지를 가지고 욕실에 들어와서 거울에 비친 내 모습을 바라보고 있노라니 행복하지 않은 것 같아 슬퍼진다.

'다 끝났으니 이제 좋아질 거야. 행복은 내가 만들어 가는 거야. 지수야! 이제 행복할 일만 남았어. 다 좋아질 거야!'

나는 다 씻고 욕실에서 나와 그가 있는 침대로 걸어간다. 긴장된 표정으로 날 바라보는 성준의 품속으로 들어가니 성준은 나를 끌어안으며 나의 이마에 입을 맞춘다. 그는 긴장했는지 땀으로 흥건하게 젖었고, 남자의 품이 처음인 나도 긴장돼 이불을 끌어당겨 누워서 그를 바라본다. 그는 내가 덮고 있던 이불을 살짝 내려 나의 입에 입을 맞추고 나의 가슴을 쓰다듬으며 가쁜 숨을 내쉬었고, 나는 그가 이끄는 대로 그에게 나를

진짜… 이 남자 왜 이러는 걸까?

맡기고 그를 내 몸에 받아들인다.

"지수야! 나 너무 행복해!"

숨을 헐떡이는 그의 모습을 차마 볼 수 없어 눈을 질끈 감고 너무 아파서 인상을 찌그린다. 하지만 그는 나의 표정에는 관심이 없는지 눈을 감고 그의 본능이 이끄는 대로 행동한다. 남자가 처음인 나는 어떻게 해야 할지 몰라 아프지만 참아 본다.

잠시 후, 본능의 끝을 맛본 그는 그제야 나를 바라본다.

"자기야… 나 너무 좋아! 자기는 어때?"

"…."

'난 처음이란 말이야! 너무 아팠어!'

나는 아무런 대답도 없이 침대에서 일어나 욕실로 향한다.

이렇게 우리는 부부가 된다.

신혼여행은 유럽. 성준이 예전에 살았던 곳이라 자유여행으로 가기로 해서 비행기에 올라 한참을 기다려 도착해 여기저기 다녀 본다. 참… 멋있다. 체코, 이탈리아, 스위스, 프랑스…. 그와 함께 체코 길거리를 걷는데 이곳은 언제 또 와 보고 싶다. 그렇게 우린 하나가 되어 갔고 그만큼 사랑도 커져 간다.

긴 11박 12일 여행이 끝나고 부모님 선물과 친구들, 동료들 선물을 사서 집으로 돌아온다. 엄마가 버선발로 뛰어나오셨고 동생들도 반갑게 마중 나왔다. 우리의 손에 들린 선물이 목적인 듯 우리의 손만 바라보는 지호를 보고는 나는 얼른 지호의 손에 백을 쥐어 주고 집으로 들어간다.

아빠가 현관에서 고생했다고 그의 어깨를 토닥이셨고, 지호는 벌써 개봉을 했는지 방에 들어갔다가 다시 거실로 호들갑을 떨며 뛰어나온다. 지우는 아무 말 없이 나를 바라보고 있다. 엄마 아빠께 선물을 드리고 절도 하고 다 같이 저녁을 먹으며 얘기를 나누는 모습을 보니 모두가 행복한 모습이다.

'그래… 이거면 된 거야!'

다음 날, 이바지 음식을 들고 시댁에 가서 인사를 드리고 점심만 먹고 우리 집으로 왔다. 이렇게 모든 게 끝난 것 같지만, 신혼여행에 휴가를 12일이나 써서 내일부터 출근하면 태산처럼 많은 일이 나를 기다리고 있다. 어음 문제도 있고…. 마감 준비도 해야 하는 걱정에 심란해 있는데, 성준이 눈치를 챘는지,

"내일은 나 혼자 갈게. 어음도 내가 처리하고…. 자기는 모레부터 출근해."

라고 말한다. 나는 너무너무 피곤해서 고개를 끄덕인다.

나는 여느 집 아내처럼 남편이 오기 전에 밥도 하고 찌개를 끓인다. 엄마가 싸 주신 밑반찬을 식탁에 올려놓고 찌개에 파를 넣는데 누군가가 조용히 다가와 뒤에서 날 와락 껴안는다.

진짜… 이 남자 왜 이러는 걸까?   319

누가 올 시간이 아닌데 깜짝 놀라 소리를 지르며 바닥에 주저 앉아 버린다. 너무 어색한 이 광경…. 성준은 당황한 듯 미안 하다는 말을 열 번도 넘게 한다.

"많이 놀랐어? 미안해! 자기야, 미안해!"

"이런 일이 처음이라 너무 놀랐어."

"미안! 담엔 인기척하고 들어올게. 요리하는 모습이 너무 사 랑스러워서 그만…."

"얼른 손 씻고 와. 밥 먹게."

성준은 한 숟가락 떠서 입에 넣더니 갑자기 울기 시작한다.

"꿈만 같아. 내가 지수와 결혼을 하고 지수가 해 주는 밥을 먹다니…. 그리고 엄마 생각이 나네."

나는 그에게로 가서 말없이 그를 안아 준다.

이후 나도 회사에 출근을 했고, 여느 때와 다름없이 마감을 하고 여름을 맞는다.

성준은 얼마 지나지 않아 과장으로 승진했고, 동시에 결혼하 면서 아버지가 주신 레이크힐도 관리하는데 그새 매출이 많이 올랐다. 이틀에 한 번 둘이 거기로 퇴근해 식사도 하고 관리도 하는데 해 보니 돈은 그냥 버는 게 아니었다. 성준은 내가 더 잘한다며 매출 관리, 매장 관리, 원재료 관리, 직원 관리를 모 두 내게 맡겼다.

어느 봄날, 그가 내게로 왔다

"여기 이제 지수 거야. 내가 지수 명의로 해 달라고 했어. 회사는 언제든 그만두고 싶으면 그만둬도 돼. 그리고 어머니 아버지 고생 안 하셔도 된다고 전해 드리고, 생활비도 매달 지수가 보내고 싶은 만큼 보내."

꿈만 같다. 하지만 그러고 싶진 않다.

"부모님이 연세도 많아지고 힘들어지면 그때 그렇게 하고, 용돈조로 내가 알아서 드릴게. 우리도 돈 모아야지."

"그렇게 안 해도 되니까 걱정 마. 따로 돈 모으지 않아도 나 돈 있어. 내가 또 자주 드리면 되지, 뭐. 내 부모님한테 하는 거라 생각할 거야. 난 효도할 부모도 없는데 뭘⋯."

나는 일어나서 성준에게 안긴다.

"고마워⋯."

며칠 후, 혼인신고를 하러 점심시간에 구청에 가기로 했고, 성준은 긴장하고 들떠서 오전에 일도 제대로 못 하고 왔다갔다 정신이 없다.

우리는 점심시간에 점심도 먹지 않고 구청에 가서 서류를 작성하고 우리 도장을 찍고 보증인인 오 대리, 고 대리 도장도 찍었다. 드디어 우리는 온전한 부부가 되었고 더 행복하게 살자고 다짐하고 또 다짐한다. 신고를 하고 나와 차에 타서 성준이 나를 안는다.

"이거 꿈 아니지? 우리 지수 공주님! 평생 행복하게 해 줄게."

"나도 더 잘할게. 사랑해, 오빠!"

처음으로 인감도장도 만들고 인감도 등록해 레이크힐 명의를 이전 받는다.

'이거 진짜 받아도 되는 건가? 아직도 멍하다.'

시간이 흘러 내 생일이다. 난 지금껏 2년 동안 성준의 생일을 챙기지 못했다. 그의 생일도 혼인신고 할 때 알았다.

'이번엔 꼭 챙겨 줘야지~'

회사에 출근해서 자리에 앉았는데 그가 내게 다가왔다.

"오늘 점심에 나 볼일 있어서 잠깐 나갔다 올게. 오 대리랑 밥 먹어!"

"어디 가는데?"

"늦지 않게 올 거야."

그런데… 퇴근 시간이 돼도 그는 오지 않았고 전화도 받지 않는다.

'연락도 없이 이럴 사람이 아닌데…. 도곡동 집에 무슨 일 있나?'

퇴근해서 바로 집으로 왔는데 그는 집에도 없다.

'오늘 내 생일인데 왜 연락도 없이 이러지?'

불안해서 미치겠다. 그때 전화가 왔고, 번호를 보니 준호인 것 같지만 받지 않는다. 받고 싶지만 그러면 안 된다.

밥도 먹지 못하고 잠도 못 자고 기다리고 있던 12시쯤, 성준이 술에 취해 들어왔고 비틀대는 그를 붙잡았는데 아무 말 없이 침대에 쓰러진다. 양복을 벗겼는데 안쪽 주머니에 뭔가 들어 있어 꺼내 보니 십만 원짜리 수표가 50개, 5백만 원이 편지와 함께 들어 있었다. 편지를 꺼내 보니 우리 엄마 아빠에게 쓴 편지였다.

"아버지 어머니! 오늘 지수 생일이에요. 두 분이 계셨기에 우리 지수가 태어났어요. 정말 너무너무 감사합니다. 평생 지수 아끼고 사랑하고 부모님께도 효도할게요. 아들 성준 드림!"

'근데 어딜 갔다가 저렇게 취해서 들어온 거야?'

그때 성준이 끙끙 앓으며 물을 찾는다. 서둘러 거실에 나가 물을 가져다가 그를 일으켜 먹였는데, 성준은 물을 마시고 내 손을 밀어내며 다시 눕는다.

'진짜 이 남자, 답답하게 왜 이러는 걸까?'

새벽 4시, 잠도 못 자고 이렇게 성준만 바라보는 내가 너무 불쌍해 보이고 화도 나고 이런 현실이 슬퍼서 갑자기 눈물이 난다.

잠시 후, 그가 일어나서 화장실로 가고…. 화장실에서 나온 그가 침대 구석에 앉아 있는 나를 빤히 바라보고 서 있다.

"자기, 무슨 일 있었어? 왜 이러는 건데?"

성준은 대꾸도 하지 않고 한숨을 쉬며 옷을 벗어 던지고 그냥 눕는다.

"일어나 봐! 말은 해 줘야지!"

내 말에도 아무 말 없이 그대로 누워 대꾸도 하지 않는 그를 보니 나도 짜증이 나서 베개와 이불을 들고 거실로 나가 소파에 누웠다. 하지만 이 남자는 끝까지 나와 보지도 않았다.

두 시간쯤 잤을까? 회사에 못 갈 정도로 몸이 천근만근 무겁고 온몸이 아프다. 이 남자는 알람도 끄고 8시인데도 일어나지 않는다. 곧 통화하는 소리가 들리는데 팀장한테 좀 늦는다고 말하는 듯하다. 바로 씻는 소리가 들려와 나는 그대로 소파에 앉아 그를 기다려 본다.

잠시 후, 그가 방에서 나오더니 아무 말 없이 그냥 현관문을 열고 나가 버렸고 뒤따라 나갔지만 계단으로 내려가 버려 얼굴을 볼 수 없었다. 그는 종일 연락 한 번이 없다. 이러다가 가슴이 터질 것 같아 저녁까지 아무것도 먹지 않고 누워서 그를 기다린다.

또… 새벽 2시, 현관문 열리는 소리에 나가 보았는데 그가 또 술을 마시고 비틀거리며 들어왔다.

"말도 없이 왜 그래? 대체 무슨 일이야?"

하지만 그는 나를 한번 쳐다보고는 또 그냥 방으로 들어갔고, 나는 따라 들어가서 따져 묻는다.

"어제부터 왜 그래? 내가 뭘 잘못했는지 말을 해야 알지!"

갑자기 그는 나를 노려보듯 쳐다보며 빈정댄다.

"내가 왜 이러는지 알고 싶어? 내가 왜 이럴까?"

"뭔데? 왜 그러는데?"

"네 생일날 신림동 집에 갔었어. 부모님께 너 낳고 기르시느라 고생하셨다고 감사하다고 전해 드리러 갔어. 집 앞에 도착해 우편함에 뭐가 있어서 꺼내서 가지고 올라가며 봤지. 그런데 그 애한테 온 편지더라. 원래 뜯어보면 안 되는 건데…. 미안하지만 뜯어봤어. 너무 궁금해서…."

그의 말에 가슴이 두근거리고 식은땀이 맺히기 시작한다.

성준은 더 비아냥거린다.

"4월에 둘이 만났더라? 아마 우리 결혼 준비할 즈음 몸 안 좋다며 일찍 집에 들어간다고 하고 친구 만났다던 그날이겠지? 왜 거짓말했어? 왜? 그 뒤로 나 몰래 몇 번을 만난 거야?"

나는 그의 추궁에 다리가 후들거리고 가슴이 너무 뛰어서 숨도 안 쉬어지지만, 이내 마음을 가다듬고 차근차근 설명한다.

"그래, 그날 만났어. 그 애 군대 제대라도 시켜야 한다고 생각했어. 내가 안 만나 주면 탈영이라도 할 애니까! 그날 마지막으로 한 번 만났어. 밥만 먹고 바로 헤어진 거고. 그리고 사실대로 말하면? 어땠을까? 자기가 그러라고 했을까? 설사 그러라고 했어도 우리는 매일 그 일 때문에 다퉜겠지! 그 애 그날 확실히 정리했어. 그 후로 연락도 받지 않았고. 다 자기 생각해서 그랬던 거야. 날 이해해 줄 수는 없었어? 거짓말한 건 미안해. 하지만 결혼 전이었고 나도 어쩔 수 없었어."

그는 내 해명을 듣고 무슨 생각에 잠겼는지 아무런 말을 하지 않고 가만히 서 있다가 소파에 털썩 앉는다.

"나도 어제오늘 수없이 생각했어. 지수를 믿는다. 그때가 마지막이었겠지…. 하지만 그건 내 머리로 생각한 거고 내 마음은 마음대로 되지 않았어. 답답해서 미쳐 버릴 것 같다고!"

"오빠, 나 믿어! 나 그 애 잊었어. 그날은 어쩔 수 없었어. 한 번은 만나 줘야 내 마음도 편할 것 같았어. 미안해, 오빠…."

이 말을 하고 소리 내어 울자 그가 나를 껴안고 울기 시작했다. 그런데 그의 몸에서 낯선 향기가 느껴진다.

"미안해. 지수야…. 나 이해해 줘! 화도 났고 슬프고 너무 불안했어. 네가 나 버리고 그 애한테 갈까 봐. 그래서 아무 말도 할 수 없었어!"

"나도 미안해. 그리고 그런 일은 절대 일어나지 않아! 그러니까 울지 마!"

그렇게 우리의 부부싸움이 시작되었다.

어느 봄날, 그가 내게로 왔다

우리는 화해를 하고 아무 일 없었다는 듯, 주말에 부모님께 편지와 용돈도 가져다 드린다.

그렇게 시간은 흐르고…. 늘 불안해하는 그를 위해 전화번호도 바꾼다. 성준은 어떤 이유로든 싸울 때마다 명품 가방과 명품 주얼리 세트를 사 주며 화해를 청했고, 내가 조금이라도 덜 풀린 것 같으면 늘 내 몸을 탐했다.

다른 때도 아니고 내가 마음이 상해 있을 때마다 이러니 나는 미칠 것같이 화가 났지만, 어쩔 수 없이 나는 또 모든 걸 다 이해하고 용서하며 참는다. 그 싸움의 시작은 그 일이 있고 난 후였으니 꼭 모든 게 다 내 탓인 것만 같고, 그때마다 가슴이 답답하고 뭔가 나를 짓누르는 것 같았다.

지겹던 여름이 지나고 가을이 왔다. 푸르렀던 나무는 노랑 빨강으로 옷을 갈아입었고 가을도 잠시, 금세 겨울이 찾아왔다. 엄마는 피임도 안 하는데 왜 아기가 생기지 않느냐며 난리 셨고, 나도 그 이유를 모르겠어서 답답하다.

'아직 엄마 될 준비가 안 돼서 그런가? 때가 되면 알아서 예쁜 아가가 내게 와 주겠지? 내 나이가 몇인데, 그리고 결혼한 지 얼마나 됐다고….'

성준도 속으로는 어떤지 몰라도 크게 생각하지는 않는 것처럼 아이 이야기는 하지 않는다.

진짜… 이 남자 왜 이러는 걸까?

크리스마스가 낀 주가 시작됐고 레이크힐이 대목이라 나는 마감할 때처럼 예민해져 있다. 지배인이 다 알아서 하지만 모든 것이 더 신경 쓰인다. 내가 맡은 뒤로 매출이 오르진 못해도 떨어지진 않아야 하니까….

다들 나를 사장님이라고 하니 기분이 이상하다. 사장님… 여전히 어색하다. 성준이 차도 사 줘서 매일 퇴근하고 레이크힐에 갔고, 오늘은 크리스마스이브여서 성준과 함께 일도 하고 밥도 먹으며 시간을 보낸다.

여기에서 있었던 우리의 추억도 떠올려 보는데, 그땐 정말 좋았다. 뭐… 지금도 하루하루 바쁘지만 좋다. 크리스마스가 끝나면 또 연말결산과 회계감사가 기다리고 있어도 지금 이 순간을 만끽하고 싶다. 여전히 사랑한다고 속삭이는 성준이 안쓰러워 어머니가 못다 주신 사랑 대신 주고 싶다.

연말도 지나고 힘든 감사도 끝나자, 믿는 구석이 생겨서 그런지 같은 일을 해도 더 힘든 것 같아 성준에게 얘기한다.

"오빠! 나 회사 그만둘까 하는데…."

"그래, 그렇게 해. 나도 기회 봐서 얘기하려고 했었어. 자기가 일도 힘들게 하고 집안일에 식당 일까지 신경 쓰느라 그런 것 같아서 회사 그만두라고 말하고 싶었어. 힘들어서 애기도 안 생기는 것 같아."

"오빠도 아기 기다리는구나. 몰랐네."

어느 봄날, 그가 내게로 왔다

"기다린다기보다 지수 부담 가질까 봐 말을 못 했어. 생길 때 되면 생기겠지 했는데…. 7개월이 되도록 안 생기는 게 좀 이상하다 생각했지."

"그래. 그럼 회사 그만두고 레이크힐만 신경 쓸게."

성준은 내 말에 활짝 웃는다. 나는 사표를 내고 회사를 그만 두었고, 다른 직원들은 성준이 회사를 다니니까 따로 자주 보기로 해서 송별회는 하지 않기로 했다. 회사를 그만두니 성준은 가까이서 나의 모든 것을 확인할 수 없어서 그러는지 불안해하는 듯 보였다.

2월, 졸업식에 참석하러 학교에 갔다. 졸업식 후에 성준이 친구들 밥을 사 주고 회사에 가기 위해 자리를 떠나자, 영주가 얘기를 꺼낸다.

"야. 그 중학생이랑은 연락 안 해? 내 번호를 어떻게 알았는지 나한테 전화가 왔었어. 네 핸드폰 번호 알려 달라고 그러더라고…. 그래서 혹시나 몰라 모른다고 했어."

"연락 안 해. 그리고 잘했어. 앞으로도 알려 주지 마!"

'휴가 나왔었구나. 너… 어쩌고 있니?'

걱정은 되지만 이제 더 이상 나도 어쩔 수 없다.

"그런데 너 안 좋은 일 있어?"

"아니! 왜?"

"아니… 그냥 내 노파심인지는 모르지만, 지금 네 얼굴이 내가 본 얼굴 중에 가장 행복하지 않은 것 같아서…. 너 학교 다닐 때도 밝지는 않았지만 무슨 일이 있는 것처럼 이렇게 어둡지는 않았었거든."

"아니야! 나 행복해!"

"아니면 다행이고…."

내가 다른 사람들 볼 때엔 불행해 보이나? 그런데… 나 진짜 행복한 거 맞나? 이제는 내가 행복한지 불행한지도 잘 모르겠다. 그냥 아무 의미 없이 수동적으로 살아가는 것은 알겠는데, 행복하지는 않아도 불행하다는 생각은 안 해 봤는데….

'나 지금 어떻게 살고 있는 걸까?'

나는 퇴사 후, 오전엔 집에서 살림하고 자유시간을 보낸 후에 오후에나 레이크힐에 나간다. 가끔 도곡동에 가서 아버지와 시간도 보내고, 새어머니와 쇼핑도 가고 성준의 동생 과외를 해 주기도 한다.

'이게 삶인가? 남들도 그냥저냥 이렇게 살아가겠지? 이게 행복이겠지?'

그렇다. 행복의 기준은 객관적이 아닌 지극히 주관적인 것이다. 좋은 자동차에 큰 집에 살며 돈 걱정 없이 사는 사람이라고 다 행복한 것은 아닐 것이고, 가난하게 사는 사람들이 다

불행한 것도 아닐 것이다. 내가 어떤 환경에서 살든 그곳에서 행복하다고 느끼면 그것이 행복이지 다른 게 행복이겠나?

시간이 흘러 겨울이 지나고 봄이 오는 중이다. 해마다 4월이면 그때처럼 벚꽃이 피었고, 하얗게 피어 있는 벚꽃만 보면 준호가 생각나면서 눈물이 난다.

하루는 지우에게 전화가 온다.

"언니! 지금 준호 오빠 집 앞 놀이터에 있어. 집에 들어가야 하는데 엄두가 나지 않아 집에 못 들어가고 있어. 어떡하지?"

지우의 말에 가슴이 또 뛰었고, 지우를 진정시킨다.

"내가 지금 갈게. 넌 집에 들어가."

차를 몰고 집으로 향하며 무슨 말을 어떻게 해야 하나 온갖 생각에 사로잡혀 몇 번 사고가 날 뻔했다. 우여곡절 끝에 집 앞에 도착해 차에서 내려 놀이터로 가 보니… 핼쑥해진 준호가 나를 보고 뛰어온다.

"누나! 왜 전화가 안 돼? 번호 바꾼 거야? 아무리 편지를 해도 답장도 없고…."

준호를 보자마자 머릿속이 하얘진 나는 무슨 말부터 꺼내야 하는지, 무슨 말을 어떻게 해야 할지 답답하다.

"번호 바꿨어. 그리고…."

준호는 눈을 동그랗게 뜨고 다급한 눈빛으로 재촉한다. 나는 주저하다가 어렵게 말을 꺼낸다.

"나, 결혼했어."

내 말을 듣자마자 준호는 그대로 땅에 주저앉으려고 했고, 나는 준호를 붙잡아서 벤치에 앉힌다. 준호는 10분 동안 아무 말 없이 앉아만 있다.

'얼마나 어이가 없을까? 심장이 터질 것 같다.'

갑자기 준호는 울기 시작했고 내 억장은 무너져 내린다.

'지수야! 여기서 무너지지 말자!'

마음을 다잡고 차가운 표정으로 매몰차고 침착하게 말한다.

"이제 우린 끝났어! 너 탈영할까 봐 얘기 못 했어. 사실 작년 5월에 결혼했고, 이제는 말해도 되겠다 싶어서 말하는 거야. 나 같은 여자 때문에 네 인생 망치지 않으면 좋겠어."

준호는 아무 대답 없이 계속 눈물만 흘렸고 가슴이 무너져 내리지만 이제는… 어쩔 수 없다.

한참을 울던 준호는 마음은 진정이 됐지만 나를 보고 싶지 않은지 나를 바라보지도 않은 채 작은 목소리로 중얼거린다.

"그래서 작년 4월 첫 휴가 때 누나가 어색했구나. 우리는 또 이맘때 헤어지는구나. 나 이제 진짜… 벚꽃이 미워진다!"

그때 벚꽃 잎 하나가 벤치 위에 떨어진다. 그 이파리를 물끄러미 바라보던 준호는 깊은 한숨을 쉰다.

"행복해?"

"어."

'나 행복할까? 준호야! 나 정말 행복한 걸까?'

"그럼 됐어. 누나가 행복하면 됐어. 난 그거면 돼."

준호는 또 소리 내어 울었고, 나는 가슴이 찢어지지만 어쩔 수 없는 현실에 눈물을 꾹 참고 더 냉정하게 말한다.

"너도 나 같은 애 잊고 군 생활 잘하고, 학교도 잘 다니고 좋은 사람도 만나."

"그런데 왜 내 눈엔 누나가 하나도 행복하지 않은 것 같지? 몸도 마른 것 같고 얼굴도 핏기가 하나도 없어. 진짜 행복한 거야?"

"어! 나 행복하고 아픈 데도 없어."

"그래… 알겠어. 이렇게 누나 만나는 것도 하면 안 되겠지? 그럼 나… 갈게. 잘 지내고 아프지 마!"

이렇게 말하며 쓸쓸하게 돌아서서 가는 준호의 뒷모습을 보고 있노라니… 참았던 눈물이 쏟아진다.

쏟아지는 눈물 때문에 이대로 운전할 수 없어서 집으로 올라 갔는데, 내가 현관문을 열고 들어가자 방에서 지우가 나와 묻는다.

"언니! 오빠 갔어?"

내가 힘없이 고개를 끄덕이자 지우는 심각한 표정으로 묻는다.

"언니, 아직도 준호 오빠 사랑하는 거지?"

놀란 나는 지우를 바라본다.

"나한테는 사실대로 말해도 돼. 준호 오빠 사랑하면서 우리 가족 위해서 형부랑 결혼한 거잖아. 맞지?"

"아니야. 그런 거…. 내가 준호를 기다릴 자신이 없어서 그런 거야."

"그럼 아직도 준호 오빠 못 잊은 건 맞네. 언니… 다 우리 때문이야. 미안해! 준호 오빠 불쌍해서 어떻게 해?"

지우가 나를 붙잡고 울기 시작했다. 가만히 서 있던 나도 그대로 주저앉아 그동안 숨겨 왔던 마음을 쏟아 낸다.

"나도 내 마음을 잘 모르겠어. 준호를 기다릴 자신은 없지, 형부는 계속 결혼하자고 매달리지, 아빠 빚은 빨리 갚아야 하고 너희들 대학도 보내야 하는데…. 내가 어떤 결정을 내릴 수 있었겠어?"

"언니…."

지우가 고개를 숙이고 계속 울자, 나는 눈물을 훔치며 마음을 다잡는다.

"준호… 워낙 착하고 성실하고 밝은 애라 곧 마음 다잡고 잘할 거야. 나도 이제 어쩔 수 없으니 그냥 살아야지. 살다 보면다 잊어지겠지. 그러니까 너무 걱정하지 마!"

　　　　　　　어느 봄날, 그가 내게로 왔다

그렇게 말하지만, 지금 이 순간에도 군대 복귀 안 해서 뉴스에 나올까 봐 걱정이다.

"나 갈게. 형부 올 시간 됐어."

"그래. 언니…. 근데 언니 행복한 거 맞지? 언니 얼굴이 너무 안 좋아 보여. 살도 좀 빠진 것 같고 어디 아픈 사람 같아!"

"어, 행복해. 그리고 나 어디 아픈 데 없으니까 걱정하지 마. 지갑도 안 들고 나왔네. 용돈 필요하면 언제든 연락해."

"내 용돈은 내가 알아서 할게. 조심히 가~"

다행히 뉴스엔 휴가 미복귀 사건은 없었다.

'다행이다. 정말….'

한시름 놓던 어느 날 아침, 또 성준이 말도 없이 그냥 회사 출근을 한다. 여느 때 같으면 나의 배웅을 받고 키스를 한 뒤 출근을 하는데, 일어날 때부터 아무 말 없다가 아침도 먹지 않고 그냥 나가 버린다.

이상한 느낌에 문을 열고 엘리베이터 앞으로 나가 그의 얼굴을 살핀다.

"오빠! 왜 그냥 가? 아침은 먹어야지!"

그러나 성준은 엘리베이터 문이 열리자 내 말에 아무런 대꾸도 없이 닫기 버튼을 누른다. 그렇게 또 그는 가 버렸고, 또 가슴이 답답하게 조여 온다.

진짜… 이 남자 왜 이러는 걸까?   335

'무슨 일이지? 또 내가 뭘 잘못한 거냐고!'

평소 같으면 적어도 회사에 도착해서 점심시간에, 퇴근 시간에, 이렇게 전화를 했었다. 아니면 문자라도…. 그런데 아무 연락이 없고 전화도 받지 않는다.

가슴이 터져 버릴 것 같다. 그렇게 시간이 지나 새벽 4시, 잠도 못 자고 못 먹고 기다리는데 술이 취해 들어온다. 부축하던 내 손을 뿌리치는 성준은 이내 방으로 들어가 버린다.

나는 소파에 주저앉아 말없이 멍하니 방문만 바라보는데, 그가 갑자기 방에서 나오더니 내 휴대폰을 내밀며 말한다.

"휴대폰 풀어!"

불행이
낙인처럼

그의 말에 당황한 나는 휴대폰을 받아들었다.

'이건 또 무슨?'

잠금을 풀었더니 휴대폰을 낚아채 방으로 가져가서 바로 문을 잠근다. 나는 하도 어이가 없어 멍하니 또 방문만 바라본다. 방으로 들어갔던 성준은 갑자기 거실로 나와서 소리친다.

"다 지웠어? 내가 볼까 봐? 그놈하고 연락하고 만난 거 다 알아! 언제 또 만났어? 어? 그놈 아직도 마음에 품고 있어?"

갑작스러운 상황에 온몸이 떨린다. 하지만 내가 잘못 한 게 없는데 왜 떨어야 하는지 알 수가 없다.

"갑자기 그게 무슨 소리야? 무슨 연락을 해?"

"거짓말하고 있는 거 다 알아! 그놈이랑 연락하고 만났잖아!"

"그놈? 무슨 소리야! 통신사 가서 다 조회해 줄까? 만약 아무엇도 안 나오면 어쩔래?"

참는 데 한계를 느낀 나는 이렇게 소리친다. 나도 도저히 이렇게 살 순 없다. 매번 이런 식으로 싸움을 걸고 오해하고⋯. 이럴 때마다 화가 나서 숨이 막힌다. 성준은 기가 막히다는 듯 나를 노려본다.

"그럼 어제 네 잠꼬대는 뭐냐?"

'응? 무슨 잠꼬대?'

나는 당황해하며 아무 말도 하지 않았고, 그는 비열한 표정을 짓는다.

"미안해⋯. 나도 어쩔 수 없어. 이러지 마! 응? 제발⋯ 이 말만 다섯 번을 넘게 하던데?"

그의 말에 난 여전히 아무 말도 할 수가 없어 멈춰 서서 그를 바라본다. 침묵이 이어지던 중 성준이 먼저 침묵을 깨고 방으로 들어가 버린다.

또 거실에 혼자 남겨진 나는 온몸에 힘이 빠지고⋯.

'어디서부터 잘못된 걸까? 난 어떻게 해야 할까? 얼마 전 준호 꿈을 꾼 것 같긴 한데⋯. 나 왜 그랬을까?'

나는 잠긴 문을 두드린다.

"나 그 이후로 그 애 만나거나 연락하지 않았어. 꿈이란 게 사람 의지대로 꿔지는 게 아니잖아. 응? 문 좀 열어 줘 봐. 오빠!"

하지만 그는 문도 열지 않고 아무런 반응도 없다. 시간은 계

어느 봄날, 그가 내게로 왔다

속 흘러가는데, 성준은 결국 나와 보지 않는다. 나는 홀로 거실에 앉아 꿈쩍도 하지 않는 방문을 바라보며 아침을 맞는다.

다음 날 토요일 아침, 성준은 밤새 거실 소파에 앉아서 날을 샌 나를 보고도 본체만체하고 그냥 나가 버린다.

'나… 너무 불행하다. 이렇게 살려고 준호에게 그렇게 상처를 주면서 떠났나? 그때라도 이 결혼 멈췄어야 했나? 불행이 나를 휘어 감고 목을 조르는 것 같아.'

너무 춥고 떨려 온다. 그러고 보니 어제 아침부터 아무것도 먹지도 마시지도 않았다. 너무 피곤하고 힘이 없어 침대에 가서 누우려고 일어났는데, 갑자기 앞이 보이지 않는다. 온몸에서 피가 다 빠져나가는 것처럼 이상한 느낌도 들고 내 몸이 내 몸 같지 않다.

시간이 얼마나 지났나. 눈을 떠 보니 집이 아니고 병원인지 나는 환자복을 입고 있었고, 엄마도 보이고 성준도 보인다. 그런데 배가 아프고 엄마는 계속 울고 있다.

'왜 이러지?'

곧 의사가 들어와 말한다.

"임신한지도 몰랐어요? 몸 상태가 이런 산모는 처음 보네요. 이런 엄마 몸에 어찌 아기가 살 수 있겠어요?"

불행이 낙인처럼

앞으론 몸조심하고 건강 관리 잘해야 한다고 말하고 나간다.

'아기? 임신? 이건 또 무슨 말이지?'

우는 엄마를 아빠가 데리고 나가고 성준이 가까이 다가왔다.

"미안해…. 지수야! 내가 다 잘못했어. 다 나 때문이야. 미안해…."

갑자기 많은 생각들이 스친다. 요즘 입맛도 없고 속이 안 좋아서 밥도 거의 못 먹었다. 기운도 없었고 생리도 안 온 지 꽤 됐었지만 가끔 이렇게 불규칙해서 신경도 안 썼다. 임신에 너무 무지했었고 엄마 될 준비가 되지 않은 나였다. 눈에서 회한의 뜨거운 눈물이 흐른다.

한참을 울었다. 옆에서 지켜보던 성준이 입을 연다.

"어머니가 네가 전화를 안 받는다고 너랑 점심 먹으러 오라고 전화하셨어. 그래서 운동하다가 집으로 갔는데 네가 바닥에 누워 있고 열이 펄펄 끓고 의식이 없는 거야. 바닥에 피도 좀 묻어 있고…. 그래서 119를 불렀어. 너무 무서웠어. 병원 검사 결과 임신 9주차였고 아기가 유산돼 네 배 속에 있어서 수술 안 하면 큰일 난대서…."

그가 이렇게 말하며 내 손을 잡자, 나는 그의 손을 뿌리치며 있는 힘을 다해 소리친다.

"나가!"

내게 찾아온 소중한 내 아기…. 안아 보지도 못한 내 아기…. 아무런 잘못 없는 내 아기는 무지하고 무책임했던 나 때문에 이렇게 세상 빛도 보지 못하고 떠났다. 다 내 잘못이다.

'아가야… 엄마가 미안해. 정말 미안해!'

다음 날 퇴원을 해서 집으로 왔는데 배가 너무 아파서 병원에서 준 약을 한 봉 더 먹었다. 그런데 배는 더 아파 왔고 운전을 할 수 없어 택시를 불러서 병원에 갔다. 의사는 계류유산이고 주수도 9주나 돼서 훗배앓이를 하는 거라며 진통 주사를 놔 줬다.

집에 왔는데도 계속 배가 끊어질 듯 아파 성준이 집에 와서 바닥에 뒹구는 나를 끌어안고 울기 시작했다. 나는 그의 손을 뿌리치며 또 택시를 불러 병원에 가서 진통 주사를 맞고 병원에서 기어 나오 듯 나왔다. 온몸이 떨리고 기운이 쭉 빠져서 걷기도 힘들다.

'내가 그렇게 갈등하고 고민했던 것들이 이제 드러나는구나. 내 인생은 왜 이 모양 이 꼴일까? 어디서부터 잘못된 것일까?'

집으로 돌아오는 길. 택시에서 내려 잠시 하늘을 보았다. 내 마음을 알 리 없는 별들은 하늘에서 반짝반짝 빛나고 있다. 다른 특별한 걸 바란 게 아니었다. 그냥 저기 별처럼 빛나고 싶었고 그냥 평범하게 살고 싶었다. 그냥 그랬다.

욕심을 내자면 아주 조금은 행복하고 싶었고 행복하면 그걸로 족했다. 돈이 많은 것도, 집이 좋은 것도 아닌, 가난해도 나 자체로 빛나고 사랑하는 사람에게서 온전한 사랑을 받고 싶었다. 어디서부터 잘못된 걸까? 나는 행복하면 안 되는 사람인 듯이 불행이 낙인처럼 찍혀 버렸다.

'이렇게 꽃도 피고 따뜻한 봄날에 준호도 만났고 준호와 헤어졌고 성준과 사랑을 시작도 했고 성준과 결혼도 했다. 따뜻한 봄이 왔는데도 내 몸은 왜 이렇게 얼어붙은 겨울처럼 시린 걸까?'

어느 날 새벽, 술을 먹고 들어온 성준이 침대에서 자고 있는 내 옷을 벗기기 시작했다. 갑작스러운 그의 행동에 깜짝 놀라 저항하자, 그는 더 세게 옷을 찢으며 벗긴다. 무서웠던 나는 그를 피해 밖으로 나가려고 일어나자, 그는 나를 붙잡아 침대로 내팽개쳤고 계속 저항하니 내 얼굴을 마구 때린다.

몸부림치던 나는 마침내 침대에서 굴러떨어지고 말았다.

'그냥 참고 살았다. 의심해도 참았고 아기 유산됐을 때도 참았다. 그냥 죽고 싶다.'

정신을 차린 성준은 나를 바닥에서 일으켜 세우며 무릎을 꿇고 빈다.

"지수야! 미안해. 지수 네가 나와 결혼만 하면 다 끝날 줄 알았어. 지수는 온전히 내 사람이다 생각하며 내 마음도 편해질 거라 생각했고 평생 행복할 줄 알았어. 근데 결혼 전에도 늘 불안했고 결혼하고도 계속 불안했어. 그러던 중 그 애 편지를 시작으로 더 불안하고 더 널 내 것으로 만들고 싶은 욕망이 날 힘들게 했어. 그리고 너의 잠꼬대 소리가 날 좌절하게 했고…. 네 잘못이 아니라는 거, 머리로는 알면서도 마음이 내 마음대로 되지 않았어. 너 몸조리도 제대로 못하고 아픈 거 다 아는데…. 유산한 후로 손도 못 대게 하는 네가 미웠어. 미안해…. 다시는 안 그럴게. 용서해 줘! 다시는 이런 일 없을 거야. 또 술 마시면 너 원하는 대로 다 해 줄게."

그의 말에 나는 기가 막혀서 말도 나오지 않았고 옷을 갈아입으며 체념한 듯 말한다.

"내가 무슨 힘이 있어…. 그냥… 이렇게 사는 거지."

나는 거실로 나와서 작은방으로 간다. 이런 날을 대비해서 방에 이부자리도 가져다 놓아서 이부자리를 깔고 누우니 성준이 방으로 들어온다.

"지수야… 진짜 미안해. 응? 나 한 번만 용서해 주라."

"오늘은 이렇게 그냥 자자. 나 너무 피곤하고 힘들어."

"그럼 네가 안방으로 가서 자. 여기 아직은 추워."

일어나 방으로 가서 침대에 눕는다.

'그의 슬픈 눈… 성준의 잘못이 아니다. 어쩌다가 그렇게 착하고 나만 위해 주던 사람이 저런 괴물이 됐을까?'

다 내 잘못이다. 내 사정을 다 아는 그를 받아 준 것도… 준호가 죽든 말든 끊어 내지 못한 것도… 엄마로서 자격이 없는 것도…. 눈물이 멈추지 않는다. 이대로 눈 뜨지 않고 죽으면 좋겠다.

시간이 흐르고 몸도 마음도 조금씩 회복될 즈음, 모르는 번호로 전화 한 통이 왔다.

"여보세요?"

전화기 너머에서 낯선 여자의 음성이 들려온다.

"윤지수 씨?"

"그런데요? 누구세요?"

"우리 만났으면 하는데…."

"누구신데 나를 만나자는 거예요?"

"나와 보면 알 거예요. 문자로 장소와 시간 보낼게요."

전화를 끊고 얼마 후 문자가 온다.

"오후 3시 압구정 커피숍."

망설이다가 장소로 나가 커피숍 안으로 들어가서 두리번거리니 한 여자가 손을 들어 손짓했고 나는 그녀에게로 다가간다. 가까이서 보니 그녀는 아주 세련되고 멋진 여자다.

"누구시죠?"

그녀의 옆엔 유모차가 놓여 있고 그 안엔 쌔근쌔근 잠든 아기가 누워 있다.

"듣던 대로 미인이시네요. 저… 성준 씨 전 여자 친구예요."

순간 갑자기 시간이 멈추며 귀에는 삐~ 하는 소리만 들릴 뿐 내 귀엔 아무 소리도 들리지 않는다.

'그럼 저 유모차 안의 아기는? 그리고 이 여자는 왜 내게 연락을 한 걸까?'

"놀라셨죠? 그럴 거예요. 전화해서 만나자고 한 이유는… ."

"잠깐만요!"

갑자기 숨이 가빠 오며 숨이 꽉 막힌 것같이 답답해 온다. 견딜 수 없어 화장실로 뛰어가 거울을 보니 내 얼굴은 하얗게 질려 있다.

'나한테 어떻게 이런 일이 일어날 수 있지? 이런 삶을 살려고 그런 선택을 한 것이 아니었는데… .'

우선 저 여자 이야기나 들어 보자는 생각으로 마음을 가다듬고 다시 의자에 가서 앉는다.

"말해 보세요."

"작년 여름… 오빠와 만날 때 자주 가던 바에서 오빠랑 우연히 만났어요. 오빠 혼자 술을 마시고 있었고 난 친구들과 함께 있었어요. 취해 비틀거리는 오빠를 데리고 룸으로 들어갔죠. 오빠는 이내 술만 마시더라고요. 둘 다 취해서 근처 호텔로 갔어요. 오빠 계속 당신의 이름을 불렀고 그때 직감했죠. 이 사람 외롭구나. 그래서 우리 잤어요. 새벽에 깬 오빠는 서둘러 도망치듯 가 버렸고… 그리고 9개월 후….”

그러면서 유모차 안의 아기를 본다. 여자의 말을 듣고 아기를 보는데 온몸이 떨려 오며 구토가 나오려고 한다. 쉽게 침착해지지 않지만 애써 꾹꾹 눌러 가며 묻는다.

“그 사람도 알아요?”

“네, 출산 전에 얘기했어요.”

“뭐라던가요?”

“자기가 그럴 리 없다고 거짓말이라고 하더군요.”

“….”

“그래서 지수 씨 만나서 유전자 검사 때 필요한 것 부탁도 좀 하고 이 사실을 말하려고 만나자고 했어요.”

“연락할게요.”

나는 이 말만을 남기고 자리를 박차고 밖으로 나왔다.

‘왜… 나한테만 이런 일이 일어나는 걸까? 신이 있기라도 한 걸까? 난 어찌해야 하는 걸까? 이대로 모든 게 끝나면 좋겠다.’

근처 공원을 걷다가 작은 벤치가 보여 앉아서 하늘을 본다. 하늘은 푸르게 빛나며 뜨거운 태양빛은 나의 눈을 멀게 한다.

‘하나님은 사람이 견딜 만한 시험만 허락하신다고 했는데 도저히 나는 견딜 수 없을 것 같아. 내가 약한 것일까? 아니면 하

나님이 약속을 어긴 걸까?'

퇴근 시간, 그에게 전화가 온다.

"자기야~ 잘 있었어? 우리 오늘 외식할까? 뭐 먹고 싶은 거 있어?"

"내가 회사 근처로 갈게."

차를 몰고 그에게 가면서 생각한다.

'그래서 그날 나를 강간하려고 하고 때린 거야? 그 사실을 알고도 나한테? 아… 내 생일 다음 날 새벽에 들어온 날이구나. 개자식, 죽여 버릴 거야!'

회사 앞. 그가 내 차에 올라탄다.

"웬일로 자기가 회사로 온대?"

나는 환하게 웃으며 말하는 그의 얼굴을 있는 힘껏 때리고 차를 운전해 근처 골목에 차를 댄다. 성준은 어이가 없다는 표정으로 아무 말 없이 멍하니 앉아 있었고, 나는 도저히 용납할 수 없는 사실에 몸부림친다.

"네가 사람이야? 나쁜 새끼!"

성준은 영문을 모르겠다는 표정으로 묻는다.

"왜 그래?"

"몰라서 물어? 나 방금 그 여자 만났어. 너도 알고 있었다며? 너 때문에 내 아기는 빛도 보지 못하고, 피어나지도 못한 꽃이 되어 세상을 떠났어. 죽었다고! 그런데 너는 다른 데서 애를 낳았어. 나에게 조금이라도 미안한 마음이 있었다면… 이럴 수 있을까?"

나는 흐르는 눈물을 주체할 수 없어 큰 소리로 울기 시작한다. 성준은 한숨을 크게 내쉬며 나를 바라보며 어찌할 바를 몰라 한다.

"사고였어. 그리고 그 애… 내 아이 아닐 거야. 정말이야. 믿어 줘! 그리고 그날 일은 정말 미안해. 널 사랑하는 내 진심만큼은 믿어 줘."

"미안? 미안하다는 말, 지겨워! 그리고 사고인 게 중요한 게 아냐. 진심? 넌 날 사랑한 게 아니었어. 날 소유하고 싶은 그냥 짐승이었을 뿐이야! 꼴도 보기 싫어! 당장 내려!"

나는 그를 향해 있는 힘을 다해 미친 듯이 소리쳤고, 그는 아무 말 없이 앉아 있다.

"내리라고! 그리고 당분간 내 앞에 나타나지 마! 집에 들어오지도 마!"

그가 차에서 내리자마자 나는 미친 듯이 차를 몰았다. 가슴이 터질 듯이 답답하고 이제는 눈물도 나오지 않는다. 강변에 차를 세우고 차에서 내려 하늘을 바라본다. 석양이 지는 하늘과 그 석양으로 붉게 물든 한강이 보이자 그제야 눈물이 난다.

'왜 나는 행복하면 안 되는 걸까? 내 운명은 이렇게 정해져 있었던 것일까?'

하늘에 대고 소리친다.

"내가 뭘 그렇게 잘못했어요? 내가 뭘 어쨌다고 내게 이런 일들만 일어나는 거예요? 당신이 존재하긴 해요?"

아무리 소리쳐도 강물이 흘러가는 소리와 차 경적 소리 외엔 아무 소리도 들리지 않는다.

'그는 아버지를 경멸하면서도 아버지를 닮았던 걸까?'

성준에게 계속 전화가 오지만 전화기를 끄고 한참을 그렇게 서 있었다.

세상은 날 버렸고 내 사랑도 나를 버렸다. 하늘도 날 버린 게 분명하다.

9시, 주차를 하고 지친 몸을 이끌고 집으로 들어가려고 전화기를 켜니 지우에게 문자가 온다.

"언니! 무슨 일이야? 지금 형부 여기 와 있어. 근데 아무 말 없이 언니 방에 들어가 있고 엄마 아빠 다 걱정하셔."

"형부한테 우선 거기서 나와서 전화하라고 해."

성준에게 전화가 온다.

"지금 뭐 하는 거야? 왜 거기가 있어? 내가 그렇게 우습니?"

"네가 연락이 안 돼서 여기로 올까 싶어서….."

예전에 내가 사랑했던 그 멋진 남자는 온데간데없고 의심과 불신만이 가득한 미친 남자 김성준만 있다.

순간 동훈이가 예전에 했던 얘기가 떠올랐다. 잘 생각하라고, 이 결혼 위험할 수 있다고⋯. 나는 그에게 매몰차게 얘기한다.

　"당분간 도곡동에 가 있어. 어차피 아셔야 하잖아. 생각 정리되는 대로 연락할게."

　"지수야! 미안해. 정말 내가 잘못했어. 한 번만 나 용서해 줘!"

　그냥 전화를 끊고 거실 구석에 쪼그리고 앉아 또 울기 시작했다. 아직 몸과 마음도 추스르지 못했다. 하늘이 무너져 내렸고, 내 모든 세상이 연극이 끝나 커튼이 닫히고 불이 꺼진 것처럼 다 끝나 버린 것 같다. 갑자기 나 때문에 떠난 내 소중한 아기가 생각이 난다.

　'미안하다 내 새끼⋯. 엄마가 부족하고 못나서 널 떠나보냈어. 미안해⋯.'

　순간 끝나 버린 내 세상, 떠나 버린 내 아기처럼 나도 모든 걸 끝내고 싶다는 생각이 들어 창문과 방충망을 열었다.

　13층 높이. 내려다보기만 해도 아찔한 높이다. 밖은 가로등이 켜져 길목 길목을 비추고 시원한 바람이 분다.

　'여기서 뛰어내리면 모든 게 끝나겠지?'

　갑자기 정신이 멍해지면서 아무 생각도 들지 않는다. 나도 모르게 한쪽 다리를 들어 올려 난간에 걸쳤고 나머지 다리를

　　　　　　　어느 봄날, 그가 내게로 왔다

들려는 그때! 어디선가 누군가의 음성이 들려온다.

"엄마! 안 돼요!"

순간 소름이 끼치면서 정신이 바짝 들어 다리를 내려 주저앉아 또 울기 시작한다.

'누구였을까? 정말 내 아기였을까? 내 맘대로 죽을 수도 없구나.'

성준의 친엄마의 마음이 이해가 된다.

'얼마나 힘들면 자식을 남겨 두고 그런 선택을 했을까? 그런 엄마를 보내고 성준은 얼마나 힘들었을까?'

다음 날 아침, 눈은 떴는데 일어날 기운이 없어서 아무것도 하지 않고 종일 누워 있었다. 지나온 나의 삶들을 떠올려 본다.

가난에 찌들어 단칸방에 여섯 명이 다 함께 잠을 자고 생활했다. 옷은 늘 여기저기서 물려받은 헌옷을 입었고 끼니는 거르진 않았지만 먹고 싶은 걸 마음껏 먹지도 못했다. 어릴 땐 점심시간에 친구들이 맛있는 도시락 반찬을 싸 오면 난 창피해서 도시락을 열지도 못하고 그냥 밖으로 뛰어나와 운동장을 서성였다.

고등학교에 다닐 땐 점심, 저녁 급식을 했는데 언니에게 돈이 너무 많이 들어가서 저녁 급식비까지 줄 돈이 없다는 걸 알게 됐다. 나는 학교 앞 작은 분식집에 혼자 일하시는 아주머니를 도와주고 저녁 식사 시간이 다 끝나 갈 즈음 일한 대가로 급히 한 끼를 먹곤 했었다.

대학 등록금을 마련할 곳이 없어서 못 갈 것 같아 수능 끝나자마자 갈빗집에서 아르바이트를 했는데 턱도 없이 모자랐다. 하지만 다행히도 장학금을 일부 받게 되어 입학할 수 있었다. 방학 동안에는 다음 학비를 위해 또 아르바이트를 해야 했고, 학기 중에도 틈나는 대로 과외도 했다.

돈 때문에 매일 다투는 부모님의 폭력과 폭행, 나는 싸우는 그 소리를 듣기 싫어 방으로 들어가 귀를 막고 책을 읽었다. 찬란하게 빛났어야 했던 나의 청소년기는 그렇게 끝났지만, 가난은 끝까지 나의 발목을 잡았다. 아버지의 빚이 아니었다면 나는 성준을 선택하지 않았을지도 모른다.

그렇게 며칠이 지났다. 다른 건 다 견딜 수 있지만 이 문제는 내가 어찌할 수 없는 문제다. 평생을 그 아이와 그 여자 때문에 성준과 싸울 거고, 그걸 버텨 낼 수 없을 것 같다. 도곡동으로 갔고 다들 아는 눈치여서 얘기를 꺼낸다.

"아버지! 저희 이혼할게요."

"아가! 내가 어떻게 해 주면 성준이와 계속 살 수 있겠니?"

"저 성준 씨와 살 수 없어요! 아시잖아요. 그리고 아버님이 해 줄 수 있는 건 아무것도 없어요. 그냥 이대로 저를 보내 주시는 것 외엔⋯."

시어머니는 "남자가 바깥일하다 보면 그럴 수도 있지. 그 애는 내가 처리할 테니 그냥 살면 안 되니?"라고 말했고, 남 일 말하듯 말하는 그녀에게 나는 나지막한 목소리로 말한다.

"입장 바꿔서 생각해 보세요. 어머니라면 그러실 수 있는지! 하긴⋯."

더 이상 말을 하지 않고 썩은 미소를 지으며 말끝을 흐리는 나를 노려보던 그녀는 아무 말 하지 못한다.

"조만간에 이혼할 거예요. 빈 몸으로 나가라면 그렇게 할게요."

나는 바로 침묵하며 고개를 떨구고 있는 그를 바라본다.

"서류 준비해서 연락할게."

며칠이 지나고 그에게 법원에 가자며 전화를 하자, 성준은 근무 중에 급하게 뛰어나와 애원한다.

"지수야! 다시 한 번 생각해 줘! 나 너 없으면 안 돼. 알잖아!"

뻔뻔한 그의 말에 기가 찬다.

"이제 그만 좀 해! 난 더 이상 할 말 없어. 그 여자랑 그 아이랑 잘 살아. 설마 자식 가지고 장난했겠어? 그리고 당신 아이 맞아. 얼굴이 사진첩에서 봤던 당신 어렸을 때랑 판박이더라. 나⋯ 아무것도 바라지 않아. 그냥 이혼만 해 줘. 소송까지 가 봐야 서로에게 상처만 더 생길 뿐이야!"

고개를 숙이고 있던 성준은 서류에 도장을 찍으며 말한다.

"반포동 집이랑 레이크힐은 지수가 가져가. 내가 뭘 어떻게
해 줘야 할지 모르겠어. 미안해….'

그리고 눈물짓는다.

"그 거짓말 같은 눈물 좀 보이지 마! 이제 지긋지긋해!"

그렇게 어느 봄날에 거짓말처럼 찾아온 사랑이 또 봄날에 나
에게서 떠난다.

서류를 접수하고 아파트 명의를 이전받는다.

'그래… 이거라도 받자. 그래야 나도 살지.'

부모님께 사실을 알렸고, 엄마는 얘기를 듣자마자 우신다.
지우와 지호도 슬퍼하면서 울었고, 눈물을 삼키던 아버지가 말
씀하시며 고개를 떨구신다.

"안타까운 일이지만 이제라도 인연이 아니라면 하늘의 뜻을
따르는 게 맞는 것 같다. 그때 널 끝까지 말렸어야 했는데…. 능
력도 없고 어린 너에게 무거운 짐을 지운 내 탓이다. 미안하다."

"아니야. 아빠 잘못 아니야. 다 내 운명이었고 내가 선택한
내 삶이었어. 이제라도 행복하게 살면 되지. 나 괜찮아."

정말 막막하다. 혼자 레이크힐을 이끌어 나가는 게 두렵고
그 넓은 집에 혼자 사는 것도 두렵다.

어느 봄날, 그가 내게로 왔다

'먼저 반포동 아파트를 정리해야겠다. 작은 아파트로 이사하고 레이크힐은 신중하게 생각하고 결정하자.'

이렇게 나의 봄날은 막을 내린다. 레이크힐도 성준과 정리하는 쪽으로 얘기했고, 아파트도 정리해서 작은 아파트로 이사를 했다. 그 아이를 위해 그 여자와 사는 것 같아 그에게 더 이상 연락을 하지 않는다. 그리고 그가 지금 어떤 마음으로 살고 있는지도 궁금하지 않다. 그 아기와 내 아기의 운명이 바뀌었기 때문에 그 아이는 생각도 하기 싫다.

'그래도 제 자식이니 예쁘겠지. 나와 함께 있을 때보다 더 행복할 수도 있겠구나. 나도 내 아기 낳았다면 정말 사랑해 주고 무조건 다 해 줄 수 있었는데…. 나… 또 아기를 가질 수 있을까?'

시간이 흘러 더운 여름도 늘 그랬듯 왔다가 또 지나간다. 시원한 바람도 불고 내 마음도 조금씩 안정이 되어 가지만 몸은 생각처럼 회복되지는 않는다.

나처럼 낙엽이 어김없이 나무에서 힘없이 떨어진다. 하지만 저 나뭇잎은 내년 봄이 오면 또 새로 태어나지만, 나는 그럴 수 없음에 답답하고 우울해졌고 동훈에게 전화를 해서 만났다.

"지수야! 너 맞아? 그동안 잘 지냈어? 전화번호가 바뀌어서 연락도 안 되고 걱정되더라."

"어, 그렇게 됐어. 미안. 연락도 못 하고…. 복학해서 2학년인가?"

"응. 근데 너 그 사람이랑 결혼은 했어?"

"….

"그럼 아직도 혼자? 곧 준호 제대네."

"나 작년에 결혼했다가 봄에 이혼했어."

"결국 그랬구나….

"넌 제대하고 어떻게 지냈어? 잘 지내고 있어?"

"나야, 뭐 늘 외롭지."

그때 갑자기 영주가 생각났고, 동훈과 잘 어울릴 것 같다는 생각이 든다.

"야! 내 친구 중에 진짜 착하고 예쁜 애 있는데 한번 만나 볼래?"

"아니! 됐어!"

"내 친구라서가 아니고 나 믿고 만나 봐! 진짜 둘 다 남 주기엔 너무 아까워서 그래. 내가 날짜 잡을 테니까 그렇게 알고 있어!"

그렇게 나를 통해 영주와 동훈은 만나 새로운 사랑을 시작했다.

'참… 사람 인연이라는 게 이렇게 생각지도 못한 곳에서 시작되는구나.'

어느 봄날, 그가 내게로 왔다

또 시간이 흘러 올해도 끝나 간다. 폭풍같이 내게 왔다가 또 썰물처럼 나를 떠나가는 나의 청춘…. 제대로 피워 보지도 못하고 이렇게 내 청춘은 끝이 나는 것인지 모든 게 두렵고 답답하다. 이제 나는 꽃피워 보지도 못한 4년간의 추억들을 석양 저편으로 보낼 준비를 한다.

'나는 또 홀로 삶을 살아 내야겠지? 두렵고 또 두렵다. 어린 나이에 세상에 던져졌고 지금은 기댈 곳 하나 없는 광야에 던져진 느낌이다. 나… 잘 살아 낼 수 있을까?'

1월의 어느 날 오전, 이대로 아무것도 하지 않고 집에만 있을 수 없어 두렵지만 작은 일이라도 시작해 볼까 여기저기 검색해 보는데 그때 전화벨이 울린다. 모르는 번호지만 뒷자리가 내 번호와 똑같은 번호여서 잠시 망설이다가 받았는데…. 아무 말이 없다.

벚꽃엔딩

다시 한 번 묻는다.

"여보세요? 말씀하세요!"

두 번 물어보고 그냥 전화를 끊었는데 바로 지우에게서 전화가 온다.

"언니! 어제 준호 오빠가 또 집 앞 놀이터 벤치에 있더라. 얘기 안 해 주려다 언니 얘기 다 했어. 난 언니가 준호 오빠랑 잘됐으면 좋겠어서 전화번호랑 주소 다 알려 줬어. 미안해… 언니!"

"넌 왜 쓸데없는 짓을 하고 그래? 하… 진짜 너!"

멈춰 버렸던 심장이 다시 뛰기 시작한다. 아니, 준호라는 말을 들었을 때부터, 이미 내 심장은 뛰었다. 전화를 끊고 생각에 잠긴다.

어느 봄날, 그가 내게로 왔다

'그럼 아까 그 번호가….'

갑자기 전화가 또 울린다.

손은 사시나무 떨리듯 떨려 오며 심장은 사정없이 날뛴다. 터질 것 같은 심장을 부여잡고 전화를 받는다.

"여보세요? 준호야! 준호지?"

"누나…."

"무슨 일이야? 제대는 했어?"

"어. 어제…."

'그래서 신림동 집에 갔었구나. 그래서 번호도….'

"지우한테 누나 얘기 들었어. 다 나 때문이야. 나 때문에 누나가 겪지 말아야 할 일들을 겪었어. 다 내 탓이야."

"네 탓 아니야. 나의 선택이었어. 후회 안 해!"

"누나…."

"1학기 바로 복학해야겠네. 공부도 열심히 하고 건강히 잘 지내. 알겠지? 그럼 나 끊는다."

서둘러 전화를 끊으니 심장이 너무 뛰는 탓에 통증이 느껴진다. 다시는 울지 않으리라 다짐했건만 또 눈물이 수돗물을 켠 것처럼 쉬지 않고 쏟아진다. 준호에게서 계속 전화가 오지만 받을 수 없다.

'모든 걸 처음으로 되돌리고 싶다.'

벚꽃엔딩

일주일 후, 집 앞 슈퍼에 갔다가 들어가는 길. 집 앞 저만치에 준호의 모습이 보인다. 발걸음이 그대로 멈추며 시간도 멈췄다. 모든 게 멈춘 지금, 내 심장만 멈추지 않고 뛴다. 모르는 척 그냥 지나치는 나를 준호가 붙잡았지만 나는 그의 손을 매몰차게 뿌리친다.

"왜! 내가 더 무너지는 꼴을 봐야겠니? 우리 끝났잖아. 왜 이렇게 구질구질하게 굴어?"

마음에도 없는 소리를 막 뱉어 낸다. 팔 힘이 예전 같지 않은 준호는 나를 꼼짝도 못하게 붙잡았고, 나는 그런 준호를 노려본다.

"내가 불쌍해? 남자한테 버림받고 처량한 나 보니 속이 시원하지? 어? 그렇겠지. 내가 불행해야 적어도 네 마음은 편할 테니까…. 고작 그렇게 살려고 떠났냐고 비아냥거리기라도 해 보지 그래?"

준호의 눈에는 눈물이 고여 그렁그렁 맺혔다가 떨어진다. 나도 준호의 얼굴을 보고 있자니 숨이 막혀 오며 정신이 흐릿해지려 한다. 준호가 내게 한 걸음 더 다가오려 하자, 모든 것이 두려워진 나는 뒷걸음질 친다.

"이제 가! 다시는 찾아오지 마!"

이렇게 하지 않으면 준호를 떼어 낼 수가 없다. 나 같은 여자가 자꾸 준호 옆에 있으면 그 아이 인생도 망치게 된다. 하염

어느 봄날, 그가 내게로 왔다

없이 눈물을 흘리며 내게 더 가까이 다가오는 준호를 다른 손으로 밀치며 소리친다.

"가라고! 좀! 짜증나게 하지 말고!"

말은 이렇게 내뱉고 있지만 마음은 '아니… 가지 마! 나 좀 붙잡아 줘….' 이렇게 애원하고 있다.

"누나! 오늘은 갈게. 미안해. 연락도 없이…. 마음 풀어."

그렇게 말하고 내 손을 놔주며 눈물을 훔치고 뒷걸음질 친다.

나는 뒤도 돌아보지 않고 빠른 걸음으로 집으로 들어간다. 베란다 문을 열고 밖을 내다보니 준호는 집 앞 벤치에 앉아 있었고, 나는 뛰는 가슴을 붙잡으며 준호를 하염없이 바라본다.

'나… 진짜 어떻게 하면 좋을까? 준호에게 가고 싶지만 그럴 수 없다는 걸 누구보다 잘 알기에 난 그렇게 하면 안 되겠지?'

마음을 가다듬어 보지만 쉽사리 가라앉지 않자 애꿎은 지우에게 연락해 화를 낸다.

"넌 왜 하나만 알고 둘은 모르냐? 또 내 인생 실패하는 거 보고 싶어? 전화번호랑 주소는 왜 알려 준거야?"

말은 이렇게 하고 있지만 속으로는 이렇게 외친다.

'지금 나… 준호에게 가고 싶다. 당장 내려가 준호 품에 안기고 싶다. 진짜 남자의 모습으로 내 앞에 나타난 준호… 붙잡고 싶다. 하지만 나는….'

다시 고개를 저으며 생각들을 모두 없애려고 애쓴다. 다시

밖을 내다보고 싶지만 그러면 진짜 밖으로 뛰어나가 준호를 붙잡을 것 같아 그냥 방으로 들어간다.

시간은 또 가지 말래도 간다. 내게 한번 들렀다가 말없이 또 나를 떠나가 버린다. 그렇게 어김없이 또 따뜻한 봄이 왔다.

내 나이 이제 스물여섯. 날은 따뜻해졌지만 내 마음과 몸은 여전히 겨울이다. 어린 나이에 인생의 단맛도 보았고 쓴맛도 보았다. 슬픔에 몸부림쳐 봤고 아픔에 몸서리쳐 봤다. 지금 이때쯤 만물이 생동감 있게 피어날 때 행복도 내게 왔다 갔고, 이별과 슬픔도 내게 왔다 갔다.

꽃이 부끄러워 몽우리를 움츠렸다가 활짝 얼굴을 내미는 봄이 왔다. 맘고생을 많이 해서 그런지 몸이 더 많이 상해 엄마가 보약도 해 주고 운동도 하지만 살이 너무 빠져서 회복이 더디다. 뭐라도 일을 해야 살 것 같은데 뭘 해야 할지 모르겠고, 점점 삶의 이유를 찾지 못하겠다. 살아갈 힘도 없고 아무것도 하기 싫어지는 내가 싫다.

친구들과도 연락을 끊었고 또 다른 사랑을 시작하는 것도 겁이 나서 사람들도 만나지 않는다. 시도는 몇 번 해 봤지만 일을 시작하지 못하는 것도 그 이유에서다.

벗꽃이 피고 어김없이 준호가 그리운 날엔 처음 만났던 그 나이트클럽 앞에서 서성이기도 해 보고 준호와 만나 사랑을 속

어느 봄날, 그가 내게로 왔다

삭였던 학교 벤치에도 가 보고, 석양이 질 때면 첫 키스 했던 그 공원에도 자주 가 보곤 한다.

이혼하고 신림동 집에서 가져온 준호와 찍었던 사진들을 꺼내서 한 장 한 장 넘기며 본다. 짧은 시간 동안 만나서 사진도 많지 않다. 63빌딩에 가서 찍었던 사진, 커플티를 입고 찍었던 사진…. 이미지사진 속 우리는 아주 어리고 풋풋한 모습이다.

'그때는 이런 날이 올 줄 알았을까? 이렇게 우리 행복했었는데…. 어쩌다가 우리 이렇게 됐을까?'

사진 속 우리는 정말 행복해 보인다.

잊으려고 하면 할수록 준호의 숨소리, 숨 향기, 달콤한 목소리, 따뜻한 눈빛, 나를 애처롭게 바라보던 마지막 눈물…. 모두가 더 사무치게 그리워져 나를 깊은 수렁으로 끌어들인다.

'왜 나는 그때 그렇게 어리석은 선택을 했을까? 아니! 내가 그때 성준과 결혼하지 않고 준호를 기다렸다면 뭐가 달라졌을까? 나는 준호와 결혼해서 행복하게 살 수 있었을까? 남들처럼 평범하게 싸우고 사랑도 식어 서로를 원수 대하듯 하며 살았을까? 아니면 준호의 사랑을 평생 받으며 남들보다 더 행복하게 살았을까? 그것은 살아 본 후에야 알 수 있는 거겠지?'

하지만 이것 하나는 분명하다. 지금보다는 행복했을 거라는 것. 돈이 있어도 하나도 행복하지 않다. 행복엔 돈이 전부가 아니라는 것이 뼛속 깊이 새겨졌다. 언제나 준호를 잊을 수

벚꽃엔딩

있을까? 누구는 사랑했던 시간만큼 시간이 지나면 잊어진다고
했는데, 그 시간보다 훨씬 더 많이 지나도 그러지 못할 것 같
아 가슴에 못이라도 박힌 것처럼 아프고 답답하다.

그렇게 또 1년이 지나간다.

"띵동!"

초인종 소리에 놀라 듣고 있던 음악 볼륨을 줄이고 인터폰
앞으로 다가간다. 화면엔 모르는 낯선 남자가 서 있었고… 나
는 아무런 소리를 내지 않는다. 그러자 그 남자는 현관문을 똑
똑똑, 두드렸고 나는 현관 앞에 가서 섰다.

"저기요! 안에 아무도 안 계세요?"

"누구신데요?"

"아! 예~ 저는 앞집 사는 사람입니다."

"그런데요?"

"저 지난주에 이사 왔어요. 시골에서 감 말린 것을 좀 가져왔
는데 좀 드릴까 해서요."

"아! 저는 괜찮습니다."

"그래도 가져온 사람 성의를 생각해서 문이라도 열어 주시
지…."

"죄송합니다!"

그 남자는 나의 죄송하다는 말에 그냥 자신의 집으로 돌아갔

어느 봄날, 그가 내게로 왔다

고, 나는 다시 음악 볼륨을 높여 명상에 잠긴다.

"누나!"

어디선가 준호의 목소리가 들려오는 것 같은데…. 아무리 살펴보아도 준호는 없다.

"누나…."

또 나를 부르는 준호의 소리가 들린다.

"준호니?"

"응, 누나. 잘 지냈어? 누나! 보고 싶었어. 누나에 대한 그리움이 쌓여 산을 이루었고 누나가 보고 싶어 흘린 눈물이 강물이 되어 흘렀어."

'나도 너 보고 싶었어. 미치도록 그리운 날엔 너와의 추억이 있는 그곳에 찾아가 멍하니 네 모습을 떠올리곤 해. 너와의 추억이 담긴 노래가 들려오면 가슴이 갈기갈기 찢기는 것처럼 통증이 밀려왔고 너와 닮은 사람, 너와 이름이 같은 사람을 보면 나도 모르게 눈물이 쏟아지곤 했어.'

"누나! 나 기다려 줘! 어디 가지 말고 나 꼭 기다려 줘!"

이렇게 말하고 준호는 눈앞에서 사라져 버린다.

'가지 마! 준호야! 가지 마. 제발….'

준호를 잡으려 팔을 뻗었는데 정신을 차려 보니 나는 허공에 대고 팔을 뻗고 눈물을 흘리고 있다. 꿈이었다. 너무나 생생한

꿈이었다.

'요즘 꿈에 안 나오더니….'

오랜만에 꿈속에서 본 준호는 예전 그대로였다.

저녁에 산책을 하기 위해 밖으로 나가 엘리베이터 앞에 서 있는데 앞집 문이 열리며 아까 문 열어 달라고 했던 그 남자가 나왔다.

나는 모른 척하며 엘리베이터를 기다렸고, 그는 내 뒤에 서서 아무런 말을 하지 않는다. 곧 엘리베이터가 열렸고 안으로 들어와 둘은 똑같이 숫자를 바라본다.

'준호와 너무 닮았어. 키도 얼굴도 말투도.'

"저기… 오늘도 산책 나가시나 봐요. 날도 쌀쌀한데 낮에 안 나가시고."

'뭐야~ 나를 알아? 내가 이 시간에 나가는지는 어떻게 안 거야?'

"저도 이쯤 나가서 운동하는데 가끔 공원에서 그쪽 봤거든요."

나는 여전히 침묵했고 그는 엘리베이터에서 내려서 나를 계속 따라오며 묻는다.

"혼자 사세요?"

"…."

"나이는요? 저는 스물일곱인데…. 그리고 제 이름은 하동재

예요."

"…."

"거 참! 사람이 뭔 말을 하면 대꾸 한마디 정도는 해야 하지 않아요?"

걸음을 멈추고 그를 바라보자, 그는 놀랐는지 나를 뚫어지게 바라보며 아무런 말을 하지 않는다.

"제가 왜 그쪽 물음에 대답을 해야 하죠?"

나의 차가운 물음에 그는 머리를 긁적인다.

"저는 이웃사촌끼리 알고 지내자는 의미에서…."

"저는 그럴 마음 전혀 없어요. 그러니까 가던 길 가세요!"

준호와 너무나 닮은 그는 나를 혼란스럽게 했고, 나는 다시 움츠러든다. 나는 다시 발길을 돌려 집으로 돌아와서 며칠 동안 밖에 나가지 않는다. 사람을 믿지 못하게 된 나는 새로운 누군가를 만나는 것이 너무나 두렵다.

일주일 후, 쓰레기를 버리러 집 앞으로 나가는 길에 또 그와 마주쳤는데 그는 아직도 미련을 버리지 못했는지 다가온다.

"이리 주세요!"

"괜찮아요. 무겁지 않아요."

이렇게 말했는데도 이 남자는 내 손에서 기어이 쓰레기봉투와 박스를 빼앗는다.

"안 무겁기는요. 그쪽한테는 진짜 무거웠겠는데? 그나저나 요즘 안 보이시던데…. 어디 아프셨어요? 얼굴도 지난번보다 안됐어요. 밥은 챙겨 드시는 거예요?"

분리수거장 앞에 도착했는데 자기가 내 쓰레기 분리수거를 하고 있다.

"이제 주세요!"

"가만히 있어요! 고마우면 커피나 한 잔 쏘시든가…."

나는 그의 무례함에 화가 났지만 싸울 힘도 없어서 가만히 서 있다가 다시 공동현관 입구로 향한다.

주머니에서 현관 카드를 꺼내려다가 바닥에 음식물쓰레기 카드를 떨어뜨린다. 그걸 주우려고 바닥에 앉았다가 일어나는 데…. 갑자기 앞이 깜깜해지며 온몸에 힘이 빠지기 시작한다. 나는 쓰러질 것처럼 몸을 휘청거렸고, 분리수거를 마친 그가 나를 보고 달려와 붙잡았다.

그의 손을 잡고 겨우 정신을 차린 나는 고맙다는 말과 함께 서둘러 현관으로 들어간다. 엘리베이터 앞에 서 있는데 그가 내 옆에 와서 나를 뚫어지게 바라보지만 나는 아무런 말도 하지 않는다.

"몸 관리 잘하셔야겠어요. 저 아니었으면 어쩔 뻔했어요?"

"감사한데 더 이상의 호의는 거절할게요. 저 남편 있어요."

그는 나의 말에 깜짝 놀라며 준호처럼 얼굴이 말린 고추 색으로 변했고 더 이상 아무런 말도 건네지 않는다. 그 후로 그는 나를 우연히 만나도 인사만 할 뿐 더 이상 말을 걸지 않게 되면서 나도 불편한 마음을 내려놓게 되었다.

여름이 지나고 가을이 오고 또 겨울이 왔다. 이번 겨울은 유난히 추운 것 같다. 그렇게 또 1년이라는 시간이 지나갔고, 지우도 졸업하고 지호도 취직을 했다.

그리고 언니는 자유를 찾겠다고 미국으로 떠났다. 내 눈엔 철도 없고 많은 빚 위에 빚을 얹어 놓고 그냥 도망치는 나쁜 언니지만, 자기도 나름 인생 살기 힘들었을지도 모르겠다.

엄마 아빠는 성준이 준 돈으로 빚도 청산하고 내가 이혼하고 준 돈으로 생활하신다. 하루는 반찬을 해다 줘도 아예 밥을 해 먹지 않는 내가 걱정된 엄마가 신림동 집으로 오라고 전화를 한다.

"너 이렇게 말라서 어쩌려고 그래?"

"아직 젊은데 뭐. 좋아지겠지."

"밥이라도 잘 먹어야지. 네가 이러면 아빠랑 나는 어떻게 사니…."

"괜찮아! 그리고 이거…."

내가 500만 원을 내밀자, 엄마는 돈을 다시 내 가방에 넣는다.

"네가 준 2억도 아직 남아 있어. 그리고 우리 아직 젊으니까 밥벌이는 알아서 할 수 있어. 그니까 이런 거 안 줘도 돼!"

"나 이제 엄마 아빠가 돈 달라고 해도 못 줘. 나도 먹고 살아야 하니까. 물론 전에 준 그 돈은 엄마 아빠에게 준 돈이고 내 손을 떠난 돈이니까 언니를 주든지 어떻게 쓰는지 관심 안 가질 거야. 하지만 더 이상의 목돈은 줄 수 없어. 이건 엄마 아빠 보약 해 드셔."

이렇게 나는 못 박았고 부모님도 나에게 아무런 요구도 하지 않으신다. 엄마는 눈물을 훔치며 내 손을 꼬옥 잡는다.

"엄마 아빠가 미안해. 우리 지수 제대로 키우지도 못했는데 이렇게 짐만 됐다. 이제는 너 하고 싶은 거 하면서 마음 내키는 대로 살아. 대신 건강 잘 챙기고, 엄마는 네가 뭘 하든 무슨 선택을 하든 무조건 네 편이야! 그리고 힘들면 언제든 와. 알겠지?"

내 나이 스물아홉. 시간이 빨리 가는 것도 같고 더디 가는 것도 같다. 하지만 야속하게도 시간은 나를 기다려 주지 않았고 나랑 아무 상관없이 흘러간다.

준호에게선 집 앞으로 찾아왔던 후로는 단 한 번의 연락도 없다. 꿈에서라도 보고 싶은데 요즘은 꿈에서조차 볼 수 없어 그렇게 준호를 내 기억에서 지우려 노력한다. 하지만 문신처럼 박혀 버린 준호는 여전히 내 가슴속에서, 내 머릿속에서 떠나지 않았고 나는 그냥 매일 준호를 생각하고 그리워하고 기억한다.

그냥… 이렇게 그리워할 수 있다는 것도 행복이라고 생각하면 또 견뎌진다. 추억으로 남기는 것도 나쁘지 않은 것 같다. 생각하고 싶으면 생각하면 되고, 그리움에 사무치면 또 그리워하면 되고…. 그러다 눈물이 흘러나오면 마음껏 울면 되니까….

가슴이 답답해 밖으로 나가 공원을 거니는데 옆집 남자와 마주친다. 그는 내가 혼자인 것을 어디서 들었는지 다시 말을 걸어왔다.

"왜 거짓말했어요?"

"제가 뭘요?"

"남편이 있다는 말… ."

나는 그의 말에 잠시 멈칫했고 그는 나를 빤히 바라본다.

"혹시 괜찮으시면 우리 집에 잠깐 가셔서 차라도 한잔할래요?"

"아니요! 그냥 저기 벤치에 앉아서 얘기해요."

"저는 동사무소에서 일하고, 독립해서 혼자 살아요. 그런데 왜 저를 거절하시는 거예요? 제가 별론가요? 그쪽에 비하면 제 외모가 별로죠?"

'아니요. 멋져요!'

나의 계속된 거절에도 그는 준호처럼 미소를 잃지 않고 환자처럼 생긴 나를 이렇게 관심 있게 바라봐 주니 많이 고마웠다.

"마음은 참 감사한데, 제가 마음에 8년 넘게 담아 둔 사람이 있어요. 하지만 저는 그 사람을 버리고 다른 사람과 결혼을 했고 그 벌로 그 가정을 온전히 지키지도 못해 이렇게 혼자 살고 있어요. 그렇지만 마음은 늘 그 사람과 함께 있기에 남편이 있다고 했던 거고요. 혹시라도 저에게 마음이 생기셨다고 해도 저는 동재 씨와 그 어떤 것도 함께할 수 없어요. 미안해요."

"제 이름을 기억하시네요? 그쪽 말은 다 이해했어요. 사랑하는 사람이 마음속에 있다는 것은 축복이죠. 저도 3년 전에 사랑했던 여자 친구를 하늘나라로 보냈어요."

나는 그의 말에 깜짝 놀랐고 그의 눈시울이 붉어졌다.

"혹시 이름이라도 알 수 있어요? 우리 안면 튼 지 2년이나 지났는데 이름도 모르네요."

"윤지수예요."

"이름도 너무 예쁘네요. 제 여자 친구 이름도 예뻤어요. 한겨울… 예쁘죠?"

"네… 예쁘네요."

"제 여자 친구가 백혈병을 앓았어요. 언젠가부터 계속 코피를 쏟고 안색이 창백했거든요. 직장에 들어가서 건강검진 하다가 백혈병이라는 것을 알게 되었고 헤어지자고 하더라고요. 그래서 싫다고 했죠. 그랬더니 욕하고 소리 지르고 물건 집어던지고 난리도 아니었어요. 머리 빠지는 거 보여 주기 싫다고 병

어느 봄날, 그가 내게로 왔다

원에 오면 죽여 버린다고까지 하더라고요. 결국 그 친구 뜻대로 해 주었는데 얼굴 못 본 지 7개월 만에 하늘나라로 갔어요. 그렇게 일찍 갈 줄 알았다면 그냥 옆에 붙어 있는 건데…. 후회했죠."

나는 그의 말에 귀를 기울였고 그의 슬픔을 가늠하기 힘들다.

"그랬군요. 많이 슬프셨겠어요."

"슬프다기보다 너무 허망했어요. 대학교 신입생 때 만나 7년이나 만났는데…. 그렇게 마지막 인사도 제대로 못 하고 떠나보냈으니까요. 4개월 전까지만 해도 사는 게 사는 게 아니었어요. 그런데 꿈에 그 친구가 나와서 그러지 말고 새로운 사람 꼭 만나라면서 주변을 잘 둘러보면 자기보다 더 좋은 사람 만날 수 있을 거라고 하데요. 그래서 새로운 마음으로 시작하려고 부모님에게서 독립해 여기로 이사를 왔는데 우연히 지수 씨를 보게 됐어요. 어딘가 모르게 그 친구랑 닮은 것 같기도 하고, 그 친구가 지수 씨를 소개해 준 것만 같아서 무작정 들이댔었던 거예요. 그런데… 지수 씨도 같은 슬픔을 가지고 있다는 걸 알게 되니 그 마음이 어떤지 이해가 가요. 아까 지수 씨가 했던 말, 무슨 뜻인지 알 것 같아요. 제 마음속에도 여전히 그 친구가 남아 있으니까요. 하지만…."

나는 그의 '하지만'이라는 말이 너무나 두려워지며 뭐라 더 해 줄 말이 생각나지 않아 그의 말을 막고 자리에서 일어난다.

벚꽃엔딩

"동재 씨! 제가 뭐라 위로의 말을 해야 할지 잘 모르겠고, 아까도 말했듯이 저는 사랑하는 사람을 마음에 품고 그 어떤 누구도 만날 생각이 없어요. 그리고 저 그 사람 아직도 기다리고 있거든요. 설령 그 사람이 끝내 제게 오지 않는다 해도 그냥 이렇게 살아갈 거예요. 동재 씨는 좋은 분이니까 곧 좋은 사람 만날 거예요. 저 먼저 들어갈게요. 미안해요."

"괜찮아요. 인연이라는 게 억지로 엮는다고 해서 엮어지는 게 아닌 거 잘 아니까요. 가끔 마주치면 인사라도 나누면 좋겠어요."

이로써 나는 여전히 누군가를 만날 자신도, 마음도 없다는 것을 알게 되었고 그렇게 또 시간은 흘러간다.

어느 봄날, 벚꽃이 만개했다. 온 세상이 또 봄을 알리는 듯 나무마다 눈꽃이 피었고 만개한 벚꽃을 보자 나는 무엇에 이끌리듯 차에 올라탔다.

마음이라도 편하고자 준호와 추억이 있는 우연공원이 아닌 아무런 관련도 없는 여의도에 나갔다. 오랜만에 사람들로 북적거리는 거리에 나오니 나도 살아 있다는 게 느껴진다. 연인들과 가족들은 너 나 할 것 없이 벚꽃의 장관을 사진으로 담고 있다.

'나도 저런 때가 있었지. 어느 봄날 그가 내게로 왔었지….'

준호를 만나고 사랑한 지 벌써 8년이라는 시간이 지나간다.

잠시 준호와 만났던 그때를 떠올리니 가슴이 벅차오른다. 이렇게 우리가 처음 만난 벚꽃이 만개하던 봄이나, 뜨거워 죽는 한이 있더라도 찰싹 붙어서 다녔던 무더운 여름이나, 우리 집에 와서 내 머리를 말려 주며 사랑스러운 눈빛으로 나를 바라봐 주던 가을이나, 함께하지 못했던 추운 겨울이나…. 그 모든 날들은 내 마음속에 그대로 남아 있고 그 모든 날들은 곧 나의 삶이고 추억이다.

'그땐 참 설렜고 행복했었는데….'

이내 입가에 미소가 번지며 내 마음에도 봄이 오는 것 같은 착각이 든다.

'나는 그때 왜 준호를 버렸을까? 돈? 아니면 섭섭함? 그것도 아니면 기다림이 싫어서? 불편한 데이트가 싫어서?'

아니, 모두 다 준호를 버린 이유였다. 매일 생각하고 또 생각하는 이 모든 후회들…. 나의 어리석음이 나를 이렇게 만든 것 같아 후회에 후회를 더해 본다.

'하지만 과연 내가 준호를 기다리고 성준을 만나지 않았다면 지금의 나는 어땠을까? 지금처럼 외롭고 비참한 괴로운 삶은 아니었겠지….'

자꾸만 떠오르는 준호의 얼굴…. 나를 보며 환하게 웃던 준호의 미소, 숨소리는 나를 숨도 쉬지 못하게 할 정도로 나를 흔들며 괴롭게 한다.

나뭇가지에 피어 있는 벚꽃 잎을 들여다본다.

'너는 지금 어때? 행복해? 나는 하나도 행복하지 않아. 그냥 마지못해 살아가고 있어. 나 여기가 너무 아파…. 그래서 숨도 잘 쉬어지지 않고 매일매일 힘이 들어. 난 어떻게 하면 좋을까?'

그때 구름에 가려져 있던 해가 반짝 비치며 나뭇가지 사이로 빛이 새어 들어온다. 그 빛은 내 눈을 멍들게 했고 세상은 파랗게 얼룩져 아무것도 보이지 않는다.

'차라리 아무것도 보지 못하면 좀 나을까?'

멍든 내 눈동자는 나를 눈 감게 했고, 이상하게 마음이 편해지는 것처럼 가슴에 박혀 있던 돌덩어리가 산산이 부서지는 것을 느낀다. 나는 잠시 눈을 감고 눈 속에 비치는 벚꽃나무를 들여다본다. 마치 내게도 봄이 온 것 같은 이 이상한 느낌은 뭘까? 준호와 헤어지고 처음으로 맡아 보는 향긋한 봄 내음은 내 가슴속 깊이 들어와 나를 행복했던 지난날로 인도한다.

잠시나마 눈을 감고 행복했던 그 느낌들을 느끼며 서 있다가 걸음을 옮기려 앞을 보았는데 저 멀리 성준이 보인다.

'꿈인가?'

다시 바라보지만 그 옆에는 그의 아이와 그 여자가 사진을 찍고 있다. 성준의 얼굴은 다행인지 모르겠지만 어두워 보였고, 나는 멀리서 그들의 모습을 지켜본다. 순간 그가 나를 보았는지 내가 있는 쪽을 계속 바라보며 나를 찾는 것처럼 고개를 이리저리 흔든다. 나는 모르는 척 다른 곳으로 고개를 돌린다.

몇 초 후, 다시 고개를 돌려 그를 바라보는데…. 그의 손을 붙잡고 있는 아이는 그와 너무 닮아 있다. 더 이상 그 모습을 보기 힘든 나는 그를 외면한 채 서둘러 차가 있는 곳으로 가 차에 탄다.

원망도 미움도 남아 있지는 않지만, 그렇게 사랑한다고 고백하고 나를 지켜 주겠다던 그가 나를 괴롭히는 괴물이 되어 나를 비참하게 만들었다는 사실은 변하지 않는 사실이다. 또 가슴이 답답해 오자 고개를 흔들어 정신을 차리고 시동을 건다.

출발하려는데 갑자기 문자 오는 소리가 들려 확인해 보니…. 준호의 문자였다. 지금껏 날 잊고 사는 줄 알았다. 그의 문자에 내 가슴이 또 요동친다.

"누나! 지금 만날 수 있어? 아직 거기 살지?"

"…."

"누나. 답장 안 해 줄 거야? 나 그럼 누나 집 앞에서 기다린다!"

'날 잊은 게 아니었어!'

이미 나는 시동을 걸고 달리기 시작했다. 또 나의 시간은 멈췄고 내 귀엔 아무것도 들리지 않는다.

'어쩌려고 그러는 거야….'라는 나와 '준호 기다렸잖아. 어서 가서 준호 붙잡아!'라는 내가 싸우고 있지만, 이미 나는 그에게 가고 있다. 가는 내내 눈에서 흘러나오는 눈물을 훔치며 준호의 모습을 상상한다.

그런데 어떻게 할 건지 아무런 결정도 내리지 못한 나는 모든 게 두려워지기 시작했다. 갑작스러운 상황에 감당하기 힘든 나는 갓길에 차를 세우고 또 고민한다.

'어떻게 할 건데…. 아니지! 뭘 어떻게 할 건지는 그때 고민하고 결정해도 늦지 않아. 그냥… 그냥 나는 지금 준호를 보고 싶을 뿐이야! 그리고 벚꽃이 만발한 지금, 성준을 몇 년 만에 본 오늘, 준호에게 연락이 왔어. 이게 우연일까? 필연 같은 우연이라면 나 더 이상 피하고 싶지 않아!'

나는 다시 달리기 시작한다. 집에 가까워질수록 준호를 볼 수 있다는 생각에 내 가슴은 길가에 서 있는 벚나무에 핀 벚꽃이 흐드러지게 핀 것처럼 가득 차며 봄이 오고 말았다.

집 앞 주차장, 저기 현관 앞에 준호가 서 있다. 더 멋진 남자의 모습으로 변한 준호를 보자 시간이 멈춘 것같이 나도 멈춰 버렸다. 차에서 마음을 가다듬고 크게 숨도 쉬어 본다. 다리가 후들거리지만 겨우 힘을 내 차에서 내려서 준호를 바라본다.

준호는 나를 보더니 달려와 나를 힘껏 끌어안는다. 나는 그의 모든 것을 느끼며 가만히 멈춰 서 있다. 꿈만 같다. 얼마나

어느 봄날, 그가 내게로 왔다

기다리고 얼마나 상상했던가. 둘 다 그렇게 서서 서로를 안은 채 가만히 그대로 있다.

"누나, 보고 싶어서 미칠 것 같았어."

'나도….'

"그런데 무슨 일이야? 여기 오지 마라니까!"

"나… 공무원 최종 합격했어. 고시원 들어가서 2년 가까이 죽어라고 공부해서 합격했어."

너무 놀란 나는 얼떨떨해서 말도 더듬는다.

"저… 저… 정말?"

"응, 누나. 이제 우리 결혼할 수 있지?"

"…."

준호는 대답이 없는 나를 바라보며 묻는다.

"왜 대답이 없어? 응? 나 공무원 합격하면 결혼해 주기로 했잖아!"

"그게 언제 적 얘기야? 그리고 나 이혼녀야! 나 같은 여자가 너한테 가당키나 해?"

"아무 상관없어. 아니, 나 때문에 이혼했으니까 더더욱 나랑 결혼해야지. 난 누나 아닌 그 누구도 내 아내로 생각해 본 적 없어."

하지만 나는 차갑게 말한다.

"아니! 그럴 수 없어. 네 엄마를 어떻게 봐. 더 이상 상처받고 싶지 않아.”

“나 절대 누나 손 놓지 않아. 어떤 일이 있어도 누나 떠나게
못해!”

준호는 어느새 남자가 되었다. 어느 봄날 내게 왔던 그 중학
생 같던 준호가 아니다.

'그래도 나 어떻게 이 아이를 받아들여? 이건 죄악이다.'

나는 또 매몰차게 준호를 밀어낸다.

“그래도 안 돼. 무조건 안 돼! 그럴 수 없어!”

준호는 나를 똑바로 쳐다보며 말한다.

“나… 8년 전, 12월 24일 누나와 함께하지 못해서 이렇게 됐
다고 생각해. 그 생각을 지울 수가 없었어. 그때부터였던 것
같아. 돌이키고 싶었지만 그럴 수 없는 내 현실이…. 그리고
아무것도 할 수 없는 내가 얼마나 밉고 힘들었는지 알아? 누
나의 결혼 소식…. 누나가 행복하면 그걸로 됐다고 생각했어.
힘들지만 누나의 행복을 위해 나 하나쯤은 어떻게 돼도 좋다
고…. 군에 복귀해서 이 악물고 버텼어. 하지만 누나의 결혼은
나를 시한부 선고를 받은 환자처럼 내몰았어. 모든 것이 끝나
버린 것 같아 모든 것을 포기하고 그냥 되는 대로 살았어. 그
러던 중 제대해서 지우에게 누나의 불행을 듣고 사실 나… 얼
마나 기뻤는지 몰라. 누나가 행복하면 그걸로 됐다고 해 놓고
누나 말대로 난 늘 누나가 불행하길 바랐던 거였어. 그런데 날

밀어내는 누나를 보면서 더 가슴 아팠고….”

내가 고개를 돌리니 준호는 내 얼굴을 다시 자기 쪽으로 돌리고 차근차근 말한다.

“나 봐! 내가 할 수 있는 건 졸업도 하고 어른도 되고 공무원 시험에 합격해서 당당하게 누나 앞에 서는 거, 그것뿐이라고 생각해서 나 학교도 열심히 다니고 좋은 성적으로 졸업하고 이 악물고 공부했어. 스트레스 많이 받아서 부분탈모도 오고 살도 많이 빠졌지만 그래도 기쁘게 공부했어. 최종 합격 통지받고 세상을 다 얻은 것처럼 기뻤어. 이제 나 누나 앞에 당당하게 설 수 있겠구나…. 그 생각에 정신없이 누나 만나러 온 거야. 그리고 엄마도 누나 이혼한 거 아셔. 공무원 합격하면 나 원하는 대로 하게 해 주신댔어.”

“하지만 나… 이젠 진짜 너에게 갈 수 없어!”

내 말에 나에게서 조금 떨어진 후, 온몸을 떨며 내 눈치를 본다.

“왜? 혹시… 누나 다른 사람 생겼어? 하긴… 이런 누나를 3년 넘게 놔두진 않았겠지.”

준호는 떨리는 목소리로 말하며 고개를 숙였고, 나는 무슨 생각인지 “그게 아니라….”라고 급히 말을 꺼낸다. 나의 말에 준호는 고개를 들어 크게 한숨을 쉬고 나를 끌어안는다.

“그것만 아니면 돼. 누나… 그거면 돼.”

벚꽃엔딩

"나 몸도 너무 상했고 너를 받아들일 만큼 염치없지 않아. 그리고… 한 가정을 꾸려서 살아갈 자신도 없어. 몸과 마음은 망가질 대로 망가졌고 우울증 약도 먹고 있어. 나 자신 없어!"

'아니! 나 너에게 가고 싶어. 매일 널 그리워했고 널 안고 싶어서 힘들었어.'

"나… 이날만 얼마나 기다렸는지 알아? 몸이 아프면 병원도 데리고 가고 간호도 내가 다 할게. 마음이 아프면 내가 만져 줄게. 누나 아프지 않게 내가 뭐든 할게. 누나가 옆에 없는 내 삶은 상상해 본 적 없어. 지수야! 나 한 번만 다시 봐주면 안 될까? 너를 만나러 오지 못했던 그 수많은 날 동안, 내 눈은 고통의 눈물로 다 짓물렀고 보고 싶은 마음을 참아 내느라 수없이 두드렸던 가슴은 새카맣게 멍이 들었어. 그동안 내가 어떻게 버티며 견뎠는지 너는 아마 모를 거야. 어느 날은 너무나 참기 힘들어 몰래 너를 찾아와 멀리서 지켜볼 때도 있었어. 당장 달려가 너를 품에 안고 싶었지만 당당하게 너의 앞에 설 수 있을 때까지 그럴 수 없어 발길이 떨어지지 않는데도 나는 돌아서야만 했었어. 누나도 나 아직 사랑하잖아!"

준호의 간절한 눈빛은 아까 바라본 벚꽃 잎 같았고 그 꽃잎에 말했던 것처럼 준호에게 뭐든 다 말하고 싶어졌다.

갑자기 또 가슴이 터질 것처럼 뛴다.

'나… 준호 받아들여도 돼요? 나… 준호 의지하고 살아도 돼요? 나… 이제 행복해도 되는 건가요?'

가슴으로 외치고 있다.

'나… 너 매일 기다렸어. 말은 매몰차게 했지만 나 붙잡아 주길 바랐는지도 몰라. 사랑해!'

눈물이 쏟아진다. 준호가 다시 나를 안으며 말한다.

"지수야! 나 너 처음 본 순간부터 사랑했고… 지금까지도 사랑했고… 지금도 사랑하고, 앞으로도 끝까지 사랑할 거야! 네 옆에서 절대 떠나지 않을 거야!"

그러고는 내 등을 더듬으며 갑자기 흐느낀다.

"누나, 근데 왜 이렇게 말랐어. 미안해…. 내가 정말 미안해…."

우린 뜨거운 눈물을 흘리며 그전보다 더 뜨겁게 키스를 나눈다. 준호의 콧내음, 숨소리가 내 안에 가득 찼고 세상이 날 버렸다며 힘들어하던 나는 8년 만에 다시 행복해질 준비를 한다.

누가 첫사랑은 이루어지지 않는다 했나.

벚꽃이 우리를 축복이라도 하듯 눈처럼 흩날린다.

이렇게 내 인생에도 봄이 왔다.

그리고… 또 거짓말처럼 어느 봄날, 그가 내게로 왔다.